Spurensuche

Von Rüdiger Neukäter

Spurensuche

Von Rüdiger Neukäter

Umschlagbild: Ildiko Hajnal

Bibliographische Informationen
Der Deutschen Nationalbibliothek:
Die Deutsche Nationalbibliothek verzeichnet diese
Publikation in der Deutschen Nationalbibliographie;
Detaillierte bibliographische Daten sind im Internet über
http://dnv.d-nb.de abrufbar.

Herstellung und Verlag:
BoD – Books on Demand, Norderstedt

ISBN: 9783749452590

1. Auflage

Inhaltsverzeichnis

1. Erinnerungen

Erinnerungen sind wie schlafende Hunde.

Weckst du den Hund, könnte er, aus glücklichen Träumen gerissen, kläffen oder beißen. Er könnte sich auch behaglich rekeln, gähnen und sich erneut zum Schlaf zusammenrollen. Möglich auch, dass er schwanzwedelnd deine Waden beschnupperte, dir vor Wiedersehensfreude das Gesicht leckte. Nichts ist vorhersehbar. Weckst du den Hund, musst du mit allem rechnen.

So ist es auch mit den Erinnerungen. Sind sie da, aus der Tiefe des Gedächtnisschlafs gerissen, können sie beißen, schmeicheln, Wunden ins Ich reißen, lächeln, heulen, Zähne fletschen. Es ist schwierig, sie wieder einzuschläfern. Und mehr noch. Jede schleppt ein Gefolge mit sich.

Weckst du einen Hund, sind plötzlich viele wach und ihr Gebell durchdringt die Dunkelheit.

2. Anfänge

Annahütte: Er ist da!

Wer weiß schon Genaueres über die Vorbereitungen der eigenen Ankunft? Bis zum späten Kindesalter ist die Erzeugung vom Nimbus des Geheimnisvollen umhüllt und selbst, wenn man mehr darüber weiß, mag man sich kaum vorstellen, dass die Eltern daran mitgewirkt haben. Man ist plötzlich da und die Freude aller Beteiligten überdeckt die eigene Fremdheit.

Ich kam wahrscheinlich wie üblich mit einem Schrei zur Welt. Was für ein Schrei, sei dahingestellt. Als eher stilles Kind neigte ich schon damals nicht zu Freudenoder gar Siegesschreien. Eher ein verhaltenes Lautgeben, ein zaghaftes Quietschen vielleicht, schien meiner Persönlichkeit angemessen. Ich flutschte aus Mutter Erna heraus, öffnete die verschleimten Augen, erschrak über die unerwartete Helligkeit und gab Laut.

Hurra, ein Junge! Weiß der Teufel, ob sich Erna einen Jungen gewünscht hatte, Fritz jedenfalls, der Gatte, war scharf auf einen männlichen Erstgeborenen. Wie das damals, 1940, so üblich war. Fritz Neukäter und Erna, geborene Schmitt, waren in ihren besten Jahren, als er sie erkannte. Sie empfing, wurde schwanger und Rüdiger entstand. Ich erfuhr nie, was Vater und Mutter empfanden beim ersten Anblick des Stammhalters. Auch so ein Wort von damals, als ob ich jemals einer sein würde, der imstande wäre, einen Stamm zu halten. War selbst so ein Halm im Wind, schwankend und Halt suchend von allerlei Seiten. Von wegen Stammhalter! War Vater Fritz gerührt? Oder war er entsetzt, enttäuscht? Hatte er Besseres erwartet?

Aus Schilderungen der Mutter weiß ich, dass ich glatzköpfig war, mit abstehenden Ohren und häufig und laut quietschte. „Aber wie ich dich geliebt habe", sagte Mutter Erna immer wieder. Auch noch in späteren Jahren. Ich mochte es irgendwann nicht mehr hören, denn danach folgte immer wieder dieselbe Geschichte: „Wie ich dich geliebt habe! Im Kinderwagen habe ich dich geschoben und da kam jemand und sagte: So ein hässliches Kind!, aber geliebt habe ich dich! Wie ich dich geliebt habe!" Mutter war einfachen Gemütes. Ob mein Name ihre Idee war? Namen haben immer ihre Zeit. Saisonal bedingt, so wie Spargel oder Erdbeeren. Irgendwann heißen alle Mädchen Julia, wenig später Natalie und danach sind die Yvonnes dran. Bei den Jungen gibt es den Jahrgang der Kevins, dann der Markos und so weiter. Vielleicht waren damals gerade die Rüdigers dran. Horst Rüdiger! Weder Fritz und schon gar nicht Erna waren Kenner nordgermanischer Mythologie. Und wenn doch, warum dann gerade Rüdiger? Ja, da gab es im Nibelungenlied einen Rüdiger von Bechlarn, Markgraf und dem Hunnenkönig untertan. Aber wer wusste das schon! Horst verlor sich zum Glück sehr bald, war wie nicht mehr vorhanden, stand später im Pass nur noch als H mit Punkt, schließlich gar nicht mehr. Und Rüdiger? Bis 1945 war das in Ordnung, klang gut deutsch, und danach, zu Besatzungszeiten wurde in der amerikanischen Zone Rudi daraus, dann wieder Rüdiger. Das war aber schon zu Zeiten des Wirtschaftswunders. Dabei blieb es dann. Ein guter, brauchbarer Name, zeitübergreifend solide. Mit Rüdiger ließ sich's leben. Später, in den Achtzigern wünschte ich es kürzer, ließ es aber bleiben, nach neuen Namen zu suchen. Doch so weit sind wir noch nicht. Also: Ich wurde

1940 in die Welt gesetzt. Es hätte bessere Zeiten gegeben, geboren zu werden. 1940, ein Jahr wie die Jahre davor. Unruhige Zeiten. Fritz, der Vater, ging seiner täglichen Arbeit als Ingenieur nach. Er las regelmäßig Zeitung und hörte Volksempfänger. Er war skeptisch, was die großen Zeiten betraf. Erna war mit ihrem Fünf-Monatsbauch beschäftigt und machte den Haushalt. Ihr war egal, dass im Januar Hermann Göring zum Leiter der Kriegswirtschaft ernannt und den Juden in Deutschland der Bezug von Schuhen und Leder verboten wurde. Als sie im Februar hörte, dass die Sowjetunion und das Deutsche Reich ein Wirtschaftsabkommen schlossen, das den Austausch kriegswichtiger Rohstoffe vorsah, konnte sie damit gar nichts anfangen. Als Fritz versuchte, ihr die Bedeutung dieser Meldung zu erklären, sagte sie: „Der Junge strampelt arg herum. Das ist ein Wilder." Woher wusste sie, dass es ein Junge wird. Es war wohl mehr der Wunsch, dem Gatten eine Freude zu bereiten und ihm zu zeigen, dass es Wichtigeres gab als irgendwelche Wirtschaftsabkommen. Auch, als es der Roten Armee gelang, mit einer Großoffensive die finnische Verteidigungslinie zu durchbrechen, ließ sie das kalt. Nicht aber, als am siebten März das größte Schiff der Welt, der Luxusdampfer Queen Elizabeth, nach seiner geheimen Jungfernfahrt in New York eintraf. Es wurde von nun an als Truppentransporter benutzt. „So ein schönes Schiff", seufzte Erna. Sie hatte jetzt oft wahren Heißhunger auf eingelegte Heringe. Als am 18. März Adolf Hitler und Benito Mussolini sich auf dem Brenner-Grenzbahnhof trafen und die Meldung im Volksempfänger mit einer Siegesfanfare angekündigt wurde, wurde ihr auf einmal schlecht. Sie bekam kaum Luft, hauchte im Wegtaumeln

„Fritz!" Und der, obwohl er aufmerksam dem Radiosprecher lauschte, war geistesgegenwärtig genug, die strauchelnde Erna aufzufangen und so möglicherweise mein embryonales Dahinscheiden zu verhindern. Der herbeigerufene Arzt konstatierte die Ohnmacht als nicht besorgniserregend. Von Stund an tupfte Erna regelmäßig Klosterfrau-Melissengeist auf die Schläfen und ich wuchs ohne weitere Beeinträchtigungen im Mutterleib. Ob ich mitbekam, dass am 9. April die deutsche Wehrmacht ohne Kriegserklärung in Dänemark und Norwegen einmarschierte und Dänemark nach einem Tag kapitulierte, ist unwahrscheinlich. Der Winzling hatte knapp einen Monat vor seiner Sichtbarwerdung andere Sorgen. Wer weiß, ob mir das Fruchtwasser nicht zu kalt war. Später wurde ich begeisterter Schwimmer. Rückenschwimmer vor allem. Vielleicht rührten Ernas Klagen daher, dass der Fötus sich bereits mit heftigen Bewegungen auf eine Schwimmkarriere vorbereitete. Die Niederkunft kam näher. Der norwegische König floh aus Oslo in den Norden des Landes. Schweden erklärte seine Neutralität gegenüber dem deutschen Überfall und dann, am Dienstag, den 14. Mai war es so weit. Die Wehen setzten am späten Vormittag ein. Um 12.30 Uhr erblickte Horst-Rüdiger das Licht der Welt. Man hatte schon zwei Tage vor dem berechneten Termin im ehelichen Schlafzimmer alles vorbereitet. Vater Fritz war ausquartiert worden, hatte auf dem Sofa im Wohnzimmer nächtigen müssen. Die Tür zum Schlafzimmer war offengeblieben, für alle Fälle. Am Morgen des 14. hatte man Decken, Tücher, warmes Wasser bereitgestellt. Als die Hebamme eintraf, war Horst Rüdiger schon auf halbem Wege, den Kopf voran, wie es sich gehörte. Erna presste nach allerbesten

Leibeskräften, die Hebamme half nach und Vater hielt sich die Ohren zu. Das Erste, was Klein-Rüdi von sich gab, war so eine Art Rülpsen, als ob er schlecht gegessen hätte. Die beiden Frauen waren beunruhigt, doch dann entrang sich der Säuglingsbrust ein Schrei, quäkend, grell, eindringlich. Erna fiel in die nach geleisteter Arbeit wohlverdiente Bewusstlosigkeit, die Hebamme trennte die Nabelschnur ab, säuberte den Kleinen und gab ihm einen Klaps auf den Hintern. Was mich zu einem länger andauernden Brüllen veranlasste. Vater Fritz wurde verständigt, kam zögernd und begrüßte erleichtert, aber auch befremdet den Stammhalter. Er hatte sich anderes darunter vorgestellt. Doch immerhin war ich ein Knabe. Also war es ein denkwürdiger Tag. „Gut gemacht, Erna-Mädchen!" Fritz umarmte seine Gemahlin und trank ein großes Glas Schnaps. Erna drückte das kleine Etwas an die Brust. Ich hatte ein rotes Gesichtchen und schrie immer noch aus Leibeskräften. In der Reichskanzlei in Berlin öffnete man zur gleichen Stunde mehrere Flaschen Sekt, denn der Wehrmacht war mit dem Durchbrechen der französischen Front bei Sedan die Abspaltung der französischen Truppen von Briten, Belgiern und Niederländern gelungen. Mir war das schnurzegal: Mir war wichtig, dass ich zum ersten Mal die mütterliche Brust fand. Etwas Weiches, angenehm Warmes. Heftig saugte ich am rechten Nippel, schrie auf, als die Mama mich davon trennte, war aber kurz darauf auch mit dem linken zufrieden. Ich ahnte noch nicht, in welche unruhigen Zeiten ich hineingeboren worden und dass das Leben kein Zuckerschlecken war.

Ich war also da. Es war alles in Ordnung an mir, nichts fehlte. Vater Fritz hatte kaum anderes erwartet: Wie konnte

seinen Lenden etwas entsprungen sein, das nicht den Regeln
entspräche. Mutter Erna war nicht so sicher. Sie untersuchte
sehr bald nach der Arbeit des Gebärens und den ersten impulsi-
ven Mutterfreuden den Winzling. Das von den Anstrengungen
des Sich-Heraus-Schälens durch den engen Kanal noch rote
Gesichtchen wies alle Anzeichen des Üblichen auf: Nase,
Mund, Ohren, Augen. Dass die noch geschlossen und von
einem durchsichtigen Schleim verschmiert waren, mochte Erna
leicht übersehen. Der Kopf war haarlos, aber, das werde sich
bald geben, tröstete die Hebamme, die sich, nachdem sie das
Kind übergeben hatte, verabschiedete. „Meine Arbeit ist getan!
Viel Glück denn auch. Und wenn etwas sein sollte, Sie wissen,
wo ich zu finden bin." Mutter dankte strahlenden Auges und
setzte die Inspektion des Nachkömmlings fort. Arme, Beine,
zehn Finger, zehn Zehen. Der Bauch war etwas aufgeblasen,
was, wie sie hoffte, weniger auf einen Defekt, als auf einen
Fresssack schließen ließ. Ich war dreiundfünfzig Zentimeter
lang, bei gestrecktem Körper, was aber zunächst selten vorkam.
Mein Geburtsgewicht war mit 4220 Gramm im Normbereich.
Gewichtig aber nicht dick. In den nächsten Tagen schlief ich
viel, schrie, wenn ich aufwachte, was den Vater nervte, die
Mutter aber für normal hielt. Während sie mich windelte,
schaute Fritz bisweilen zu, aus sicherer Entfernung. Dann gab
sie mir die Brust. Sie verfügte über reichliche Vorräte an
Muttermilch und war sich sicher, dass sich darin alle für das
Wachstum des Säuglings wichtigen Nährstoffe befanden. Sie
hatte auch gelesen, dass mit der Muttermilch das Baby mit so
genannten Immunglobulinen versorgt wird und dass diese
Stoffe das Kind vor Infektionen schützen. Das machte sie

glücklich: Sie konnte ihrem Kind etwas geben, was Fritz nicht zu geben vermochte. Zu dieser Zeit fand Erna ihren Mann sehr klotzig und überflüssig. Ich wuchs schnell und nahm an Gewicht zu. Mitte Juni stellte Mutter erfreut fest, dass ihr Sohn mit den Augen ihrem Finger folgte, den sie hin und her bewegte. Er fixierte ihn und lauschte offensichtlich ebenso interessiert den Geräuschen, die sie von sich gab.

Ich brüllte laut und viel, war nur zufrieden, wenn ich Ernas Nippel fand und mich an ihrer Milch labte. Wo ich war und warum, war mir in diesen ersten Lebensmonaten egal.

Ich kam in einem Ort namens Annahütte an. Für meinen Vater war Annahütte ein „Muster an negativer Schönheit mitten im Braunkohlerevier". Annahütte war ein Ortsteil von Schipkau in Brandenburg. Seit 1856 gab es dort eine Glashütte und später wurde Braunkohle abgebaut. Das Dorf wuchs und als die Glashütte zu einem Industriekomplex ausgebaut wurde, erhielt der Ort eine Schule, eine Post, einen Eisenbahnanschluss und sogar ein Freibad. Zu Dienstmädchen Doras größter Freude. Vater Fritz war der technische Leiter des Glaswerkes, das hochwertiges Bleikristall herstellte. Seine Position verschaffte den Neukäters etliche Privilegien.

Im Oktober, gerade mal fünf Monate nach meiner Ankunft, überraschte Fritz seine Frau damit, dass er mit ihr nach Berlin zu fahren gedenke. Dort werde ein Film gespielt, von dem alle redeten: Jud Süß. Fritz machte sich nichts aus Filmen, darum wunderte sie sich über die Idee. Sie hatte den Verdacht, dass ihr Gatte eifersüchtig auf den Sprössling war. Erna allerdings liebte Filme. Sie hatte ihre Idole, Veit Harlan und Christina Söderbaum. Sie fand, dass die Söderbaum herrlich spielte, Heinrich George als Jud Süß aber fand sie grob und ungeschlacht. Der Film gefiel ihr nicht.

In Berlin schlief sie das erste Mal nach der Geburt wieder mit dem Gatten und war enttäuscht.

Mich hatte man zu Hause in guten Händen zurückgelassen. Dorothea, das Dienstmädchen, genannt Dora, kümmerte sich um mich. Nur die Brust konnte sie mir nicht geben. „Aber", sagte Erna, „zwei Tage wird er es wohl mal mit Milch aus dem Fläschchen aushalten". Dem Vernehmen nach quengelte ich ein wenig, fand aber offensichtlich an Dora Gefallen. Ich wiederholte häufig meine eigenen Laute, lachte viel und jauchzte. Auch betastete ich gerne Doras Gesicht.

Nach ihrer Rückkehr von Berlin konnte Erna ihre Enttäuschung darüber nicht verhehlen, dass ich mich mehr mit dem Gesicht Doras als mit dem ihren beschäftigte. Als Vater mich auf den Arm nahm, soll ich sogar gebrüllt und die Hände nach Dora ausgestreckt haben. Dennoch beschlossen meine Eltern, Dorothea dauerhaft als Kindermädchen zu engagieren. Man konnte es sich leisten.

Fritz und Erna

Wann beginnt man, sich Gedanken über seine Erzeuger zu machen? Sicher nicht in frühen Jahren. Während des Heranwachsens sind sie einfach da, haben dafür zu sorgen, dass man etwas zu essen und ab und zu neue Klamotten bekommt, verdienen Geld und verwalten den Haushalt, passen auf, dass einem nichts geschieht, befehlen, was zu tun und lassen ist, ärgern, schränken ein, sanktionieren, dirigieren. Manchmal will man nichts mit ihnen zu tun haben, aber meistens braucht man sie, und die Vorstellung, sie wären nicht da, kann einen sogar zur Verzweiflung bringen. Wird man älter, fängt man an, über sie nachzudenken. Der hohe Sockel, auf dem Vater und Mutter stehen, wird brüchig. Die hehren Standbilder beginnen zu bröckeln. Erste Risse zeigen sich. Die Erzeuger erweisen sich als nicht mehr unfehlbar. Die Pubertät greift um sich, das Leben zeigt einem die Zähne.

Aber so weit bin ich hier noch längst nicht.

Vater Fritz war bäuerlicher Herkunft. Ein Bauernhof im Dorf Voerde am Niederrhein prägte seine frühen Jahre. Zwischen zwei Brüdern und zwei Schwestern, alle älter als er, umgeben von Kühen und Schweinen und aufgezogen mit den Produkten intensiver Milchwirtschaft und zweitrangiger Schweinezucht, wuchs er auf. Fritz war schmächtiger als seine Brüder, so eine zerbrechliche halbe Portion. Bei einer Kindheit zwischen Kuh- und Schweinestall wurde ihm früh klar, dass er nicht Bauer werden wollte, zumal bei zwei älteren Brüdern für ihn sowieso kein Platz im Elternhaus bleiben würde. Johann, der Erstgeborene und kräftigste würde den Hof übernehmen. Caspar, der Mittlere, lernte das Schmiedehandwerk und wurde nach dem Verlust seines rechten Armes Postmeister. Mit Fritz wusste man lange nichts anzufangen. Die beiden Schwestern wurden, wie es sich gehörte, weggeheiratet. Fritz suchte nach Auswegen aus der Landwirtschaft. Zunächst führte an der Dorfschule mit prügelndem Lehrer kein Weg vorbei. Er biss sich durch und schaffte später irgendwie die mittlere Reife. Da ihm alle attestierten, dass er technisch nicht unbegabt sei, suchte er eine technische Hochschule, die weit genug vom

Heimatort entfernt, aber nah genug war, um kein Heimweh zu bekommen. In Hagen in Westfalen gab es eine Ingenieurschule. Die Eltern, die eigentlich so etwas wie Studieren für überflüssig hielten, sahen aber schließlich doch ein, dass, wenn es denn unbedingt sein müsste, der Junge etwas Geld zum Leben brauchte und so konnte Fritz ein kleines Zimmer in der sauerländischen Stadt an der Lenne beziehen. Um sich nicht zu einsam zu fühlen, trat er umgehend einer studentischen Verbindung bei, trug Käppi, trank eifrig Bier, vermied es aber, sich sein schmales Gesicht durch Mensuren verunstalten zu lassen. Er wurde älter und war irgendwann so weit, ein respektables Ingenieurdiplom vorzuweisen.

Ich erlebte meinen Vater immer als einen ‚Homo technicus'. Alles, was sich drehte, bewegte, sich zusammenfügen ließ, faszinierte ihn. Ihm fehlte aber das Gespür für das Nicht-Abwägbare, Irrationale. Gefühle oder Leidenschaften konnte er zwar nicht leugnen, doch sie waren ihm unheimlich und am liebsten hätte er sie für nicht vorhanden erklärt. Er litt darunter, dass es sie trotzdem gab und dass sie ihn bedrängten, doch es fehlte ihm die Fähigkeit, damit umzugehen. Er zog sich einen Mantel von Unnahbarkeit und Forschheit über und stieß die, für die er so stark empfand, vor den Kopf. Wenn er, freigiebig, wie er war, etwas gab, warf er einem das Geschenk quasi vor die Füße. „Da nimm, und kein Wort mehr darüber!" Das kleine Streicheln, das sanfte Mit-der-Hand-über-den-Kopf-Fahren, das war ihm nicht gegeben. Ich weiß nicht, warum meine Schwester und ich Vater zeitlebens Papi nannten. Von einem bestimmten Alter an reden Kinder ihre Eltern mit den Vornamen an. Fritz und Erna, das hätte auch ganz gut zu meinen Eltern gepasst. Aber wir blieben bei Mami und Papi. Eigentlich entsprach das so gar nicht der eher kühlen Distanziertheit unseres familiären Miteinanders. Das war wohl der Erbteil niederrheinisch-bäuerlicher Reserviertheit.

Nicht weit von Hagen entfernt liegt die Kleinstadt Hohenlimburg. Dort war Erna als zweites Kind des Arbeiters Gustav Schmidt und seiner Frau Auguste zu einem stattlichen Backfisch herangereift. Im großstädtischen Hagen besuchte das Mädchen, dem der Sinn nach Höherem stand, die Höhere Töchterschule, mit dem Ziel, perfekt in Kurzschrift und Schreibmaschine, in einem Büro Karriere zu machen und vielleicht dort den Mann fürs Leben zu finden. Doch sie war unternehmungslustig genug, selbst auf die Suche zu gehen. Sie tanzte Charleston und Tango, liebte zu lachen und zu flirten. An manchen Samstagabenden turtelte sie verwegen mit einer Freundin über die Tanzböden der näheren Heimat. Wie sie den Weg zu den Studenten fand, blieb ihr Geheimnis.

Wie mochten Erna und Fritz zusammengekommen sein? Es war vielleicht anlässlich eines jener damals häufigen Sängerfeste oder eines feucht-fröhlichen studentischen Verbindungsabends. Fritz stand mit dem Rücken an den Tresen gelehnt, ein halbvolles Bierglas in der Hand und sah dem Treiben auf der Tanzfläche zu. Er war kein guter Tänzer, ihm fehlte der Mut zu gewagten Schritten. Die Kapelle spielte einen Charleston, mehr schlecht als recht, es war schon nach Mitternacht. Erna trug ein geblümtes Kleid und tanzte, dass sich beim Drehen der Rock hob und ansehnliche Beine freigab. Der runde Ausschnitt des Frühlingsblumenkleides ließ wohlgeformte Brüste erkennen. Als der Tanz zu Ende war, atmete sie tief aus und ließ sich an einem Tisch in seiner Nähe nieder. Ihre Blicke trafen sich. Er überwand seine Scheu und fragte sie nach ihrem Namen. Sie hieß Erna und er war Fritz. Ob der Blitz einer plötzlichen Liebe die beiden traf, bleibt ungeklärt, jedenfalls beschlossen sie, ein Jahr nach der ersten Begegnung, im Jahre 1938 den Bund der Ehe einzugehen. Es war das Jahr des Anschlusses Österreichs ans Deutsche Reich, der Reichspogromnacht, aber auch der Erstbesteigung der Eiger-Nordwand durch Heinrich Harrer. Waren das Ereignisse, die dazu beitrugen, sich das Jawort zu geben und zu versprechen, füreinander da zu sein, bis der Tod sie scheide? Eher nicht. Vielleicht war es einfach die große und immerwährende Liebe. Rüdiger war noch nicht vorhanden, nicht einmal als Gedanke und wenn man mich um Rat gefragt hätte, hätte ich wohl der unsicheren Zeiten wegen von einer Verehelichung abgeraten. Erna war in jungen Jahren und auch in mittleren das, was man viel später einen flotten Feger nannte. Und Fritz, der ließ auch nichts anbrennen. In Jünglingsjahren durfte ich ab und zu Ernas Tränen auffangen, die sie wegen außerehelicher Fehltritte des Gatten vergoss. Aber unter dem Strich blieben sich beide nur wenig schuldig. Auch damals schon galt es, zu leben und leben zu lassen. Die Ehegemeinschaft funktionierte: Erna war gut aussehend, fleißig, gefügig und fruchtbar, Fritz erfinderisch, strebsam und geschickt genug, sich unentbehrlich zu machen. Erna war einfachen Gemütes, unkritisch, politikfern, doch den Nazis durchaus gewogen. Fritz hingegen mochte die Braunen nicht, hielt sich von ihnen fern und schaffte es, dank seiner Stellung in einem für die Rüstung wichtigen Betrieb um einen Fronteinsatz herumzukommen. In der Heimat brauchte man seine Kenntnisse und

Fähigkeiten dringender. Fritz bekleidete einen sicheren und gut bezahlten Arbeitsplatz und als das Ehepaar nach einem Wohnortwechsel ein neues Zuhause bezog, stand 1940 einer familiären Zuwachsplanung nichts im Wege. Meinen Erzeugern ging es gut, selbst in diesen unsicheren Zeiten. So kam es, dass sie im Mai erfreut einen strammen Knaben begrüßen konnten. Es spricht für Vaters Schlitzäugigkeit oder auch für seine Fähigkeiten als vorausschauender und sorgender Familienvorstand, dass die junge Familie in diesen von Krieg und Entbehrung gebeutelten Zeiten gut über die Runden kam. Meinen Eltern ging es den Umständen entsprechend prächtig. Fritz' Stellung im Betrieb, dessen Erzeugnisse als kriegswichtig galten, war unangreifbar und erlaubte es, ein Haus zu bewohnen, das beinahe schon als herrschaftlich zu bezeichnen war. Man konnte sich sogar ein Dienstmädchen leisten, das viel zu Rüdigers Heranwachsen beitrug. Dora war Amme, Putzfrau und Köchin zu gleichen Teilen.

Zu essen und trinken gab es bei Neukäters stets genug und da Vater Jäger war und regelmäßig mit der Flinte durch die Reviere zog, fehlte es auch hin und wieder nicht an herzhaftem Wildbret. Zwei- oder dreimal hatte ich als Vierjähriger neben ihm in der Morgenfrühe auf einem Hochsitz gesessen. Papi hatte den Drilling im Anschlag, lauerte irgendeinem Rotwild auf und ich langweilte mich. Doch ich durfte kein Wort reden. Im Wald hatte man zu schweigen. Mir tat das Reh leid und Fleisch mochte ich gar nicht. Fritz sah bald ein, dass aus mir kein Weidmann werden würde und nahm mich nicht mehr mit auf die Pirsch. Er war enttäuscht von mir. Auch dass Erna mich lange stillen musste, störte ihn. Doch ich wuchs und gedieh dank der nahrhaften Muttermilch und der selbstgemachten Breie. Man sagt, ich habe aber häufig genörgelt und sogar von kleinkindhaften Wutanfällen war die Rede.

Nicht etwa, dass Fritz und Erna die Zeitläufte ignorierten, sie sorgten sich schon, vergaßen aber über allem Nachdenken nicht, dass das Leben auch seine angenehmen Seiten hatte. Sie machten das Beste daraus und das schien ihnen auch ganz gut gelungen zu sein. Immerhin waren sie noch nicht einmal in der Mitte des Lebens.

Kleinkinder verfügen kaum über Erinnerungen an frühe Ereignisse und Erlebnisse, aber bestimmte Bilder der frühen Kindheit tauchen schon bisweilen auf. In meinen verschwommenen Erinnerungen gibt es eine Bildfolge, die sich seltsamerweise mit dem Begriff ‚Bad Erna' verbindet. Vielleicht ist die Namensgleichheit ein Omen, denn in Bad Erna gab es zum ersten Mal in meinem Leben erinnerten Kummer und frühe Verlustängste. Viele Jahre später erzählte mir meine Mutter, dass es sich bei besagtem Bad Erna um eine größere Kiesgrube handelte. Wie auch heute noch üblich, waren auch damals solche Bade- oder Baggerseen Örtlichkeiten, in denen man sich ausgelassen zu bierseligen Geselligkeiten und Grillgelagen traf, um die Alltagssorgen für eine Weile hinter sich zu lassen.

Möglicherweise war es ein milder Sommerabend, an dem Fritz und Erna Getränke, Grillgut und den Nachwuchs ins Auto packten. Fritz war der stolze Besitzer eines DKW F8. Dieser in Zwickau gebaute sogenannte Frontwagen, der seit 1939 auf dem Markt war, war sein ganzer Stolz und auch Beweis dafür, dass er sich als technischer Betriebsleiter einiges erlauben konnte. Erna glänzte mit bescheidenem Stolz auf dem Beifahrersitz. Die Autofahrt überstand der Sprössling Rüdiger klaglos. Auch dass ich am Ufer des Sees abgestellt wurde, Grillgerüche, Qualm und fröhliche Gesänge der Eltern und deren Freunde ertrug, sprach für meine kräftige Konstitution. Es ist anzunehmen, dass ich zwischenzeitlich durchaus von der fürsorglichen Mutter gefüttert und wahrscheinlich auch gewindelt wurde, aber irgendwann verfrachtete man das möglicherweise plärrende Kleinkind in den Fond des DKW und vergaß über nächtlichem Feiern und Fröhlichsein den Knaben. An dieser Stelle etwa setzt bei mir eine schemenhafte Erinnerung ein: Ich sehe mich in einem käfigähnlichen Gehäuse liegen, über mir eine graue Decke und die Wärme der Sommernacht macht mir zu schaffen. Weil mir heiß ist und ich Angst habe, tue ich das, was ich am besten kann: Ich weine, heule, brülle! Aus Leibeskräften. Eigentlich war ich gewohnt, dass auf mein Brüllen hin immer jemand kam und mir Erleichterung verschaffte. In dieser erinnerungsträchtigen Nacht aber kümmerte sich niemand um mich. Ich vernahm das nahe Singen der Erwachsenen, hörte sogar Vaters Stimme heraus, schöpfte Hoffnung, als eine Gesangspause eintrat und verzweifelte schier, als der Gesang mit noch höherer Inbrunst wieder einsetzte. Ich holte tief Atem, füllte Brustkorb und Lunge und erhob meine Stimme zu vollster Stärke. Ich brachte so kräftige, Mark und Bein durchdringende, schrille Schreie zustande, dass mir selbst davon Angst und bange wurde. Als das auch nichts half und ich die stimmungsvollen Gesänge vom Seeufer nicht zu übertönen vermochte, ging ich zu einem leisen Schluchzen und schließlich zu resignierendem Wimmern über. Ob Erna und Fritz mich schlichtweg vergessen hatten, weil sie ganz in ihrer kriegs- und notvergessenen Fröhlichkeit im Kreise der Freunde aufgegangen waren, oder ob sie vielleicht der Theorie anhingen, dass beständiges Schreien eines Kindes die Lungen stärke, sei dahingestellt. Auch die längste Nacht nimmt einmal ein Ende und, da bin ich mir sicher, nach einer Ewigkeit stillen Leidens nahm Mama Erna mich in ihre gütigen Arme und alles war wieder gut. Zwar roch ihr Atem etwas seltsam und die Brust mochte sie mir auch nicht geben, aber ich war so froh, nicht mehr allein und verlassen schreien zu müssen, dass ich sehr bald und zufrieden einschlief.

Im tiefsten Innern meines Herzens bin ich mir sicher, dass dieses Erlebnis eine kleine bleibende Delle in meine Psyche geschlagen und hinterlassen hat. Was wäre aus mir geworden, wenn nicht Bad Erna mir so früh die Grenzen meines Wollens aufgezeigt hätte. Auf diese prägende Nacht hin angesprochen, wollten weder Fritz noch Erna zufriedenstellend Auskunft geben. Ausweichend und beschwichtigend hörte ich immer wieder, man habe immer nur das Beste für mich gewollt. Das Beste aber war mir nicht genug. Jedenfalls nicht in Bad Erna.

Doch nicht nur Bad Erna hatte mögliche schädliche Folgen für meine Psyche. Auch ein anderes Ereignis hinterließ Kerben in meinem Ich. Eigentlich war Vater eine warmherzige, liebevolle Seele. Dass er seine Gefühle nicht richtig zu zeigen verstand, dafür konnte er nichts, da war seine trockene, bäuerliche Erziehung dran schuld. Fritz aß gerne gut und Erna kochte vorzüglich und reichlich. Vielleicht deshalb galt der Spruch „Was auf den Tisch kommt, wird auch gegessen" ohne Einschränkung. Nur war ich aber ein mäßiger Esser und manchmal schmeckte es mir gar nicht. So etwas war aber nicht vorgesehen und schon gar nicht geduldet im Neukäterschen Haushalt. So geschah es, dass ich in meinem Essen herumstocherte, Eintopf, Kartoffelbrei, irgendetwas Weiches, Gemüsiges. Mutter Erna ermahnte: „Nun iss mal schön auf, das schmeckt doch lecker." „Ich mag das nicht!", maulte der undankbare Sohn, was Vater zu einem mit dunklem Unterton gemurmelten „Iss jetzt endlich!" veranlasste. Ich verweigerte wie ein Pferd, das störrisch vor einem Hindernis blockt und starrte auf den halbvollen Teller. „Iss jetzt auf, sonst ...!" Das „sonst" kannte ich schon. Neben dem Küchentisch gab es eine Tür zur Speisekammer. In der war es dunkel, und vor einem Regal voller Gläser mit Marmeladen und eingemachten Gemüsen standen ein kleiner Tisch und ein Stühlchen. Ich hasste diese Möbel und fürchtete mich vor der dunklen Kammer. Aber der Abscheu vor dem breiigen Essen war stärker als die Furcht vor dem Dunkel. Ich holte tief Luft und plapperte: „Nicht essen mag! Nicht schmeck lecker!" Und um der Ablehnung noch einen letzten Schub zu geben, fügte ich noch ein bekräftigendes „Bäähh" hinzu, was Vaters Ärger zur Wut anschwellen ließ. Fritz, der Warmherzige, vergaß sein sanftes Gemüt und erhob die Stimme: „Ab mit dir in die Speisekammer!" Mutter versuchte zu beschwichtigen: „Aber Fritz, lass ihn doch!" „Nichts da, es wird gegessen, was auf den Teller kommt. Los, steck ihn ins Loch!" „Ach Fritz ...!" Aber der fuhr ihr ins Wort: „Nein, der Bursche muss lernen, dass das Leben kein Zuckerschlecken ist. Andere wären froh, wenn sie überhaupt etwas zu essen hätten. Basta!"

Ich glaube, dass ich eine Stunde lang in der Finsternis saß, erst leise weinend, dann lauter, aber aufgegessen habe ich nicht. So entstand mein zweites Trauma, das mir viele Jahre später noch einmal zu schaffen machte.

Ich war längst im Beruf und war auch schon eine Weile verheiratet, als wir mit Freunden einen Tag der offenen Tür im anthroposophischen Zentrum in Kassel besuchten. Neben anderen Vorführungen gab es auch eine dramatische Bearbeitung des Märchens Dornröschen, die sich großen Besucherandrangs erfreute. Die Aufführung fand in einem Raum statt, dessen Fenster vollständig verdunkelt waren und als der Raum bis zum letzten Platz besetzt war, verschloss man auch die Eingangstür. Es war stockdunkel. Ich vernahm ein leises „Dornröschen schlafe hundert Jahr" und auf einmal saß ich wieder eingesperrt und umfangen von der Dornenhecke auf meinem Stühlchen in der finsteren Speisekammer. Mein Herz begann zu rasen, ich bekam Schweißausbrüche und mir wurde schwindlig vor den Augen. Ich wollte schreien, doch mir versagte die Stimme. Ich wollte hinaus, aber alle Türen waren verschlossen. Ich hörte ferne Worte, Vaters herrische Stimme, und ich war zugleich außer mir. Meine Augen suchten Licht, meine Lungen Luft. Es war so eng und kalt in dem Raum. Bis ich die Hand meiner Frau auf meiner spürte. Sie war warm und hielt mich fest. Zum Glück fanden wir den Ausgang und zum Glück war ein befreundeter Arzt zur Stelle, der meinen Anfall ernst nahm. Wir fuhren zu ihm. Auf der Fahrt ließ mein Herzrasen etwas nach. Aber erst, als ich eine Valium-Tablette geschluckt hatte, wurde ich ruhiger. Ich begann zu erzählen, wie ich damals in der dunklen Kammer vor dem Breiteller gesessen hatte. Als ich von diesen frühen Kindheitserinnerungen berichtete, wurde mir allmählich besser und mein Herzschlag normalisierte sich.

Dora und der Beginn einer Schwimmkarriere

Heute macht alle Welt sich von allem ein Bild. Wir ertrinken in der Flut von Abbildungen der Realität und dem, was uns geschickte Manipulateure als Realität verkaufen wollen. Doch davon soll hier nicht die Rede sein, wohl aber davon, dass ich kaum Bildhaftes aus meiner frühen Kindheit vorzuweisen habe. Fotos waren damals selten und stellten etwas Bleibendes dar, etwas fürs Leben. Eines der wenigen Fotos zeigt mich als Dreijährigen: auf einem Tischchen stehend, auf gleicher Höhe mit der sitzenden Erna. Aus dem Matrosenblüschen ragt halslos ein Pausback. Der linke Mundwinkel schickt ein Fältchen zum stumpfen Nasenflügel. Die großen Kugelaugen wissen nicht recht, was sie suchen. Rüdiger mit brav gescheitelten Haaren, einer abstehenden Haartolle wie ein Entenschwänzchen und einem Kleinkindlachen auf dem runden Gesicht. Weißes Hemd und kleinkariertes Pepitahöschen bis zu den stämmigen Knubbelknien. Weiße Söckchen lappen über die geschnürten Kleinderstiefel. Erstaunlich, was man damals schön fand.

Von Dorothea, Dora, dem Dienstmädchen, das mich schaukelte, in die Luft warf, wieder auffing und mich herumschleuderte, bis ich vor Jubel jauchzte, gab es kein Bild. Wenn ich versuche, mich an Dora zu erinnern, stellt sich nur so ein Gefühl von Fülle und Weichheit ein und ich glaube mich zu erinnern, dass sie gut roch. Nach Vanille vielleicht, oder Zimt und Zucker. Dorothea war immer da, Mama oft, Papa selten.

Als ich sprechen lernte, sagte ich Mami zu Mutter, Papi zu Vater und Dora zu der, die ich damals am meisten liebte. Mami und Papi blieben, Dora aber geriet irgendwann in Vergessenheit, verschwand aus meinem Leben, wurde zu einer Fee aus dem Märchenland. 1943 aber war sie noch sehr da.

Was für ein Jahr voller schicksalhafter Ereignisse, von denen der kleine Rüdiger nichts mitbekam und schon gar nichts verstand. Wenn seine Eltern besorgt schauten, hatte er ein schlechtes Gewissen: Er hatte wieder einmal in die Hose gemacht. Aber eigentlich verlangte noch niemand von einem Dreijährigen die Beherrschung des Schließmuskels. Es waren die schlimmen Meldungen, die Fritz zu Ohren kamen und die er seiner Erna berichtete, die aber nur mit halbem Ohr zuhörte und ihn besänftigte: „Es wird nichts so heiß gegessen …" Sie ließ oft solche Halbsätze stehen und dann wusste man nicht, woran man war. Aber schlimm waren die Nachrichten schon. General Paulus kapitulierte mit seinen Truppen vor Stalingrad und Joseph Goebbels proklamierte in der Sportpalastrede den totalen Krieg. Mein Vater hielt beides für gleich folgenschwer. Zu meinem dritten Geburtstag bombardierten amerikanische Flugzeuge den Kieler Hafen, Mutter Erna backte trotzdem einen Rhabarberkuchen und zündete drei Kerzen darauf an.

Einen Monat später lernte ich schwimmen. Und das kam so: Wir wohnten immer noch in der großen Werkswohnung und dank Vaters Position ging es uns gut und meine Eltern konnten sich immer noch ihre Dorothea leisten. Dora war der gute Geist im Haus. Sie wusch und bügelte, half beim Aufräumen und als Ende des Jahres die kleine Schwester in Mutters Bauch zu wachsen begann, sorgte Dora dafür, dass es ihr an nichts fehlte.

Ohne Dora war das Haus leer und das Leben schal und ohne Gewürze. In der Erinnerung steht sie vor mir als eine stämmige, breitschultrige Brünette. Dora lief auf kurzen Beinen durchs Leben und wenn sie mich an ihre ausladende Brust drückte, bekam ich warme Gefühle. Dora strahlte Geborgenheit aus und immer während Sicherheit. Dora war in vieler Hinsicht einmalig und etwas Besonderes. Unter anderem verfügte sie über eine Fähigkeit, die damals selten war und für Frauen geradezu anrüchig: Sie konnte schwimmen, vermochte es, sich auch in tiefem Wasser vorwärts zu bewegen. Ob sie sogar einen bestimmten Schwimmstil beherrschte, habe ich nie herausgefunden. Fritz und Erna, die beide von jeglicher Bewegung in freiem Wasser nichts hielten und überhaupt des Schwimmens nicht mächtig waren, betrachteten Doras Wasserneigung mit Misstrauen, wollten sie ihr aber, da ihr sonst kein Fehlverhalten nachzusagen war, nicht verbieten.

Es gab in Annahütte so eine Art Schwimmbad, ein zementiertes Becken mit Leitern zum Hineinklettern, vielleicht sogar einem federnden Sprungbrett. Jedenfalls verbrachte Dora einen Teil ihrer gering bemessenen Freizeit in diesem Bad, um sich mit sportlicher Betätigung von der Hausarbeit zu erholen. Natürlich trug sie dabei zeitgemäß angemessene Bekleidung. Dora war der Ansicht, dass der Schwimmsport äußerst gesund und anregend sei und da sie meine Eltern nicht davon überzeugen konnte, hielt sie sich an den Sohn und nahm mich an einem sommerlichen Tag mit in das Bad. Sicherlich war das Wasser nicht so warm, dass ich freiwillig zum Plantschen bereit war und ganz sicher war mir nicht danach, mich mit dem ganzen Körper in das Nass zu begeben. Jedenfalls waren Doras

Versuche, mich hinein zu locken, zunächst vergeblich. Mag sein, dass sie irgendwann die Lust verlor oder sie eine stille Wut überkam, weil ich mich sträubte, mich den Annehmlichkeiten des Badens hinzugeben, jedenfalls packte sie mich in einem Ansturm von Gewaltanwendung, machte mich gehörig nass und warf mich einfach ins Wasser. Was dann geschah, verschwindet im Nebel der Geschichtslosigkeit. Möglicherweise strampelte ich und hielt mich, dem Überlebenstrieb gehorchend, eine Weile über Wasser. Vielleicht sank ich aber auch wie ein Stein dem Grunde entgegen und wurde erst im letzten Moment von der Schwimmerin aufgefangen, an die Brust gedrückt und in die Wärme des Lebens zurückgeholt. Denkbar war aber auch die Version der leichtsinnigen Dora. „Denkt nur", erzählte sie stolz am Abend den Eltern, „Der kleine Rüdiger kann schwimmen. Er ist eine richtige Wasserratte." Wasserratten hatte es noch nie, weder in Fritz' noch in Ernas Familie gegeben, und als etwas Wünschenswertes konnte das auch nicht gelten. Aber da Fritz und Erna keine Vorstellung davon hatten, was Schwimmen bedeutete, nahmen sie es als gegeben hin, dass ihr Sohn etwas konnte, was ihnen nicht gegeben war. Dora hätte auch sagen können, dass der kleine Rüdiger in der Nase bohren oder auf einem Bein stehen könne. Lauter zu gar nichts nützliche Tätigkeiten. Aber schwimmen, was heißt das schon? Kein Dreijähriger kann schwimmen. So ein Knirps mag aber sehr wohl, mit den Händen rudernd und den Beinen schaufelnd, sich über Wasser halten, ja sogar mit dem Kopf unter Wasser prusten und schnauben, aber richtig schwimmen kann man das nicht nennen. Unwiderlegbare Tatsache aber ist, dass ich nach diesem Wasserwurf des Dienstmädchens Dora nicht ertrunken bin. Und es muss auch Beweise für meine Wassergewöhnung gegeben haben, denn Mutter Erna erzählte mir oft und später auch mit Stolz in der Stimme, dass ich schon sehr früh habe schwimmen können und dass eine gewisse Dora mir das beigebracht habe.

Dora entschwand im Dunkel der Lebensgeschichte. Ich wurde, wie es sich gehört, von Jahr zu Jahr älter, aber die Schwimmerei blieb mir zeitlebens ein Lebenselixier. Mit acht brachte ich mir allein das Kraulen bei, ließ mich jahrelang bei meinen Schwimmübungen auch von schlechtem Wetter nicht abhalten und trat mit sechszehn einem Verein bei, in welchem ich endlich mehrmals wöchentlich unter Anleitung trainierte. Das war eine harte Arbeit: 400 Meter Beinarbeit mit einem Brettchen vor den gestreckten Armen, dann Armarbeit und schließlich noch Intervalltraining. Ich brachte es immerhin einmal zur Teilnahme an deutschen Meisterschaften unter den Vereinen ohne Winterbad. Es gab damals Vereine mit und ohne Winterbad. Ich schwamm die Rückenstrecke in der Lagenstaffel. Die goldglänzende Medaille, die ich erhielt, verwahrte ich lange Zeit in einem Holzkästchen.

Ich könnte mir vorstellen, dass Dora, wenn sie noch lebte, stolz auf mich wäre. Bis ins hohe Alter, bis heute, bin ich ein eifriger, um nicht zu sagen, hervorragender Schwimmer geblieben. Derjenigen, die den Grundstein zu meiner Schwimmerkarriere gelegt hat, der fast vergessenen Dora, gebührt ein Ehrenplatz in meinem Leben.

Kleine Schwester

An einem Sonnabend, den 20. Mai 1944, wurde mir ein Schwesterchen geboren. Es war beileibe nicht so, dass mir etwas gefehlt hätte. In meinem vierten Lebensjahr war ich mit mir und dem Leben im Großen und Ganzen zufrieden und die Ankündigung, ich werde ein Schwesterchen bekommen, ließ mich kalt, sofern man so etwas bei einem Vierjährigen sagen konnte. Genaugenommen wäre mir ein lebendes Kaninchen lieber gewesen. Mami hatte einen dicken Bauch, sagte ständig, ich solle mein Ohr drauf legen, dann würde ich meine Schwester hören und auch fühlen, wie sie strampelte, weil sie heraus zu uns wollte. Aber ich mochte gar nicht an Mutters Bauch herumhorchen, viel lieber wollte ich mit den Bauklötzen, die Papi mir geschnitzt hatte, einen Turm bauen.

Ich kann kaum Gründe finden, warum Fritz und Erna sich in diesen Zeiten zu einem zweiten Kind entschlossen haben. Wahrscheinlich war es auch gar kein freier Entschluss, sondern die Schwester war ein Kind des Zufalls. Wie weit sich Erna mit Knaus-Ogino und ihrem Eisprung vertraut gemacht hatte, entzieht sich natürlich meiner Kenntnis. Ein Wunschkind war mein Schwesterchen bestimmt nicht. Am gleichen Tag wie die Schwester wurde Joe Cocker geboren, aber dessen Musik interessierte Rüdiger bestenfalls viele Jahre später, und Wolfgang Borchert wurde 23 Jahre alt. Weder das eine noch das andere war ein Grund, an diesem Tag geboren zu werden. Dem winzigen Baby war es egal, es erblickte am frühen Morgen das Licht der Welt und begann mit einem Schrei. Die Zeiten waren auch einfach zu miserabel. Im März begann die sowjetische

Frühjahrsoffensive, Einheiten der Wehrmacht und der SS besetzten Ungarn und gut zwei Wochen nach der Geburt begann die Invasion der Alliierten in der Normandie. Was für denkbar schlechte Voraussetzungen für ein unbeschwertes Heranwachsen und ein glückliches Leben! Was den Namen anbetraf, fiel Fritz und Erna auch nichts Besonderes ein. Der Höhepunkt germanisch-nordischer Namensgebung war überschritten. Man wusste ja nicht, wie es weiter ging und was kommen würde. Also lieber keine Hiltrud, Sieglinde oder Waltraud. Ein weniger mythenträchtiger Name sollte es auch tun. Das Kind bekam den geläufigen, unverdächtigen Namen Christel. Es reichte nicht einmal mehr für einen zweiten.

Christel war von Anfang an ein schwächliches Kind, brachte wenig Gewicht auf die Waage und nahm auch entsetzlich langsam zu, was natürlich auch an dem wachsenden Mangel an wertvolleren Nahrungsmitteln lag. Alles war knapp und rationiert. Vater konnte zwar dank seiner Jägerei Hasenbraten und manchmal sogar eine Rehkeule herbeischaffen, aber was nützte das dem Säugling. Erna macht sich Sorgen, immerhin sprach man ganz offen davon, dass die Russen näherkamen und der Krieg vielleicht verloren wäre. Erstmals äußerte sie Zukunftsängste: „Was soll nur aus uns werden, Fritz?" Was schlimmer war, der Kummer schlug sich auf ihre Milchbildung. Klein-Christel saugte an der Brust, fand nur tröpfchenweise Befriedigung und gab ihrer Unzufriedenheit darüber plärrend Ausdruck. Dora kam nicht in Frage. Sie hatte mit Rüdiger genug zu tun, der auch immer schwieriger wurde, weil er eindeutig der Meinung war, dass man sich den ungebetenen Schreihals vom Hals schaffen sollte. „Baby weg, bäääh alle!", plapperte ich und bekam dafür von Fritz einen Klaps auf den Po, was mich nun auch zum Wehklagen veranlasste. Die Stimmung in der Familie war nicht zum Besten.

Erna tröstete sich mit ihrem Volksempfänger, hörte neben den Siegesmeldungen der Wehrmachtsberichte aber vor allem die Wunschkonzerte mit Schlagern wie „Das kann doch einen Seemann nicht erschüttern" und besonders gefiel ihr Lale Andersens „Lili Marleen", bei der ihr fast immer die Tränen kamen. Vater Fritz fand das sentimentale Gedudel nervig und musste seine Frau bisweilen fast rabiat vom Empfänger verjagen, wenn er BBC hören wollte. Natürlich war ihm bewusst, dass das Hören des Feindsenders strafbar war, aber, „man muss doch wissen, was Sache ist.", meinte er. Was er hörte, machte ihn zunehmend ratlos. Die Meldung, dass am 17. September 1944 die Alliierten mit der größten Luftlandeaktion des Weltkriegs 35.000 Mann hinter der deutschen Westfront in den Niederlanden absetzten, gab ihm Grund zu der Annahme, dass der Krieg nun bald zu Ende sein würde und als er am 25. September vernahm, dass Hitler die Erfassung aller wehrfähigen Männer zwischen sechszehn und sechzig Jahren für den Volkssturm anordnete, erfasste ihn eine gewisse Verzweiflung. Er konnte zwar mit dem Jagdgewehr auf Bock und Sau anlegen, aber wehrfähig, so, wie sich das der Führer vorstellte, war er ganz und gar nicht. „Abwarten und Tee trinken", sagte er sich und ging erst mal wie gewohnt seinen Arbeiten im Betrieb nach. Christel schrie nach Muttermilch, Rüdiger plärrte, das Baby solle aufhören 'bäh' zu machen. Dora kümmerte sich um den Haushalt und Erna versuchte, ihre Zukunftsängste durch intensives Hören der Wunschkonzerte im Volksempfänger zu verdrängen. Das Leben ging seinen Gang.

Knapp acht Monate später, am 8. Mai 1945, war der Zweite Weltkrieg offiziell zu Ende. Doch eigentlich war er schon früher vorbei. Die Rote Armee war im April in den Osten einmarschiert und die Berichte von Vergewaltigungen waren auch bis Annahütte gedrungen.

Die Russen kommen

Am 14. Mai 1945 wurde ich fünf, doch es gab keinen Grund zum Feiern.

Ab welchem Alter setzt das Leben Erinnerungsmarken? Wenn ich versuche, mich auf die frühen Kindheitsjahre zu besinnen, gibt es da, wenn auch nur bruchstückhaft und verschwommen, Momente und Orte, die sich mit Bildern verbinden. Ich denke nach: Was hat sich aus eigenem Erleben in meine Matrix eingeprägt, was ist sekundär, vermittelt und zurechtgerückt durch die Erzählungen anderer, der Eltern, Tanten, Freunde. Nein, Freunde hatte ich ja gar nicht mit fünf Jahren, also gab es nur die Geschichten, die Vater und Mutter in späteren Jahren von sich gaben.

Die Ereignisse kurz vor meinem Geburtstag erscheinen mir wie eine verblasste Fotografie, auf der sich collagenhaft Bildelemente vermischen.

Da ist eine Höhle, mitten im Wald. Der kleine Rüdiger fühlt das trockene Laub unter seinen nackten Füssen. Es fühlt sich gut an. Er fährt mit den Zehen hinein, wirbelt es auf, jauchzt, als die Blätter aufstieben und wieder fallen. Es müssen warme Tage gewesen sein, trocken mit sommerlichen Temperaturen.

Jahre später erzählt man mir, die Geschichte sei folgendermaßen verlaufen. Annahütte im Mai 1945: Alles redete davon, dass die Russen immer näher kommen. Man hatte Angst, wusste, dass sie brandschatzten, vergewaltigten und mordeten. Vater genoss dank seiner Position in den Glaswerken einen gewissen Schutz, er war nie Nazi gewesen, war auch nicht in der Partei. Aber er war nicht eingezogen, war nicht an der Front gewesen. Allein, dass er in der Heimat geblieben war, musste ihn für die Russen verdächtig machen. Was würde mit ihm geschehen, wenn sie da wären. Kein Wunder, dass eine unklare Mischung aus Angst und Verzweiflung meine Eltern beherrschte und die Frage aufwarf, wie man sich und die Familie im Ernstfall in Sicherheit bringen konnte.

Der Plan muss langsam gereift sein. Mutter tat das, was Vater sagte und der sagte eines Tages: „Pack das Nötigste zusammen, Erna. Wir hauen ab". „Wohin? Für wie lange"? Erna wartete auf Antworten, die aber nicht kamen. „Pack einfach alles zusammen, was wir tragen können. Es ist alles besser als warten." Und fast hoffnungslos fügte er vielleicht noch hinzu: „Sie werden mich an die Wand stellen!" Doch dann raffte er sich auf, ließ Frau und Kinder verängstigt zurück. Er werde einen geeigneten Platz suchen. Als Jäger fand sich Vater im Wald zurecht und kannte die entlegensten Plätze im Revier. Er mochte die Natur, ging, ohne viel über sie nachzudenken, mit ihr um, unbewusst, wie jemand, der in ihr zu Hause ist. Er konnte Bäume und Blumen mit Namen nennen und wusste viel über Tiere. Nach einem halben Tag kam er zurück. Erna hatte, wie befohlen, ein paar Bündel gepackt: Decken, Anziehsachen, so viel, wie in zwei Rucksäcke passte. Dazu noch zwei Taschen voller Lebensmittel, etwas zu trinken. Damit zogen meine Eltern los, bei Nacht und Nebel, wie Maria und Josef, aber mit Kind und Kegel. Wahrscheinlich war es eine sternenklare Nacht, in der die Flucht wie ein Abendspaziergang war. Nur, dass in der Ferne Donner von Geschützen und Gewehrschüsse zu hören waren. Die Russen kamen näher. Ich konnte schon gut allein laufen und trug ein kleines Bündel auf dem Rücken, in der Hand hielt ich einen Stock. Mit dem würde ich meinen Papi und meine Mami verteidigen. Die Schwester aber, gerade ein gutes Jahr alt, hatte sich Mutter auf den Leib gebunden. Dora war aus dem Familienleben verschwunden. Allzu weit mussten wir nicht laufen. In der Niederlausitz waren damals die Wälder noch dicht und für jemand, der sich nicht auskannte, undurchdringlich. Was führte Vater im Schilde? „Umbringen wollte er uns alle, sich selbst zuletzt", erzählte Erna mir später. „Du kannst dir ja nicht vorstellen, wie verzweifelt wir waren. Papi sah keine Möglichkeit, davonzukommen. Die Russen würden ihn erschießen und mich, da darf ich gar nicht dran denken! Nein, lieber ein Ende mit Schrecken." Vaters Jagdflinten standen immer im Schrank. Ich erinnere mich, wie schön sie glänzten, aber anfassen durfte ich sie nie. Ganz vage sehe ich das Bild vor mir: Der Vater im Halbdunkel und das Gewehr, das ihm über die Schulter hängt.

Dann ist auf einmal ein anderes Bild da. Wir sind in einer Höhle, es ist warm, Laub ist auf dem Boden ausgebreitet, eine Kerze wirft mildes Licht an die Decke. Ich bin hellwach. Ich möchte raus, möchte spielen und die Eltern lassen es zu. Sie sind mit sich beschäftigt.

Ich stehe draußen, es ist wohl die Morgendämmerung, die alles in einem weichen Licht schimmern lässt. Ein leichter Wind flüstert in den Ästen, die mich wie ein helles Dach beschützen Ich sehe Schatten, die sich bewegen, habe aber keine Angst vor ihnen, Mami und Papi sind ja ganz nahe und passen auf mich auf. Mutig gehe ich ein paar Schritte in den Wald hinein, breche einen trockenen Zweig ab und peitsche damit das Gras. Ein Schmetterling fliegt auf und er schaukelt so schön in dem Sonnenstrahl, der durch das Geäst bricht. Ich möchte gerne hier bleiben und den ganzen Tag spielen. Was für ein richtiges Abenteuer. Doch auf einmal beginnt die kleine Schwester zu plärren. Immer heult sie, kann nichts anderes als weinen. Ich finde meine Schwester doof und überflüssig. Keiner braucht sie, aber das darf ich niemand sagen. Jetzt ist der Schmetterling weg. Mutter ruft mich in die Höhle, „Junge, komm mal rein!" Warum lassen sie mich nicht spielen? Ich schmolle, ziehe eine Schnute, bin aber trotzdem folgsam.

Im Halbdunkel steht der Papi mit der Flinte im Anschlag und das Rohr zielt auf die weinende Christel. Auch Mami schluchzt unter Tränen. Was ist los? „Mami, warum weinst du?" Auf einmal ist mir auch zum Heulen zu Mute. Papi senkt das Gewehr, hebt es wieder und legt es auf die Mami an. „Tu es!" ruft die, „Mach schon! Nein, tu es nicht!" Ich möchte zu Mami laufen, mich an sie kuscheln, fühle mich aber wie festgewachsen. Warum ist Dora nicht da? Dic wüsste, was zu tun wäre. Ich sehe, wie Vater die Flinte senkt, sie wieder hebt, einfach so in die Luft, und dann fängt er auch an zu weinen. Papi weint! Dann lässt er das Gewehr sinken und flüstert. Aber ich verstehe deutlich, was er sagt: „Ich kann nicht!"

Ein paar Stunden später sind wir wieder zu Hause. Ich fand es schöner im Wald. Ich konnte dort so schön spielen. Zwei Tage später kamen die Russen in die Stadt. Es gab keinen Widerstand. Der Krieg war sowieso verloren.

Da gibt es wieder eine Geschichte, die sie mir später, als ich die väterliche Vergangenheit erforschte, erzählten. Ich mochte sie gerne glauben, hat sie doch etwas Heroisch-Mystisches.

Vater hatte nichts mit den Nazis am Hut. Ich habe lange gebraucht, das zu glauben, aber die bohrenden Nachforschungen, die ich in dem Alter anstellte, als es galt, am väterlichen Sockel zu sägen, hatten ergeben, dass Fritz mit den Nazis keine gemeinsame Sache gemacht hatte. Aber er war auch kein Held gewesen, hatte sich nicht mit ihnen angelegt. Er hatte einfach die Schnauze gehalten. Da er Fachmann war und gewissermaßen unentbehrlich für den Betrieb, war ihm nichts geschehen. Zwar legte man ihm nahe, der Partei beizutreten oder wenigstens den Arm zum Deutschen Gruß zu erheben, doch da man ihn brauchte, sah man ihm seine Unbedachtheiten nach.

Deutsche Arbeitskräfte waren auch in der Niederlausitz knapp. Alle, die gesund und kräftig genug waren, waren auf Führers Befehl an der Front, um die Heimat vor dem Bolschewismus zu schützen. Da die Glaswerke, in denen mein Vater seine wichtige Position ausfüllte, mit der Herstellung von kriegswichtigem Material befasst war, musste man für die Produktion andere verfügbare Arbeitskräfte rekrutieren. Polnische Zwangsarbeiter waren da gerade recht. Die konnten froh sein, dass man sie am Leben ließ und so schufteten sie für fremdes Volk und Vaterland. Vater maß die Menschen an dem, was sie taten, glaubte nicht an die Einteilung von Herren- und Untermenschen. Die Polen waren fleißig und verrichteten eine ordentliche Arbeit. Vater verstand zwar ihre Sprache nicht, aber er bemühte sich, sie so zu behandeln, wie sie es verdienten. Er brüllte sie nicht an, drohte ihnen nicht, und wenn sie nicht sofort verstanden, was zu tun war, machte er es vor oder erklärte mit Händen und Füßen. Es war nicht so, dass die Polen ihn mochten, aber sie registrierten, dass er anders war als die meisten Deutschen im Betrieb. Einer der Polen, ein schmales Männchen, hatte einmal Schwierigkeiten mit einem Vorarbeiter. Der brüllte ihn an, griff sich ein Brett und holte damit aus, um dem Polacken zu zeigen, was Sache war. Mein Vater ging dazwischen und schaffte es, das Machtspiel zu beenden. Der Vorarbeiter fluchte, brummte etwas von Polackensau und Polenfreund, zog sich aber wütend zurück. Fritz hatte sich einen Feind mehr gemacht und wenn nicht gleich einen Freund, so doch jemand, der ihm zu Dank verpflichtet war.

Als die Russen in die Stadt eingerückt waren, holten sie alle deutschen Männer aus den Häusern, trieben sie in den großen Saal der Bürgermeisterei und begannen ihre Befragung. Natürlich war auch mein Vater unter denen, die man besonders sorgfältig verhörte. Immerhin hatte der russische Kommandeur schnell herausgefunden, dass er eine wichtige Person im Betrieb gewesen war. Erna und die beiden Kinder sahen zu, wie man den Vater am Vormittag abführte. Erna weinte, das Kleinkind auf ihrem Arm brüllte und ich verstand nur, dass etwas mit dem Vater geschah, das nicht gut war. Aber ich biss die Zähne zusammen, hatte die Lektion ‚Jungen weinen nicht' schon gelernt. Ich sah dem Vater nach, der zwar bleich, aber aufrecht und zwischen zwei massigen Russen eher schmächtig wirkend, weggeführt wurde. Vater hatte volle, hellbraune Haare, die ihm bis auf die Schultern fielen. Das war auch etwas, das ihm immer missfallen hatte: der deutsche Kurzhaarschnitt. Oft genug hatte Erna gedrängt: „Lass mich doch wenigstens deine Haare kurz schneiden!" Aber Fritz hatte auf dem hellbraunen Langhaar bestanden.

Als mein Vater am späten Abend des gleichen Tages zurückkehrte, waren seine Haare weiß. Was war geschehen? Da muss wieder das Hörensagen herhalten. Beim fünfjährigen Rüdiger hat Vaters Rückkehr keine Bilder hinterlassen. Man habe den Vater lange verhört, schmerzhaft befragt. Dann habe man ihm, da er nichts zugeben konnte, was man von Siegerseite hören wollte, mitgeteilt, dass man ihn nun erschießen werde. Man habe ihm, berichtete die Mutter viel später und immer unter Tränen, die Augen verbunden und aus dem Haus geführt. Das Entsichern des Gewehrs habe er gehört, als Jäger kannte er sich ja mit solchen Geräuschen aus. Er habe furchtbar geschwitzt und den Urin kaum halten können. Aber er sei wieder zurück ins Haus gebracht worden, man habe ihn erneut verhört und noch einmal mit dem Erschießen gedroht. Dann sei ihm die Binde vom Gesicht genommen worden. Er habe den schmächtigen Polen im Raum stehen sehen und der habe mit dem russischen Kommandeur gesprochen und auf ihn gedeutet. Schließlich habe man den Vater freigelassen, habe ihn fast rausgeworfen. „Dawai! Du weggehen!", oder so ähnlich, habe man ihm bedeutet.

Das alles erfuhr ich von meiner Mutter. Vater hat mir nie ein Wort darüber gesagt. Auch nicht, als ich ihn, und nicht nur einmal, fragte, wieso er denn so weiße Haare habe, so alt sei er doch gar nicht. Auch da bekam ich nie eine Antwort.

Doberlug

Ich war fünf Jahre alt, meine Schwester Christel hatte knapp das erste Lebensjahr geschafft, Fritz hatte überlebt und Erna musste endgültig ohne Doras Hilfe zurechtkommen. Was geschah mit der Familie? Da ich niemand mehr befragen kann, muss ich mir mit Mutmaßungen behelfen.

Am 30. April beging Adolf Hitler Selbstmord. Die deutschen Truppen kapitulierten und am 8. Mai war der Zweite Weltkrieg vorbei. Fritz, Erna, Rüdiger und Christel lebten nun in der sowjetisch besetzten Zone. Wie überall beherrschte für die meisten Menschen im Land der Hunger den Alltag. Mein Vater war unentwegt mit einem Lastauto mit einem Heizkessel Marke Eigenbau hinten auf der Pritsche unterwegs. Mami war oft ganz zitterig und nervös, wenn er am Abend noch nicht zurück war. Aber Vater hatte es faustdick hinter den Ohren und schaffte es immer, uns genug zum Essen mitzubringen.

Das Glaswerk in Annahütte wurde nach der Besetzung durch die Russen volkseigener Betrieb und Vater war arbeitslos. Aber warum wir nach Doberlug zogen, das niedersorbisch einmal Dobrjolug hieß, was so viel bedeutete wie ‚gute Wiese‘ oder ‚Luch am Dober‘, weiß ich nicht. Doberlug liegt im Süden von Brandenburg im Landkreis Elbe-Elster. Durch Zusammenlegung der beiden Kleinstädte Doberlug und Kirchhain entstand 1950 die heutige Doppelstadt. Die Kleine Elster, ein Nebenfluss der Schwarzen Elster, durchquert das Stadtgebiet von Nordosten nach Südwesten und fließt in den angrenzenden Naturpark Niederlausitzer Heidelandschaft. Hätte man mich gefragt, wo ich wohne, hätte ich ohne Zögern geantwortet: „Zu Hause, bei meiner Mama und meinem Papa." Von Vater hörte ich oft, dass er nach Lauchhammer fahren müsse und in Finsterwalde war er auch oft. Diesen Ort stellte ich mir sehr geheimnisvoll vor. Er machte mir sogar etwas Angst und ich sagte Papi, er solle doch lieber nicht mehr in den finsteren Wald fahren.

Mit Kindheitserinnerungen ist das so eine Sache: Das meiste bleibt im Nebel. Ich recherchiere und finde heraus, dass die Familie irgendwo in der Nähe des heutigen Gewerbegebiets Südstraße gewohnt haben muss, nicht unweit vom Plumpmühlengraben, vielleicht auf der Finsterwalder Straße oder der Bahnhofstraße. Meine Erinnerungen lassen mich im Stich. Nur, dass ich im Winter Schlittschuh laufen konnte und es nicht weit zur Schule hatte, das weiß ich noch. Mit sechs Jahren muss ich wohl in die erste Klasse gekommen sein. Ich sehe mich auf dem Weg zur Schule, sehe einen staubigen Schulhof unter Bäumen, aber viel ist das nicht. Anfangs hat mich Mami ein paar Mal auf dem Schulweg begleitet, aber danach ging ich alleine, weil sonst meine allein gelassene Schwester brüllte. Entweder ging ich an der Kleinen Elster vorbei oder über eine Brücke über den Plumpmühlengraben. Das war der kürzere Weg. Viel lieber ging ich aber an der Elster vorbei. An die Schule, die heute Berggrundschule Doberlug-Kirchhain heißt, kann ich mich gar nicht mehr erinnern. Ich weiß aber noch, dass ich da Russisch lernen musste und mit den zwei Sätzen, die mir im Kopf blieben, hatte ich viele Jahre später immer noch Erfolg. Besonders der Satz „injinieura rabotajet w'fabrikje" war ein Beweis dafür, welchen Nutzen die Beherrschung von Fremdsprachen mit sich brachte. Auch mit der Frage „Kak di paschiwajetje"- „Wie geht es dir?" konnte ich immer mal wieder Erfolge einheimsen. So hat auch die kurze Schulzeit in Doberlug etwas Nützliches gebracht.

Im Juni 1946 begann das CARE-Programm der amerikanischen Militärregierung zur Unterstützung der deutschen Zivilbevölkerung. Für Fritz und Erna war die große Wohnung in Annahütte passé. Doberlug war ein Neuanfang und Fritz musste alles dran setzen, die Familie über Wasser zu halten. Vielleicht kamen sogar CARE-Pakete in der SBZ, der sowjetisch besetzten Zone, an. Wo wir wohnten? Ein langgestrecktes Gebäude wie eine Halle, darin zwei Zimmer, kahl, kaum Möbel, andere Familien gleich nebenan. Vielleicht war es so etwas wie eine Flüchtlingsunterkunft. Ein Fluss war in der Nähe, vielleicht die Elster oder stehende Gewässer. Ich erinnere mich unscharf an Wintertage. Ich besaß Schlittschuhe, solche einfachen, silbermetallenen Geräte, die man unter jedem halbwegs robusten Schuh befestigen konnte. Ich lernte Schlittschuh laufen: Mit einwärts geknickten Füssen ein Dutzend Schritte wie eine watschelnde Ente und dann auf senkrechter Kufe ein paar Meter gleiten. Aber auch das sind nur so Erinnerungsschnappschüsse.

Etwas anderes fällt mir ein, was in Doberlug gewesen sein muss. Da war eine Kinderbande, ein wild zusammengewürfelter Haufen Halbwüchsiger, Ich war wahrscheinlich der

Jüngste, durfte mitlaufen und bewunderte die Älteren, rannte wohl meist hinterher. Vor mir sehe ich eine eingezäunte, große Wiese. Das Tor ist geschlossen und im Gras entdeckt einer der Knaben einen Feldhasen. Der wird aufgescheucht, versucht das Weite zu suchen, stößt auf die Maschendraht-Umzäunung, rennt dagegen, dreht ab, versucht es an der anderen Seite und trifft wieder auf Drahtverhaue. Die Jungenmeute johlt, teilt sich auf, eine Hälfte rennt hinter dem Hasen her, die andere schneidet den Weg ab. Ich renne wahrscheinlich mit, komme außer Atem, erblicke den Hasen, renne weiter, hin und her. Die Wege der Verfolger und des Opfers kreuzen sich, das Tier schlägt Haken, rennt gegen Drahtgitter an, duckt sich ins Gras, macht sich unsichtbar und ist doch jederzeit auffindbar. Wir waren irgendwann außer Atem, aber der Hase war gänzlich am Ende seiner Kräfte. Kinder sind grausam und in der Gruppe gelten sowieso andere Gesetze. Vielleicht hätte der eine oder andere Erbarmen mit der Kreatur gehabt, aber die Horde jagt weiter, nach links, nach rechts. Die Wiese ist zwar groß, aber der Zaun ist dicht und der Hase findet kein Schlupfloch. Viele Jäger sind des Hasen Tod. Der kauert im Gras, erschöpft, dem Schicksal ergeben. Er drängt sich ganz eng an den Zaun, als ob er sich eingraben will, und presst den Kopf fest in den Boden. Ich fasse sein weiches Fell an, das sich ein bisschen nass anfühlt und merke, wie er zittert. Die Ohren sind spitz nach oben gerichtet und die Augen sind geschlossen. Ich glaube, dass er sich tot stellte. Einer der Jäger schlägt als erster zu, vielleicht der Älteste, der Rädelsführer. Wir haben Knüppel, Äste, Ruten und dreschen auf das Tier ein, sinnlos und brutal, bis die Jagd endgültig zu Ende ist. Waidmannsheil!.

Ob ich auch zugeschlagen habe, weiß ich nicht. Zu Hause erzählte ich den Eltern nichts und sie erfuhren nie davon.

Kann sein, dass sich die Geschichte in Wirklichkeit auch gar nicht so abgespielt hat und ich sie vielleicht nur geträumt habe. Was sich ein Sechsjähriger alles auszudenken vermag!

Vielleicht war es auch so, dass ich das Tierchen packte, als es sich nicht mehr rührte und zu einer Öffnung im Zaun trug. Es blieb dort verängstigt einen Moment lang sitzen, hob sich dann auf die Hinterbeine und war auch schon weg.

So gefällt mir die Geschichte besser.

Blut

Ich bin sieben Jahre alt. Wir wohnen immer noch in Doberlug-Kirchhain, in Brandenburg, das nach dem Ende des Zweiten Weltkrieges durch die sowjetische Besatzungsmacht als Land neu gegründet wurde.

Dora war nicht mehr da. Wenn ich nach ihr frage, bekomme ich keine Antwort. Ich vermisse sie, doch Mami nimmt sich jetzt mehr Zeit für mich, vielleicht auch, weil ich sie nicht so viel nerve wie meine Schwester, die immer krank ist und ununterbrochen heult. Ich finde Mami schön und bin stolz auf sie, weil sie so lange Haare hat, die gut riechen und die ich manchmal wie Fäden um meine Finger wickele. Wenn ich mich an Mama kuschele, ist sie warm und weich und dann geht es mir gut. Mami küsst mich auf meine Ohrläppchen, dann kribbelt es mir im Bauch. Das gefällt mir sehr. Auch meinen Vater habe ich lieb, aber Papi ist anders: Er nimmt mich nicht in den Arm und wenn ich ihn lieb haben will, traue ich mich nicht. Papi ist

Chef. Er sorgt für uns und ist immer unterwegs, damit wir genug zu essen haben. Ich weiß, dass wir im Osten wohnen, wo die Russen das Sagen haben. Papi sagt, wir sollten besser im Westen wohnen, weil es dort mehr zu essen gibt und die Amerikaner besser sind. Ich finde die Russen doof, aber in Doberlug bin ich gerne, weil wir nahe an der Elster wohnen und ich da toll spielen kann. Papi hat ein altes Auto gekauft und so lange daran herumgebastelt, bis es wieder richtig fährt. Papi hat mir erklärt, dass es kein Benzin gibt, mit dem Autos eigentlich fahren. Aber er hat hinter den Motor einen Kessel gebaut und den kann er mit Holz und Kohle heizen und damit kann das Auto auch fahren. Mein Vater nennt das einen Holz-Vergaser. Ich bin stolz auf meinen Vater. Ich möchte später auch Ingenieur werden wie er. Dann kann ich auch Autos bauen. Papi ist auch oft mit dem Auto weg und wenn er zurückkommt, hat er genug zu essen mitgebracht und immer eine Überraschung für mich und meine Schwester. Aber die freut sich gar nicht darüber und quengelt immer nur weiter.

Einmal nimmt Mami mich mit zum Friseur. Das ist ein kleiner Laden neben dem Bäcker und meine Mama kennt die Friseurin. Mami hat gesagt, dass ich zugucken soll, wie die Friseurin sie schöner macht. Damit mir das Warten leichter fällt, hat sie mir beim Bäcker eine süße Mohnschnitte gekauft. Ich sitze auf einem Stuhl und schaue zu, wie die Haare meiner Mama noch schöner werden. Aber ich finde, dass sie eigentlich schön genug sind. Ich mag gar nicht, dass meiner Mama Haare abgeschnitten werden und dann werden sie auch noch nass gemacht. Mami bekommt eine komische Haube auf den Kopf, die brummt und jetzt sieht meine Mutter gar nicht mehr wie Mami aus. Sie ist fremd und ich finde es langweilig, so zu sitzen und sie anzugucken. Meine Mohnschnitte habe ich auch schon aufgegessen. Ich langweile mich und schaue mir die Geräte auf dem Friseurtisch an. Da liegen zwei Scheren und Kämme und ein Messer, das man ein- und aufklappen kann. Ich frage, was das ist. „Das ist ein Rasiermesser", sagt die Friseurin, „das ist sehr scharf und das darfst du nicht einmal anfassen." Aber als die Friseurin nicht hinguckt, weil sie gerade mit Mami irgendetwas macht, fasse ich das Rasiermesser doch an. Es hat einen glatten Griff und wenn man es aufklappt, ist es doppelt so lang. Es glänzt silbrig und sieht schöner aus als alle Messer, die ich kenne. Ich habe schon oft geguckt, wie sich mein Papa rasiert. Er hat aber ein anderes Messer, mit dem er sich über die Backen fährt und danach ist er ganz glatt im Gesicht und riecht gut. Ich möchte das auch gerne versuchen. Als Mama und die Friseurin nicht gucken, nehme ich schnell das Messer. Es ist fast so wie ein Spiegel. Wenn ich es vor meine Augen halte, kann ich mich darin sehen. Jetzt will ich mich rasieren, so wie das mein Vater macht. Ich setze das Rasiermesser an meine Backe und ziehe es zu meinem Hals. Auf einmal tut es furchtbar weh und ich fühle, wie mein Hals ganz nass wird. Als ich mit dem Finger hinfasse, ist der rot von Blut. Ich brülle vor Schreck und dann schreien auch die Friseurin und meine Mami. Ich habe Angst und will, dass Mami mich in die Arme nimmt, weil es so weh tut. Aber sie drückt mich von sich fort. Ich heule und weine und am liebsten wäre ich jetzt tot. Später sagt mir Mami, dass ich ganz schlimm geblutet habe und dass es schwer gewesen sei, das Blut zu stillen. Ich weiß nicht, was ‚stillen' bedeutet, aber jedenfalls habe ich dann nicht mehr geblutet. Mein Vater hat gesagt, dass ich ziemlich viel Glück hatte, weil ich hätte verbluten können, und ich darf niemals wieder ein Rasiermesser anfassen.

Das war das erste Mal, dass ich fast gestorben wäre.

Wenn ich schon mal dabei bin, einige Wegpunkte meiner Menschwerdung zu beschreiben, kann ich auch gleich das zweite Ereignis erzählen, bei dem viel Blut geflossen ist. Von meiner ersten Rasur ist nur eine schmale Narbe an der rechten Schläfe geblieben.

Meine zweite Verstümmelung war aber viel schlimmer. Sie führte sogar dazu, dass in meinem Ausweis als besondere Kennzeichen steht: „Oberstes Glied des linken Mittelfingers fehlt". Als ich älter wurde, habe ich dieses oberste Glied manchmal vermisst, weil ich nun nicht mehr Klavier spielen konnte und nicht einmal Trompete blasen ging, weil man dafür die kompletten Finger brauchte. Jahrelang war es auch noch so, dass beim Schwimmen oder wenn es kalt war, mein Finger weiß wurde und fast abstarb. Mein Vater erklärte mir, dass die Durchblutung gestört sei.

Wie es zu diesen Verlust kam, will ich jetzt erzählen.

Ich wollte gerne und oft meinem Vater helfen, beim Auto Herumbasteln, beim Ausladen, wenn er Sachen von einer Tour nach Hause brachte, oder auch beim Holz machen. Wir hatten im großen Zimmer so einen Bollerofen, der schön warm machte. Am Abend lehnte ich mich manchmal an ihn und Mami las mir ein Märchen vor. Das war schön, weil meine Schwester dann schon schlief und nicht mehr störte. „Willst du mir beim Holzmachen helfen?", fragte Papi mich an dem Tag, als mein Finger abgeschnitten wurde. „Klar", sagte ich und wir gingen in den Garten. Mein Vater hatte eine Kreissäge organisiert und als er die anmachte, gab es ein fürchterliches, kreischendes Geräusch. Deswegen hieß sie für mich Kreischsäge. Die gezackte Scheibe drehte sich so schnell, dass man sie gar nicht mehr erkennen konnte. Der Krach war so laut, dass ich mir die Ohren zuhalten musste. Als Papi den ersten Holzklotz hineinschob, wurde es sogar noch lauter. Aber nach einer Weile gewöhnte ich mich daran und reichte meinem Vater die Äste. Ich wurde so mutig, dass ich sogar selbst einen Ast vor das Sägeblatt hielt. Das war ein tolles Gefühl, als die beiden Stücke herunterfielen. Da fühlte ich mich fast erwachsen. Papi sagte: „Das hast du gut gemacht!". Da wollte ich das gleich noch einmal versuchen. Aber als ich einen dicken Ast auf den Sägetisch legte, flutschte der weg, riss meine Hand zu Seite und dann sah ich plötzlich, wie meine Hand voller Blut war. Komisch war, dass ich nicht einmal einen Schmerz spürte. Ich dachte nur, dass jetzt meine Hand ganz weg ist. Da war auch schon mein Vater da und wickelte ein Handtuch um meine Hand und das war sofort rot von meinem Blut. Mir wurde schwindlig und dann weiß ich gar nicht mehr, was passierte. Als ich wieder zu mir kam, war meine Hand bis zum Knöchel verbunden. Ich konnte sie nicht bewegen und es tat auch ziemlich weh. Papi erklärte mir, dass der Arzt im Krankenhaus versucht hätte, meinen Mittelfinger zu retten. Das war aber nicht möglich, weil der Knochen bis über die Hälfte durchgesägt war. Da hat man dann einfach ein Stück von dem Finger abgeschnitten und so hatte ich nun nur noch neuneinhalb Finger. Ich fand das zwar nicht so toll, aber andererseits war ich nun etwas Besonderes und hatte etwas, was andere nicht hatten. Oder besser gesagt, etwas weniger als die meisten.

Ich habe ganz gut gelernt, mit meinen neundreiviertel Fingern zu leben. Als ich später Lehrer war, hatte ich bei den jüngeren Schülern oft Erfolg mit meinem Mittelfinger. Ich konnte ihn vor mein Nasenloch halten und das sah dann so aus, als ob ich ganz tief in der Nase bohrte. Die Kleinen fanden das oft verblüffend und lustig, ältere Schüler fanden es eher blöd. Im Laufe der Jahre machte ich diesen Trick auch immer seltener. Um Kreissägen habe ich zeit meines Lebens einen Bogen gemacht und auch andere laute elektrische Geräte jagen mir immer noch einen leichten Schrecken ein.

Vieles von der Zeit in Doberlug bleibt verschwommen und unklar. Wie lange wohnten wir dort? Wir zogen um, aber wohin? Das Erinnerungsvermögen eines Sechsjährigen ist begrenzt. Frühestens mit achtzehn Monaten ist ein Kind fähig, sich an Ereignisse zu erinnern, doch die müssen besonders einprägsam gewesen sein. Bis zum sechsten Lebensjahr aber sind die Erinnerungen lückenhaft.

Der Winter 1946/47 ging in die Annalen ein als der Hungerwinter. Die Statistik besagte, dass jeder Bürger 1946/1947 im Durchschnitt nur unzureichende 1800 Kilokalorien pro Tag zu sich nehmen konnte. Viele tausend Menschen starben in Deutschland an den Folgen von Hunger und Frost. Mir aber ging es gut. Vater schaffte es trotz aller Schwierigkeiten meist, für Wärme und einen vollen Bauch zu sorgen. Wie er das hinbekam, wusste nicht mal meine Mutter. Er war unermüdlich unterwegs, auf Jagd und beim Hamstern, hatte, wie man es heute nennt, seine Netzwerke.

In der sowjetischen Besatzungszone, der SBZ oder der Zone, wie Mami auch später noch sagte, war das Leben schwerer als in den Westzonen. Die Sozialistische Einheitspartei SED unter dem Vorsitz von Wilhelm Piek und Otto Grotewohl entstand. Bald darauf begann man zu entnazifizieren, sich zu säubern von Faschisten, Militaristen und Kriegsverbrechern. Vater war weder das eine noch das andere gewesen, aber er war auch kein Freund der Kommunisten. War er im 3. Reich erfolgreich den Nazis entgangen, wollte er jetzt auf keinen Fall den neuen Herrschern über alle Werktätigen in die Fänge geraten.

Es gab den Untersuchungsausschuss freiheitlicher Juristen. Dieser UFJ sammelte Zeugenaussagen und Indizien zu Unrechtshandlungen in der DDR und beriet Betroffene. In West-Berlin gab es eine Stelle zur Rechtsberatung. Dort wurden Informationen über Personen und Ereignisse gesammelt. Der UFJ interessierte sich für Großbaustellen, aber auch für Produktionsergebnisse von Industriebetrieben und Angaben zu namhaften Personen. Die Organisation betrieb eine Erfassungsstelle im Notaufnahmelager Marienfelde, wo Flüchtlinge aus der DDR unter anderem über Fluchtgründe und Fluchtwege befragt wurden. Über den Radiosender RIAS wurden in regelmäßigen Abständen vom UFJ zusammengestellte Listen mutmaßlicher Stasi-Spitzel verlesen.

Die SMAD, die sowjetische Militäradministration in Deutschland, war die eigentliche Regierung in der Zone bis 1949. Sie trieb die Enteignung privater Unternehmen der ‚NS- und Kriegsverbrecher‘ voran und begann den Aufbau der ‚Vereinigungen volkseigener Betriebe‘. Betroffen davon war auch Vaters Freund Hentschel, der als Inhaber eines großen Betriebes dem neuen Staat ein Dorn im Auge war. Vater war mit der Familie Hentschel befreundet und machte auch Geschäfte mit ihr. So geriet auch er ins Fadenkreuz der Staatssicherheit.

Rüdiger und Christel mit Vater Fritz

3. Wie ein Staat sich seiner Gegner entledigt

In einem verblichenen Ordner fand ich, auf der Suche nach der Vergangenheit von meinem Vater verfasste Papiere und gesammelte Schriftstücke, welche die Flucht der Familie von Doberlug nach Berlin dokumentieren. Als ein Stück Zeitgeschichte will ich sie hier einfügen.

Um eine Anerkennung als politischer Flüchtling zu erhalten, schreibt Fritz Neukäter am 1. Oktober 1951 eine eidesstattliche Erklärung über die Gründe seiner Flucht. Diese liest sich auch aus heutiger Sicht wie ein politischer Krimi. Ich gebe den Text im Wesentlichen wörtlich wieder.

„... *dass ich aus politischen Gründen wegen Gefährdung meiner persönlichen Freiheit meinen Heimatort verlassen mußte. Durch Warnung von einem Kriminalbeamten, Herrn Günther D. aus Doberlug erhielt ich Kenntnis von meiner bevorstehenden Verhaftung durch den SSD.*

Bis zum Jahr 1945 war ich als Betriebsleiter in der H. Heye Glasfabrik in Annahütte, Niederlausitz, beschäftigt und wurde mit Ablauf des Jahres entlassen, weil ich mich seinerzeit nicht entschließen konnte, bei der KPD, die im Ort tonangebend war, mitzuarbeiten. Erst recht nicht, nachdem ich von Parteileuten der politischen Abteilung der Sowjetarmee in Finsterwalde als Mitarbeiter im Spitzeldienst empfohlen und daraufhin von dieser Stelle mehrere Stunden verhört wurde. Hierauf musste ich vier Wochen lang, jede Woche einmal in den Abendstunden an jeweils anderer Stelle Bericht erstatten. Man erkannte aber bald aufgrund meiner Widersetzlichkeit, dass ich nicht der richtige Mann war. Man entließ mich zunächst und lud mich dann etwa sechs Wochen später nach Finsterwalde vor, wo man mich 36 Stunden lang einsperrte, verhörte und bedrohte. Da jedoch aufgrund meiner Aussagen sowie nach Zeugenvernehmungen kein Anlass zu einer weiteren Inhaftierung vorlag, entließ man mich auch hier wieder. Mit Ablauf des Monats Januar 1946 wurde ich dann meins Postens im Annahütte Werk durch den damaligen kommissarischen Bürgermeister als Treuhänder des Werkes enthoben.

Da ich nun mit einer Einstellung in größeren, zumeist auch schon enteigneten Werken nicht mehr rechnen konnte, verzog ich nach Doberlug-Kirchhain, Kreis Luckau und fand hier zunächst Unterkunft und die Aufgabe, einen ausgeplünderten Betrieb zu übernehmen und aufzubauen. Auch dieser Betrieb mit Wohnung musste aufgegeben werden, da eine Panzereinheit der Roten Armee hier stationiert wurde. Ich zog dann nach Kirchhain, wo ich ein selbständiges Gewerbe als Technisches Büro und Fuhrbetrieb gründete, ausbaute und bis zum Tag meiner Flucht aufrecht erhielt.

Am 1.2.1950 übernahm ich dann noch den Betrieb ROTAL-Präzisionsmechanik in Kirchhain von Herrn Paul Jansen, der Mitte 1950 Kirchhain verlassen musste. Um den Betrieb erhalten und übernehmen zu können, erfüllte Herr Jansen im Voraus für die Jahre 1950 und 1951 seine normalen laufenden Steuerverpflichtungen. Ich baute durch intensive Arbeit den Betrieb weiter aus und erhielt diesen bis zum Tag meiner Flucht aufrecht. Im April 1951 erfolgte eine Überprüfung durch das Landesfinanzamt Potsdam, wonach dem Betrieb eine Steuernachzahlung von 73.000 DM auferlegt wurde, wofür man mich haftbar machte und dringlichen Tatverdacht ver-

hängte. Die Steuernachforderung stand in keinem Verhältnis zum erreichbaren Jahresumsatz. Es war klar, dass es um das wirtschaftspolitische Moment, also die Enteignung des Betriebes ging.

Fünf Wochen vor meiner Flucht wurde Herr Karl Hentschel, Inhaber der Firma Karl Hentschel, Baustoffhandlung, sowie der Firma Märkische Kies- und Kalksandsteinwerke in Kirchhain verhaftet. Zum einen wurde damit die Aktion ‚Enteignung des Werkes' betrieben, zum anderen stellte man eine Verbindung her zu dem Werkleiter des Steinkohlenbergwerks Doberlug-Kirchhain, der bereits einige Wochen vorher verhaftet worden war. Da ich mit der Familie Hentschel seit Jahren befreundet war und auch mit der Firma in reger Geschäftsverbindung stand, habe ich der Familie nach der Inhaftierung in jeder möglichen Weise zur Seite gestanden. Zur Person Hentschel sei noch bemerkt, dass er ein jederzeit hilfsbereiter Mensch war und bei der Bevölkerung sowie in Geschäftskreisen in sehr hohem Ansehen stand. Die Verhaftung wurde mit tiefem Bedauern aufgenommen und jeder wünschte die baldige Entlassung aus der Haft. Von bestimmter Seite wurde, nachdem alle anderen Versuche zur Entlassung scheiterten, eine Befreiungsaktion eingeleitet, an der ich unmittelbar beteiligt war. Ich stellte mein Fahrzeug für alle Zwecke, die der Befreiung dienten, und zur Sicherung der Familie zur Verfügung. Die Aktion wurde leider durch einen Polizeimann verraten und scheiterte etwa fünfzehn Stunden vor dem Termin. Die Familie wurde bis auf die 13-jährige Tochter verhaftet und außerdem wurden zwölf Personen aus dem Bekanntenkreis Hentschel, bei denen man vermutete, beteiligt gewesen zu sein, vom SSD in-

haftiert. Aufgrund der Kenntnis meiner ständigen Überwachung war ich entsprechend vorsichtig und verschwiegen und entging dadurch der ersten Verhaftungswelle.

Ich wurde dann aber am Freitag, den 21.9.51 vom SSD-Kommissar Lücht in dessen Büroräume gerufen, wo auch ich etwa zweieinhalb Stunden verhört wurde. Den Kommissar interessierte das persönliche Verhältnis zur Familie, vor allem aber zu dem Sohn Rolf Hentschel und auch die mit diesem besprochen Einzelheiten, die der Vorbereitung der Befreiung und Beförderung dienten. Alles wurde protokollarisch festgehalten. Die Verhandlung verlief meines Erachtens sehr zur Unzufriedenheit des Kommissars. Ich möchte noch erwähnen, dass sowohl der Mechanikbetrieb als auch meine Garagen sich auf dem Grund und Boden der Märkischen Kies- und Kalksandsteinwerke befanden, also auf dem zur Enteignung bestimmten Gelände. Gelegentlich meiner Vernehmung erfuhr ich, dass auch meine Akten sich in Händen der Enteignungskommission in Verbindung mit den ROTAL-Akten befanden. Nach erfolgtem Verhör wurde erhöhte Wachsamkeit seitens des SSD in Bezug auf persönliche Überwachung und Abhören der Telefongespräche auf mich gelenkt.

Weil man bei den Nachforschungen durch den SSD im Fall Hentschel nichts finden konnte, was belastend sein konnte, ordnete Kommissar Lücht weitere Verhaftungen an, wozu auch ich gehörte. Das wurde mir aber durch den bereits genannten Kriminalbeamten Dietrich bekannt gegeben. Ich war seit Jahren als Reaktionär verschrien und bekannt, weil ich ständig Widerstand gegen das System leistete, und mir wurden bei der

Ausübung meines Unternehmens von staatlicher Seite sehr viele Schwierigkeiten bereitet.

Die Richtigkeit meiner Ausführungen kann Herr Dr. H. Hüssmann, der mit dem Fall Hentschel aufs engste vertraut ist, zu jeder Zeit bestätigen. Wie mir durch Herrn Dietrich zugetragen wurde, lautete der Grund zu meiner Verhaftung: „Mitwissen zur Befreiung Hentschel und Vorschub zur Fluchtbegünstigung".

Aus den angeführten Gründen geht hervor, dass ich in meiner Freiheit bedroht war und die Zone verlassen musste. Ich bitte daher, mir den Status eines politischen Flüchtlings zuerkennen zu wollen.

Mit Hochachtung, Fritz Neukäter, Ing.

Am 12.11. 1951 reichte mein Vater diese Erklärung sowie ein Schreiben zur Wertsicherung des zurückgelassenen Eigentums beim Untersuchungsausschuss freiheitlicher Juristen der Sowjetzone, Berlin Zehlendorf-West ein. Der Status des politischen Flüchtlings wurde ihm und der Familie zuerkannt.

Da die Verhaftung der Familie Hentschel eng mit der Flucht der Familie Neukäter verbunden ist, füge ich hier noch zwei Zeitungsartikel hinzu, die das Schicksal der Hentschels dokumentieren.

Auszug aus den brandenburgischen neuen Nachrichten, Nr. 108 vom 10. Mai 1952.

*„**Der Familienplan ging schief** und auf der Anklagebank trafen sich alle wieder.*

Kirchhain. Als im August vorigen Jahres der Inhaber des Betriebes märkische Kies- und Kalksandsteinwerke, Karl. H. festgenommen wurde, weil Verdacht auf Wirtschaftsverbrechen bestand, fasste die Familie des K. H. den Plan, den Vater aus der Gefangenschaft zu befreien. Man nahm Verbindung zu Agenten in Westberlin auf. Der Sohn Rolf führte mit ihnen mehrere Verhandlungen, an denen der Geschäftsführer der Firma Cuno B. aus Finsterwalde und teils Frau Herta H. teilnahmen. An diese Agenten in Westberlin wurden hohe Geldbeträge gezahlt, für die Kraftwagen für die Flucht besorgt werden sollten. Benzin holte Rolf aus Dresden. Gefälschte Pässe sollten in Westberlin gefertigt werden und die neunzehnjährige Tochter Brigitte freundete sich mit einem Volkspolizisten aus der Haftanstalt in Finsterwalde an, wo der Vater eingesperrt war. Sie hatte von ihrem Bruder Rolf den Auftrag erhalten, diesen Mann durch Bestechungen für die Befreiung des Vaters zu gewinnen. Als der Volkspolizeiangestellte von dem Mädchen Rauchwaren für ihren Vater erhielt, befand sich zwischen den Zigaretten ein 50 DM-Schein und später überreichte Brigitte ihm 250 DM. Jedoch der Volkspolizeiangehörige hatte seiner vorgesetzten Dienststelle Meldung von diesen Vorkommnissen gemacht und den Auftrag erhalten, auf alles einzugehen, um herauszubekommen, wie die Flucht insgesamt vorbereitet wurde.

Am 14. September vergangenen Jahres um 22.30 Uhr sollte die Befreiung erfolgen, zwei PKW waren bereitgestellt, die die Familie nach Westberlin bringen sollten.

Vor der Großen Strafkammer trafen sich alle wieder. Nach dem Ergebnis der Beweisaufnahme haben sich alle vier Angeklagten, die den Westberliner Agenten ins Garn gegangen

waren, der versuchten Gefangenenbefreiung schuldig gemacht.
Bei Rolf und Brigitte lag noch Bestechung vor. Das Gericht
verhängte folgende Strafen:
Gegen Rolf H. zwei Jahre und sechs Monate Gefängnis.
Gegen Brigitte H. ein Jahr und neun Monate Gefängnis.
Gegen Herta H. zwei Jahre und ein Monat Gefängnis.
Gegen Cuno B. zwei Jahre Gefängnis.
Die Untersuchungshaft wurde allen angerechnet".

In einer weiteren Zeitungsmeldung berichtet ein Gerichtsreporter, wessen sich Karl Hentschel schuldig gemacht hat.
„Wirtschaftssaboteur zu siebeneinhalb Jahren Zuchthaus verurteilt.

Kirchhain. Seine große Verantwortung als Leiter und Mitinhaber der Märkischen Kies- und Kalksandsteinwerke hat der Angeklagte Karl H. schwer missbraucht.

Die zwanzig Stunden während Beweisaufnahme ergab, das Karl H. von 1946 bis 1951 laufend verbotene Kompensationsgeschäfte getätigt hat, indem er bezugsbeschränkte Waren ohne Berechtigung abgab oder bezog. U.a. tauschte H. große Mengen Kies gegen Nägel und Zement gegen Rohrgewebe, Kies gegen Dachpappe, Weckgläser und Elektroden, 5000 Zentner Kohle gegen Autoreifen usw. Ferner hat er ca. 220.000 Zentner Zement nicht gemeldet und unberechtigterweise an Nichtbezugsberechtigte abgegeben. Sechs Elektromotore und eine Lokomotive lagern nicht gemeldet und unbenutzt seit langer Zeit".

Am 28. September 1951 verließ Erna Neukäter mit den Kindern Rüdiger und Christel Doberlug-Kirchhain. Sie kamen unversehrt in Berlin-Hauptbahnhof an.

Fritz Neukäter gelang die Flucht zwei Tage später.

Alles, was sie besaßen, hatten sie am Körper und in zwei Koffern und zwei Rucksäcken. Sie mussten wieder von vorne anfangen und ein neues Leben beginnen.

4. Nach Berlin

Ich hatte von all dem nicht viel mitbekommen. Höchstens hatten mich bisweilen besorgte Blicke meiner Eltern getroffen oder leises Flüstern und Schluchzen meiner Mutter. Ich war zehn Jahre alt und hatte anderes im Kopf. Drei Schuljahre an der Deutschen Volksschule, die ein Jahr später Deutsche Einheitsschule und Zentralschule hieß, hatte ich hinter mir. Die Zeugnisse bestätigten mir eine gute Mitarbeit in der Klasse. Allerdings hieß es auch, „er stört gern durch Unterhaltung mit dem Nachbarn". Die Leistungen in Zeichnen und Werken waren in der zweiten Klasse nur genügend, was meinen Ingenieursvater sicherlich betrübte. Doch seltsamerweise sind diese Schuljahre in Doberlug in meinem Gedächtnis kaum vorhanden. Ich kann mich weder an Freunde noch herausragende Ereignisse erinnern.

Als mein Vater nach dem letzten Verhör im September 1949 heimkam, war er blass. Er nahm meine Mutter zur Seite und sprach auf sie ein. Ich hörte das Wort Flucht, dachte an Abenteuer und Verfolgung und fand es irgendwie spannend. Mami wurde feucht um die Augen und ich glaube, dass ich versuchte, sie zu trösten. Ich bekam mit, dass es ernst war, kein Spiel und dass die Zeit in Doberlug zu Ende ging. Ich weinte, weil ich nicht verstand, warum ich fort sollte. Anderswo sei es auch schön, sagte mein Vater und ich solle meine Sachen zusammenpacken. Außer ein paar Anziehsachen durfte ich nur meinen zerrupften Lieblingsteddy mitnehmen Es war kein Abschiednehmen, sondern ein Hals über Kopf-Davonlaufen. Am

schlimmsten war für mich der Verlust meiner von Papi ge-
bauten hölzernen Spielzeug-Eisenbahn.

Vielleicht verlief das Gespräch meiner Eltern so:

Erna: „Das geht doch nicht. Wir können doch nicht alles einfach zurücklassen. Zwei Koffer! Da geht doch gar nichts rein.
Die Christel ist noch so ungeschickt und die ganzen Anziehsachen und.., nein, das geht gar nicht."

Fritz: „Erna, kapier das doch, wir haben keine Wahl. Wenn ihr
nicht schnell abhaut, sitzen wir morgen alle vier im Knast.
Glaub mir, es geht nicht anders. Ihr setzt euch morgen in den
Zug und ich komme in zwei oder drei Tagen nach."

Erna: „Und wenn nicht? Ich schaff das nicht, Fritz! Ohne dich,
mit den zwei Kindern, Christel auf dem Arm und der Junge,
auf den ich auch aufpassen muss, wie soll das denn gehen? Das
ganze Gepäck ..."

Fritz: „Der Asmus bringt euch mit dem Wagen zur Bahn, er
hilft euch in den Zug und in Berlin habe ich jemand, der euch
übernimmt. Du musst das einfach schaffen, sonst ...!"

Erna: „Ach, Fritz! Komm doch auch gleich mit." An dieser
Stelle hätte ich mich einbringen können: „Ja, Papi, komm doch
mit. Ohne dich ..." Ein strenger Vaterblick hätte mich aber
wohl zum Schweigen gebracht.

Fritz: „Schluss jetzt! Ich muss die Sache hier zu Ende bringen!"

Meine Mutter war immer gut im Seufzen, aber wenn es
darauf ankam, sprang sie nicht nur über den eigenen, sondern
über alle Schatten. Sie brachte es fertig, das Notwendigste in
einen großen und einen kleinen Koffer zu verstauen, sie packte
meine greinende Schwester in mehrere Decken und ich musste

drei Lagen Hosen, Unterhemden und Jacken anziehen. Ich fühlte mich wie ausgepolstert und konnte mich nicht richtig bewegen. So kamen wir am Bahnhof an und stiegen in den Zug nach Berlin. Ich war vorher nie am Bahnhof gewesen und als wir vor dem großen Backsteingebäude standen, fand ich, dass es mit den Türmen und Erkern wie ein Schloss aussah. Als dann noch eine riesige Dampflok am Bahnsteig einfuhr, war ich hin und weg. Das war ein Abenteuer!

Auch 1951 konnte man von Doberlug-Kirchhain nach Berlin reisen, ohne umzusteigen. Auch damals betrug die Fahrzeit etwa zwei Stunden. Von Dresden über Elsterwerda, Doberlug-Kirchhain und dann über Uckro und Zossen bis zum Hauptbahnhof Berlin verkehrten mehrmals täglich Züge. Ich fand die Bahnfahrt am Anfang lustig, hing am Fenster und ließ mir von meiner Mutter jeden Halt erklären. Bis beim vierten oder fünften Halt der uniformierte Mann kam. Er sah aus wie ein Polizist, hatte eine blaue Mütze auf dem Kopf und guckte sehr unfreundlich. Meine Mama tat, als ob sie sich mit meiner Schwester beschäftigte.

„Die Papiere! Zeigen se ma de Fahrkarte und den Ausweis."
Mutter stocherte an Christel herum.
„Warten Sie doch mal. Sie sehen doch, das Kind ...!"
„Ihren Ausweis. Na, wirds bald!"
Mami reichte dem Menschen die Papiere aus ihrer großen Tasche. Der studierte ausgiebig, verglich Papier mit Realität und gab den Ausweis nicht zurück.
„Is das ihr Koffer? Was hamsen da alles drin? Machense ma auf." Er wühlte in den Pullovern und Hemdchen und Mamas Unterwäsche. „Wo wollense denn hin mit den Blagen und dem

ganzen Kram?"

„Nach Berlin."

„So, nach Berlin? West oder Ost?"

„Ost!"

„Und was wollense da? Wohl unsere Republik verlassen, wa? Findense's hier nich gut genug, wa?"

„Sie sehen doch, der Junge hat einen Gipsarm. Komplizierter Bruch. Das kann in Kirchhain, wo wir wohnen, nicht behandelt werden. Jetzt müssen wir in die Charité und die ist nun mal im Osten."

Ich hatte meinen Kuschelbär die ganze Zeit ganz dicht an mich gedrückt. „Hab keine Angst", brummte der, „ich pass schon auf. Wenn der Doofmann euch was tut, hau ich ihn mit meiner Pfote um."

Hatte ich einen kompliziert gebrochenen Arm? Ich weiß es nicht. Wirklichkeit oder Erfindung? Meinem Vater war vieles zuzutrauen, auch ein Gipsarm, der keiner war, eine Irreführung staatlicher Instanzen gewissermaßen. Vielleicht fand ich es auch interessant, einen Brucharm zu besitzen. „Aua, mein armer Arm ist abgebrochen!" Kann aber auch sein, dass ich eine Treppe heruntergefallen, beim Rollerfahren gestürzt oder aus dem Kinderbett gefallen bin. Mami hat mir später erzählt, der Arm sei weiß bandagiert gewesen und angewinkelt und ich habe ihn mit einer Schlinge um den Hals vor der Brust halten müssen. Der Beamte ging schließlich weiter, mein Bär brauchte nicht eingreifen und Mami konnte aufatmen.

Mutter behielt auch weiter die Nerven, zeigte viel Geduld und erklärte mir, dass wir nun in Goißen in der Niederlausitz seien und danach in Wünsdorf, und dass es nun nicht mehr lange dauere bis zum Aussteigen. Die kleine Schwester schlief und gab Ruhe. Am Mittag kamen wir in Berlin an. Tatsächlich hatte Vater dafür gesorgt, dass man uns in Empfang nahm. Er kam tatsächlich zwei Tage später nach. In Berlin-Zehlendorf fanden meine Eltern eine vorübergehende Wohnung. Ein großes Zimmer, ein Bad, eine Küche. Ein Provisorium, fast ohne Möbel. Alles war ja in Kirchhain geblieben. Da war nur ein Küchentisch, vier Stühle, zwei Betten. Ich musste mit Christel in einem Bett schlafen, meine Eltern im anderen. Unsere Anziehsachen lagen ordentlich zusammengelegt auf dem Boden. Mutter räumte ununterbrochen auf, kochte manchmal, ich langweilte mich und Christel weinte oft. Vater schrieb Briefe, Bewerbungen, suchte nach Zukunftsperspektiven.

Im Westen begann eine neue Zeit. Doch der Hunger war immer noch Begleiter vieler Deutscher. Die Versorgung mit Lebensmitteln war mangelhaft und in den Westzonen gab es Streiks und Demonstrationen. In Berlin blühte der Schwarzmarkt. Meinem Vater gelang es auch bald, ein paar Kontakte zu knüpfen. Er kannte auch noch Bauern in Brandenburg, auf deren Höfen er einige von Mutters Schmucksachen gegen ein Stück Speck, Eier und sogar gute Butter tauschen konnte.

Manchmal saßen meine Eltern auch in der Küche und schrieben auf einen Zettel, was wir unbedingt brauchten: Mehl, Margarine, Kartoffeln, Zucker, Brot. Auf Lebensmittelkarten war wenig erhältlich. Vater ging nicht oft aus der Wohnung. Er machte zwar ab und zu Hamsterfahrten, aber es wurde immer schwieriger, etwas zu bekommen, und er musste auch sehr vorsichtig sein, denn er wurde ja in der Zone steckbrieflich gesucht. Mutter musste sich um Christel kümmern, also blieb nur ich, um Lebensmittel und unbedingt Notwendiges zu besorgen. Zur S-Bahnstation Lichterfelde war es nicht weit. Mit einer großen Tasche und Geld im Portemonnaie wurde ich losgeschickt. Als Elfjähriger machte ich mich auf Einkaufstour in den Osten Berlins, weil dort alles billiger war. In den HO-Läden gab es Lebensmittel ohne Lebensmittelkarten zu kaufen. In der Bahn fanden nur unregelmäßig Kontrollen statt und ein schmächtiger Knirps fiel kaum auf. Ich war stolz, für meine Familie sorgen zu können. Beim ersten und zweiten Mal hatte ich zwar die Hosen voll, aber schon bald wuchs mein Selbstbewusstsein ins Unermessliche. Ich fühlte mich erwachsen, wichtig und allen Gefahren gewachsen.

Wenn ich nicht auf Einkaufstour war oder mich mit den wenigen Spielsachen in eine Ecke verkrümelte, war ich ein begeisterter RIAS-Hörer. Vater hatte einen Röhrenempfänger besorgt und auf dem lief der ,Rundfunk im amerikanischen Sektor', ,die Stimme der freien Welt' fast ununterbrochen. Wenn nicht, dann hörten wir die ,Schlager der Woche'. Die bestimmten eine ganze Weile meinen Musikgeschmack. Bully Buhlan sang die Räuberballade, Rudi Schuricke war immer dabei und Maria Andergasts „Du bist die Rose vom Wörthersee" dudelte mehrmals täglich. Die wichtigste Sendung aber waren Günter Neumanns Insulaner. Selbst Mutter hörte interessiert zu. Ich kannte das Titellied auswendig und sang oft laut mit, wenn es erklang: „Der Insulaner verliert die Ruhe nicht, der Insulaner liebt keen Getue nicht, der Insulaner hofft unbeirrt, dass seine Insel wieder 'n schönes Festland wird." Da hörte sogar meine Schwester auf zu weinen. In dieser kurzen

Berliner Zeit war ich rundum mit dem Leben zufrieden: Vor allem, weil ich in keine Schule gehen musste.

Nach drei Monaten war mit Berlin Schluss und wir zogen mit Sack und Pack in den Westen. Dort war Konrad Adenauer der erste Bundeskanzler, die D-Mark, die Deutsche Mark, war das gesetzliche Zahlungsmittel und es gab einen Skandal, der meine Mutter sehr aufregte: In dem deutschen Film ‚Die Sünderin' konnte man Hildegard Knef nackt sehen. Mir war das alles egal. Ich weinte der Berliner Zeit nach und fand es furchtbar, dass nun die Familie auseinandergerissen war. Christel und ich kamen in Voerde bei Vaters Eltern auf dem Bauernhof unter, Mutter wohnte bei ihren Eltern in Hohenlimburg und mein Vater fand Arbeit in Obernkirchen. In Obernkirchen, in Niedersachsen, war die Glasfabrik H. Heye. Bei Hermann Heye im Annahütter Werk war Vater bis 1945 bis zur Umwandlung in einen volkseigenen Betrieb Betriebsleiter gewesen. Deshalb konnte man ihn wegen seiner glastechnischen Kenntnisse in der niedersächsischen Bergstadt Oberkirchen im Landkreis Schaumburg gut gebrauchen.

Für meine Mutter schloss sich ein erster Lebenskreis. Sie kehrte wieder zurück in ihre Geburtsstadt und fand Arbeit in einer Heringsfabrik. So sagte sie uns das jedenfalls. Was genau sie in der Fabrik tat, erzählte sie uns nie. Aber sie roch lange Zeit nie mehr so gut wie früher. Einige Male waren wir bei Mutters Eltern in Hohenlimburg zu Besuch. Sie wohnten in einer Etagenwohnung mit wenig Platz zum Spielen. Ein Stockwerk höher wohnte Familie Franke. Die Tochter Helga wurde meine erste Vertraute, war vielleicht sogar so etwas wie eine frühe kindliche Liebe. Wenn ich an den Vater meiner Mutter denke, sehe ich nur ein rundes Gesicht vor mir, mit wenigen Haaren auf dem Kopf, Augen, die nicht mehr viel sahen und einem Mund, der zu einem immerwährenden Lächeln verzogen war. Opa war als Fabrikarbeiter bei Hoesch gewesen. Die schwere Arbeit an den Maschinen hatte ihn früh altern lassen. Als ich ihn kennenlernte, war er bereits in den Ruhestand versetzt. Er nahm mich und meine Schwester kaum zur Kenntnis, saß eigentlich nur stumm und in sich versunken in seinem Sessel. Die Zeitung, die ihm Oma jeden Morgen brachte, hielt er vor sich, ohne sie zu lesen oder gar ihren Inhalt zu verstehen. Ganz anders war Oma Auguste. Klein von Wuchs, mit schlohweißen Haaren, blickte sie wissbegierig, mutig und übermütig in die Welt. Oma war ein Glücksfall: Sie war herzensgut, wusste meist Rat, hatte für fast jedes Problem eine Lösung, machte jeden Unsinn mit und konnte wunderbar über sich selbst lachen. Wir Kinder hatten Spaß daran, sie zu hänseln. „Oma, sag mal Psychologe!" Sie versuchte es und es klang wie Püschologe. „Nein", sagte ich, „das heißt Psychologe! Psü!" „Püscho ...! Ach, lasst mich doch in Ruhe!", kicherte Auguste. Wir hatten unseren Spaß und Oma lachte am lautesten. Ihren Ehemann hatte sie seit längst abgeschrieben. Der war da wie ein Möbel, das versorgt werden musste, aber das eigentliche Leben fand ohne ihn statt. Und dieses Leben genoss sie aus vollen Zügen. Sie machte lange Spaziergänge, besuchte Freunde, nahm an Kaffeekränzchen teil und ging sogar mal in ein Kino. Und sie hatte viel Freude an uns Enkelkindern.

Wenn es nur mehr Platz in der engen Wohnung gegeben hätte, wäre ich viel lieber bei ihr geblieben als bei Vaters Familie in Voerde. So aber fanden die Besuche in Hohenlimburg viel zu selten statt. Wenn wir wieder mal Abschied nehmen mussten, kehrten wir traurig zurück auf den Hof zu Tante Berta, der sorgenvollen Oma Helene, Onkel Johann und dem bäuerlichen Leben.

5. Am Niederrhein

Im Frühjahr 2012 fahre ich nach Voerde am Niederrhein. Ich möchte den Ort wiedersehen, der für mehr als ein Jahr meiner Kindheit von Bedeutung war.

Der Besuch ist eine einzige Enttäuschung. Nichts ist mehr so, wie es damals war, als ich dort mit meiner Schwester auf dem Hof von Johann Neukäter lebte. Wo damals zu beiden Seiten der Grünstraße Pferde auf der Weide grasten, reihen sich heute schicke Einfamilienhäuser mit gepflegten Vorgärten aneinander. Die Beek, ein schmaler Wasserlauf, an dem ich oft gespielt hatte, heißt auch heute noch offiziell Mommbach, ist aber größtenteils unter die Erde verbannt worden und zu nichts mehr brauchbar. Der ehemalige Hof von Onkel Johann sieht so fremd aus, dass ich ihn gar nicht wiedererkenne. Alles ist seltsam ordentlich und unvertraut. Ein schmiedeeisernes Tor, ein gepflasterter Weg, alles ist kleinkariert, langweilig und gar nicht mehr bäuerlich. Da ist kein Hund, der kläfft, keine freilaufenden Hühner und niemand zu sehen, den man fragen könnte, ob das auch tatsächlich der Hof ist von Potts Fritz, von Johann oder Karl-Heinrich Neukäter. Ich wage nicht anzuhalten und schon gar nicht auszusteigen. Was will ich hier? Was erwarte ich, was habe ich hier verloren, außer einem Stück meiner Kindheit. Onkel Johann lebt längst nicht mehr, Karl-Heinrich, der Sohn, ist auf dem Altenteil und die Nachfahren sind mir nicht einmal mehr mit dem Namen bekannt. Ich fahre dreimal die Grünstraße entlang und am Gehöft mit der Hausnummer 138 vorbei, doch dann, bevor argwöhnische Nachbarn oder Bewohner Verdacht schöpfen, beschließe ich, es bei meinen Erinnerungen zu belassen.

Voerde war damals in meiner Kindheit ein auseinandergezogener, kleiner Ort mit wenigen Geschäften und vor allem einer Anzahl mittelgroßer Bauernhöfe. Ein paar Kilometer von Voerde entfernt, in Dinslaken, begann schon der Kohlenpott.

1951, als ich elf und Christel sieben Jahre alt war, lebten auf Vaters elterlichem Hof Oma und Opa Neukäter, Onkel Johann, Vaters Bruder und seine Frau Berta, deren Sohn Karl-Heinrich, der den Hof übernehmen würde und die Töchter Helga und Lisbeth. Helga war sanftmütig, Lisbeth schroff und geradeaus, Karl-Heinrich schlaksig und immer etwas seltsam. Meinen Onkel Johann mochte ich sehr und er hatte mich auch gern. Er nannte mich Jüppchen, was mir gefiel. Tante Berta war mir weniger gewogen, duldete die beiden Kinder ihres Schwagers, fand aber deren Anwesenheit auf dem Hof überflüssig und belastend. Christel und ich waren ziemlich im Wege, zu klein, um eine Hilfe zu sein und zu groß, um übersehen zu werden. Zwei am Tisch, die mitversorgt werden und um die man sich kümmern musste. Tante Berta war streng, lachte fast nie und es war, als ob sie die ganze Last des bäuerlichen Betriebes auf ihren Schultern zu tragen hätte. Ich glaube, sie mochte niemand richtig gern, aber vor allem konnte sie meine Mutter nicht leiden. Sie fand sie städtisch, aufgeblasen, eingebildet und überkandidelt, eine Abneigung, die sie irgendwie auch auf Christel und mich übertrug.

Im August 1949 fanden in Deutschland die ersten freien Wahlen statt, bei der die CDU/CSU als Sieger hervorgingen und Konrad Adenauer zum ersten Bundeskanzler der BRD machten. Zur gleichen Zeit wurde im Osten die Deutsche Demokratische Republik gegründet. Auf dem Neukäterschen Hof kam davon wenig an. Die Kühe mussten gemolken, die Schweine gefüttert und die Ställe gesäubert werden.

1950 entstand durch die Vereinigung der Gemeinden Löhnen und Voerde die neue Gemeinde Voerde. Voerde hatte damals 14.170 Einwohner, die meisten davon evangelisch und bäuerlicher Herkunft. Nach Überschreiten der Einwohnerzahl von 34.321 wurde das Dorf zur Stadt. Heute nennt sie sich ‚junge Stadt am Niederrhein‘.

1951 war mir Voerde eine vertraute Welt. Abgesehen davon, dass mir und Christel manchmal vor dem Einschlafen die Tränen kullerten, weil Mami und Papi nicht da waren, bedeutete mir die Ortschaft ein überschaubares Zuhause. Ich hatte zwar kein Spielzimmer und auch kaum Spielsachen, brauchte sie aber auch nicht, denn es gab Tiere zum Anfassen, es gab Trecker und Gerätschaften, die einen Jungen herausforderten und es gab einen Bach vor der Tür, der für Staudämme gut war und für Spielbootfahrten. Mein Zimmer teilte ich mit Christel. Nach dem Abendessen mussten wir gleich ins Bett und am frühen Morgen weckte uns Tante Berta. Dann gingen wir die Treppen hinunter in die große Stube. Tante Berta und Onkel Johann hatten schon viel früher mit der Arbeit begonnen, waren aber manchmal zurück zu einem zweiten Frühstück. Oma Helene war aber meistens da und meckerte, wenn ich nicht richtig angezogen war. Oma schimpfte ziemlich oft. Opa Friedrich schimpfte nie. Eigentlich sagte er überhaupt kaum etwas. Er saß immer an derselben Stelle beim Tisch mit einer gebogenen Pfeife im Mund und guckte. Er tat nie etwas anderes als gucken und qualmen, aber wenn ich ganz lieb ‚Moin Opa‘ zu ihm sagte, lächelte er und grummelte etwas. Oma Helene schnauzte dann: „Fritz, was du wieder daherredest". Oma kümmerte sich um unser Frühstück und um meine Schwester. Zum Frühstück gab es immer dasselbe: Milch mit Brock. Brock, das war getrocknetes Weißbrot, das wir in die warme Milch tauchten und dann mit dem Löffel aßen. Manchmal gab es aber auch Leberwurstbrot mit Sirup, mit Rübenkraut. Den Sirup stellte Berta selbst her. Die Zuckerrüben von Onkel Johanns Feld wurden so lange in einem Bottich gekocht, bis sie ein schwarzer Brei waren und der schmeckte unglaublich süß. Leberwurst mit Sirup, das klingt merkwürdig, schmeckte mir aber damals richtig gut. Zum Abendessen gab es fast das gleiche, nur außerdem noch geschnittenes Brot, Butter und Aufschnitt. Onkel Johann lieferte nach dem Schlachten einige Portionen Fleisch auf dem Schlachthof ab und dafür kam der Metzgerwagen einmal in der Woche vorbei und brachte frischen Aufschnitt. Mit der Butter und dem Käse war das ähnlich. Jeden Morgen ganz früh wurde gemolken und die Kannen mit der frischen Milch wurden an der Grünstraße aufgestellt. Der Molkereiwagen, von zwei Pferden gezogen, holte sie ab und dafür wurde Käse und Butter geliefert. Im Winter waren die Kühe im Stall. Da reichte es, wenn um sechs Uhr mit dem Melken begonnen wurde, im Sommer aber blieben die Kühe auf der Wiese und dann mussten Onkel Johann, Helga und Lisbeth früher raus. Eine Melkmaschine gab es erst viel später. Wenn ich beim Melken zuguckte, ging das immer „stripp, trapp, strull, ist der Eimer noch nicht full!" Die Mädchen saßen auf einem zweibeinigen Schemel neben der Kuh, hatten je eine Zitze in der rechten und linken Hand und pumpten, bis das volle Euter schlaff und schlaffer wurde. Natürlich versuchte ich das auch einige Male, aber meine Hände waren nicht kräftig genug und ich bekam keine Milch aus den Zitzen. Für die Kühe war das Gemolkenwerden angenehm, das merkte man daran, dass sie davor unruhig waren und nach dem Melken richtig zufrieden wirkten und sich über das Futter hermachten. Im Stall musste die Mischung aus Futtermais und

Stroh in die Tröge geschaufelt werden. Auf der Sommerweide entfiel natürlich diese Arbeit. Da gab es ja genug frisches Gras.

Ich bin oft morgens mit Onkel Johann losgefahren. Meistens lief auch der Hund neben dem Trecker her. Ich mochte den Hund, weiß aber gar nicht mehr, ob er einen Namen hatte. Er verbrachte die Nacht draußen in einer Hütte und wenn am frühen Morgen das Tor aufging, war er zur Stelle und sprang an Onkel Johann hoch. Es war sein Hund, der auf niemand sonst hörte. Zu fressen bekam er, was in der Küche an Resten übrigblieb. Ich hätte ihn gerne gefüttert, aber er nahm nur etwas von meinem Onkel und wenn ich dem Futternapf nahe kam, knurrte er. Aber sonst war er lieb und ich durfte ihn streicheln, so oft ich wollte. Christel mochte ihn auch und er leckte ihr sogar über das Gesicht, was Oma Helene, wenn sie das mitkriegte, ziemlich böse werden ließ.

Die schönste Weide meines Onkels war die beim Schloss Voerde. Eigentlich hieß es Haus Voerde und war ein altes Wasserschloss, das mit den großen dunklen Fenstern, dem viereckigen Turm und der Spitze oben drauf für mich immer etwas Geheimnisvolles hatte. An manchen Tagen, wenn wir schon um halb sechs auf der Wiese waren, lag der Morgentau noch glänzend darüber und der feuchte Nebel schwebte um das Schloss auf der anderen Straßenseite. Die Kühe muhten dumpf und das hörte sich an, als ob die Geister im Schloss rumorten.

Die Arbeit auf dem Hof war eingeteilt. Onkel Johann und Karl-Heinrich kümmerten sich um die Wiesen und Felder, Helga und Lisbeth um die Milchkühe und die Ställe, Tante Berta um den Gemüsegarten und den Haushalt. Oma passte auf den schweigsamen, qualmenden Opa Friedrich und auf Christel und mich auf. Mit meinen elf Jahren konnte ich auch schon ganz ordentlich zupacken. Besonders spannend fand ich es, wenn gedroschen, das Heu eingebracht oder wenn geschlachtet wurde. Beim Schweine-Totmachen wollte ich aber nicht zugucken. Wenn das Getreide gedroschen wurde, durfte ich manchmal mit auf der Dreschmaschine sitzen. Am Abend war ich dann unglaublich dreckig und in meiner Nase saßen dicke schwarze Krümel. Einmal besuchten uns Mami und Papi nach solch einer Drescharbeit und Mutter war entsetzt, wie schmutzig ihre Kinder waren. Aber da sie ja auf Tante Bertas Hilfe angewiesen war, durfte sie sich nicht beklagen. Mir war das sowieso egal, weil, ich konnte schmutzig genauso gut schlafen wie sauber. In die Badewanne kamen wir sowieso nur einmal in der Woche. Einer nach dem anderen, in dasselbe Wasser.

Voerde war für mich eine überschaubare Welt, in der ich mich auskannte und zurechtfand. Onkel Johanns Hof war der von Potts Fritz und der Hof auf der anderen Seite der Grünstraße war der von Spiekes Dietz. Beide hatten den gleichen Namen: Neukäter. Die anderen Namen gab es nur des Auseinanderhaltens wegen. In Voerde gab es viele Neukäters, der Ort war gewissermaßen der Hort und der Mittelpunkt der Sippe. Die war vor Jahrhunderten aus Holland eingewandert, auf der Suche nach Siedlungsland. Das hatte sie in Voerde gefunden und dort eine ‚neue Kate‘ errichtet. Die vielen Neukäters, die sich im Laufe der Jahre am Niederrhein und auch weiterhin verteilten, waren nicht miteinander verwandt. So konnte es vorkommen, wie bei meiner Lieblingstante Christine, Vaters jüngster Schwester, dass sie einen Willy Neukäter ehelichte und so ihren Namen behalten konnte.

Gleich neben unserem Hof lag das Gehöft der Benninghoffs und deren Sohn Walter war mein bester Freund. Von der Grünstraße ging die Tönniesstraße ab, an deren Ende der Benninghoffsweg einmündete und wenn ich die Tönniesstraße auf

meinem Rad immer weiter fuhr, kam ich bald zur Bahnhofstraße und war im Zentrum von Voerde. Dort konnte ich
meinen Onkel Caspar auf seiner Postdiensstelle und seine Frau
Gertrud besuchen. Sie betrieb einen kleinen Kolonialwaren-
laden und bei ihr gab es immer ein paar leckere Schnucksa-
chen. Sie und Caspar hatten immer Zeit und ein offenes Ohr für
mich. Oft radelte ich auch die Grünstraße geradeaus und kam
dann irgendwann nach Holthausen, wo Tante Cristine und
Onkel Willy wohnten. Auch dort war ich gern gesehener Gast.

Ganz in der Nähe war auch die Grundschule, in der ich fast
zwei Jahre lang die Schulbank drückte. Das war wortwörtlich
zu verstehen, denn der Unterricht bestand wirklich aus einem
mühsamen Sich-Herumdrücken. Das Schulhaus bestand aus
zwei ebenerdigen Räumen und der Wohnung des Lehrers
Scholten im oberen Stockwerk. Ich ging in die dritte Klasse
und die ersten vier Klassen wurden zusammen in einem der
beiden Räume unterrichtet. Zu Beginn mussten wir alle, etwa
vierzig an der Zahl, aufstehen und gemeinsam „Guten Morgen
Herr Lehrer Scholten" rufen. Danach durften wir uns setzen,
die erste und zweite Klasse auf der einen und die dritte und
vierte auf der anderen Seite. Während die Kleineren aus einer
Fibel abschreiben mussten, lernten wir Älteren das Einmaleins.
Wehe, wenn einer sich daneben benahm, ungefragt redete oder
mit dem Stuhl über den Boden schrammte. Dann war Scholten
sofort zur Stelle und manchmal musste der Tunichtgut die
Hände auf das Pult legen und es gab einige Hiebe mit einem
flachen Lineal auf den Handrücken. Das tat verdammt weh.
Man merkte schon, dass Scholten das nicht gerne tat, er war
beileibe kein Sadist, aber er empfand es als seine pädagogische
Pflicht und Schuldigkeit, die ihm anvertrauten Kinder zu Recht
und Ordnung zu erziehen. Und davon hatte er sehr genaue Vor-

stellungen. Im Religionsunterricht wurden alle vier Klassen gemeinsam unterrichtet und der bestand meistens aus dem Singen von Kirchenliedern. Scholtens Lieblingslied war das Lutherlied ‚Ein feste Burg ist unser Gott'. Das sangen wir jede Woche mindestens zweimal und noch heute kann ich den Text auswendig: ‚ein gute Wehr und Waffen'. Ich habe damals nicht verstanden, wer der ‚alt böse Feind' war, der ‚es mit Ernst meint', aber heute weiß ich natürlich, dass es sich dabei um den Teufel handelte. Wenn ich einmal ungezogen und an der Reihe war, das Lineal auf die Finger zu bekommen, biss ich die Zähne zusammen und sang im Stillen: „Und wenn die Welt voll Teufel wär, und wollt uns gar verschlingen, so fürchten wir uns nicht so sehr, es soll uns doch gelingen". Es gelang mir wirklich, so mit Martin Luthers Hilfe, den Schmerz ohne Jammern oder Weinen zu ertragen. Was immerhin als früher Beweis gelten mag, dass einem die Religion über vieles hinweghilft. Aber das war mir damals natürlich nicht bewusst.

Ich habe die knapp zwei Jahre Voerde'scher Schulzeit ohne nennenswerte Schäden überstanden, habe weder stark gelitten, noch bin ich wesentlich gefördert worden. Der gute Scholten war ein rechtschaffener Mensch, er tat seine Pflicht und wusste es nicht anders.

Tante Christine und Onkel Willy wohnten ganz nahe bei der Schule, sodass ich nach dem Unterricht oft bei ihnen Trost finden konnte. Besonders Tante Christine war eine Seele von Mensch und sie ersetzte während des Voerdejahres ein Stück weit meine Mami. Christine war mit Abstand das schönste der fünf Kinder von Helene und Friedrich Neukäter. Mit ihren langen blonden Haaren über einem runden Gesicht, aus dem immer freundliche Augen blickten, hätte ich sie liebend gern zu meiner Zweitmutter gemacht. Auch ihr Gatte, Onkel Willy, war ein herzensguter Mensch. Beide waren so ganz anders als die immer schroffe, übellaunige und nachtragende Tante Berta. Wenn nicht Onkel Johann gewesen wäre, der mich ins Herz geschlossen hatte, wäre ich am liebsten zu Christine und Willy gezogen. Aber ich konnte doch meine Schwester nicht im Stich lassen. Ein- oder zweimal im Monat kamen Mami und Papi am Freitag zu Besuch und blieben bis Sonntagnachmittag bei uns. Das war immer ein Fest, weil sie Geschenke mitbrachten und Ausflüge mit uns machten. Obwohl sie Brüder waren, war Papi ganz anders als Onkel Johann. Manchmal wusste ich gar nicht mehr, wen ich lieber hatte. Onkel Johann konnte richtig plattdeutsch reden, das fand ich lustig. Als ich meinen Vater einmal fragte, ob er das auch noch könne, sagte er „Na klar!" „Mach doch mal", sagte ich. Und mein Vater: „Woffe vandag Erpel pooten?" Da musste ich lachen, obwohl ich nicht verstanden hatte, was das bedeutete. Aber ich merkte, dass ich meinen Papi doch lieber hatte als Onkel Johann.

Oft unternahmen wir an den Elternwochenenden zu viert einen Ausflug nach Götterswickerhamm. Das ist einer der ältesten Ortsteile von Voerde und liegt direkt am rechten Rheinufer. Wir spazierten über die Deichpromenade und sahen den Schiffen auf dem Rhein nach. Papi erzählte uns, dass sie einen weiten Weg von Holland bis zu den Alpen vor sich hätten. Ich wusste zwar nicht, was die Alpen waren und Holland kannte ich auch nur, weil es bei Tante Berta oft Käse aus Holland gab, aber dass die Schiffe so weit fuhren, fand ich toll.

Anschließend gingen wir dann noch in ein Café, in die ‚Arche' oder die ‚Rheinwacht' und aßen Kuchen. Papi trank Bier und Mami Kaffee. Sehr oft weinte sie dann, weil sie uns wieder allein lassen und zurück zu ihren Heringen nach Hohenlimburg musste. Mein Vater weinte nicht. Er sagte oft zu mir:

„Halt die Ohren steif, min Jung. Es kann nur besser werden."
Christel weinte meistens, wenn meine Eltern wieder fortfuhren.
Ich weinte nicht, weil Jungen ja nicht weinen sollen.

In meiner Zeit in Voerde gab es etwas, was mir zu schaffen
machte. Das konnte ich damals niemand sagen und auch heute
habe ich Schwierigkeiten, das zu erzählen.

Ich lag im Bett im Halbschlaf, als ich spürte, wie jemand ins
Zimmer kam. Kaum hörbar. Ein großer Körper schob sich
unter die Decke, rückte ganz nah an mich heran und ich empfand eine fremde Wärme. Ich wollte wegrücken, doch da hielten mich kräftige Arme umfangen und drückten mich an etwas
Großes, Weiches, das einen süßlichen Geruch verströmte, der
mir den Atem nahm. Ich wollte schreien, aber eine Hand legte
sich auf meinen Mund. Dann lag ich da, wie erstarrt und wartete, dass es vorüberging. Ich spürte, wie eine große Hand
meine Hand ergriff und sie zu etwas Weichem führte. Es fühlte
sich an wie eine warme Wurst, wie wir sie beim Schlachten
machten. Die fremde Hand bewegte meine Hand auf und ab
und ich spürte, wie die Wurst zu leben begann. Sie hatte feine
Härchen und wurde warm und wuchs auch ein wenig. Es fühlte
sich nicht unangenehm an, aber ich mochte es trotzdem nicht.
Es war nicht richtig. Aber ich hielt still, weil ich auf einmal
wusste, dass es Karl-Heinrich war, Onkel Johanns Sohn, der
sich neben mich gelegt hatte. Karl-Heinrich war groß und
stark, er würde den Hof schon bald übernehmen und ich hatte
immer etwas Angst vor ihm, weil er so schweigsam war. Er
schielte etwas und hatte ein schiefes Gesicht und er war überhaupt unheimlich. Ich dachte immer, dass er mich nicht
mochte, war ihm aus dem Weg gegangen und in dieser ersten
Nacht wusste ich nicht, was ich tun sollte. Ich wusste es auch
in den anderen Nächten nicht, in denen er wieder zu mir kam.

Ich ließ es einfach geschehen, konnte es doch niemand erzählen, auch meiner Mami nicht. Keiner hätte mir geglaubt. Es war auch nicht so schlimm, tat ja nicht weh. Irgendwann hörten die nächtlichen Besuche auf. Oder ich hatte sie einfach vergessen. Das kann auch sein.

1952 bestand ich die Aufnahmeprüfung auf dem Gymnasium in Dinslaken. Eine kurze Zeit fuhr ich jeden Morgen mit der Bahn von Voerde nach Dinslaken und besuchte die Sexta.

Dann war plötzlich die Voerder Zeit zu Ende und auch die Nomadenjahre meiner Eltern. Es begann eine Zeit der Sesshaftigkeit in Zwiesel im Bayerischen Wald.

6. Exkurs: Heimat

Heute, im Jahr 2019, frage ich mich manchmal, was mir Heimat bedeutet. Was beinhaltet dieser wieder so sehr in Mode gekommene und auch missbrauchte Begriff?

War Annahütte als der Ort meiner Geburt Heimat, waren es Doberlug oder Voerde? Wie lange muss man irgendwo leben, bis der Ort zur Heimat wird? Oder ist Heimat vielleicht nur ein Synonym für ein Zuhause, Sich-wohl-Fühlen, Vertrautsein mit Umgebung und Menschen? Wenn dem so ist, hatte ich bereits am Ende meines zwölften Lebensjahres vier Heimaten gehabt. Doch eigentlich war mir keine so vertraut und heißgeliebt, dass ich ihr beim Verlassen bittere Tränen nachgeweint hätte. War ich schon damals ein vaterlandsloser, sprich heimatloser Geselle? Meine Eltern, waren es, die mir bis zu einem bestimmten Alter Sicherheit und Wohlbefinden bedeuteten. Als sie in Voerde nicht oder nur selten da waren, fühlte ich mich unglücklich und verlassen. Sind bis zu einem bestimmten Alter die Eltern Heimat? Durch sie lernt man als Erstes die Sprache kennen und wie wichtig die ist, ist mir im Laufe meines Lebens immer deutlicher geworden. Heute weiß ich, dass ich bis ins Innerste meines Wesens mit der deutschen Sprache, meiner Muttersprache, verbunden bin.

In meinem Leben gab es etliche Orte, die mir ein Gefühl von Vertrautheit und Verbundenheit vermittelten. Mainz war es und dann für viele Jahre die nordhessische Stadt Kassel. Dort steht unser Haus mit seinem Garten, der hohen Hecke und der Veranda. In Kassel wurden unsere Kinder geboren.

Vielleicht gibt es eine erste, zweite, dritte oder gar noch mehr Heimaten. Budapest, die Geburtsstadt meiner Frau, der ungarische Balaton, in dem unsere Kinder das Schwimmen lernten. Aber auch das nordgriechische Dorf Kato Gatzea wurde mir im Laufe der Jahre eine Heimat, so wie der Ort Bentota auf der tropischen Insel Sri Lanka.

Es ist mir wichtig, auch diesen von Gefühlen besetzten Orten den ihnen gebührenden Platz zu geben. Sie und auch andere Stationen und Erlebnisse meiner Lebensreise sollen meinem Roman zusätzliche Lichter und, gewissermaßen wie Leuchttürme, Wegmarken setzen.

Die pure Chronologie meiner Lebensdaten langweilt mich. Zwar ist das zeitliche Nacheinander, das allmähliche Älterwerden wichtig, aber es ist nicht genug. Ich bin der allmächtige und allwissende Erzähler meines Lebensromans und entscheide, was und wie erzählt wird. Ich gestatte mir, Schwerpunkte zu setzen, die Perspektive zu wechseln, abzuschweifen und, wenn es mir gefällt, zu den Abzweigungen wieder zurückzukehren. Ich bin der Deus ex Machina, der Puppenspieler. Mein Leben ist Drehbuch, doch die Umsetzung, der Film, der daraus wird, ist mein Werk.

Jetzt ist mir danach, von Kato Gatzea, meiner griechischen Heimat, zu erzählen.

7. Kato Gatzea in Griechenland

Gatzea forever

Seit vierzig Jahren spielt ein kleines Dorf in Griechenland, an der Küste des pagiasitischen Golfs gelegen, nahe der Stadt Volos, eine gewichtige Rolle in meinem Leben. Kato Gatzea war viele Jahre lang für mehrere Wochen unsere Sommerresidenz. Ich liebe es, seines klaren Wassers wegen, des milden Klimas, der liebenswürdigen Bewohner, der langen, sanften Sommerabende, des guten Essens. In jedem Sommer fanden wir hier Ruhe und Entspannung. Wir langweilten uns in der trägen Hitze des Tages und fanden zu uns. Meine Frau, Ildiko, malte hier ihre schönsten Bilder, ich schrieb Geschichten und arbeitete an meinen Reisebüchern.

In Gatzea gibt es zwei Campingplätze, Sikia und Hellas. Auf Letzterem sind wir Stammgäste. Vom Zelt oder Wohnmobil zum Strand sind es zwanzig Meter. Jeden Morgen schwimme ich weit ins Meer hinaus, von wegen der Gesundheit. Auf den Spaß kommt es dabei nicht so sehr an. Es geht um die Überwindung des inneren Schweinehundes. Nach dem Schwimmen gibt es Frühstück und danach ist es fast schon Mittag. Ich muss spülen gehen und mich rasieren und danach weiß ich nicht mehr, was noch zu tun ist. Bis zur zweiten Mahlzeit muss eine Spanne Zeit verstreichen. Die nutze ich, um über Gatzea, mich und das Leben als solches nachzudenken. Gatzea, das ist so eine Art Lebensgefühl. Es bedeutet einfaches, unkompliziertes Dasein, bestimmt von Badehose, Strandlatschen und Bequemlichkeit. Gatzea ist Schmoren unter sengender

Sonne, Schweißfilm auf der Haut, beschattetes Sitzen auf unbequemen Campingstühlen. Gatzea ist Stimmengewirr vom Strand, nervtötendes Zikadengezirpe, Faulenzerei, Untätigkeit, Langeweile. Gatzea ist die jährliche Wiederkehr des Immergleichen. Gatzea ist das, was wir offensichtlich nicht lassen können. Gatzea ist Altersstumpfsinn oder der erste Schritt zur Weisheit. Gatzea ist mein Synonym für Leben, Wiederkehr und Abschied,

Gestern, heute, morgen.

Das Heute mag angehen: Ich sitze am Computer und tippe Buchstaben. Die Sonne scheint. Planungen, Termine, das ist absehbar, aber auch ungewiss, denn etwas kann immer dazwischen kommen. Man soll den Tag nicht vor dem Abend loben. Am besten lebt sich's in den Tag hinein, nach dem Motto „Jeder kann der letzte sein".

Aber das Gestern. Was für ein weites Feld. Vorige Woche, voriges Jahr, zehn Jahre zurück, bis zum Anfang. Zwischen heute und damals liegt viel Geschehen, gibt es so viele Bilder, Menschen, Orte, Ereignisse. Und das Gedächtnis? Ein verschachtelter Fundus. An der Oberfläche schwimmt manches Unwesentliche. Darunter liegen Schichten. Ungeordnetes Zeug in Kisten, Kästen, Schubladen. Man öffnet eine und entdeckt in ihr andere, längst vergessene. Die Kunst ist, sich nicht zu verlieren, den roten Faden zu fassen und ihn nicht aus den Händen gleiten zu lassen. Wenn man nicht locker lässt, dringt man weiter vor, hinein in die Schluchten des eigenen Lebens. Schürft man tief genug, gelangt man vielleicht bis zu den Anfängen, bis dahin, wo unter dem Bodensatz nichts mehr ist. Dazwischen liegen Verästelungen, Kreuzwege, Einbahnstraßen und Sackgassen. Nur wenige Schilder weisen den Weg. Wie schnell kann man sich im eigenen Leben verlaufen!

Camping Hellas

Wie oft waren sie schon hier? Sechsunddreißig Mal, sagt Ildiko, die Buch geführt hat. Seit Jahren fällt uns im Sommer nichts Besseres ein. Vielleicht ist es einfach Gewohnheit und weil uns Griechenland nach so vielen Urlauben vertraut ist. Seit Beginn der Krise 2010 ist es auch auf unserem Campingplatz ruhiger geworden. Den Griechen geht es zu schlecht, um so ausschweifend zu urlauben wie zuvor. Die Deutschen, Österreicher und Italiener kommen nicht, weil sie sauer auf die Griechen sind und meinen, die seien wie ein Fass ohne Boden und lebten auf anderer Länder Kosten, zahlten keine Steuern und seien überhaupt pleite. Unser vertrauter Campingplatz, der sich großspurig Camping Hellas International nennt, ist nur halb voll. Macht nichts. Wir kennen hier jeden Baum und Strauch, waren so oft mit unseren inzwischen erwachsenen Kindern hier, dass ich etwas übertrieben sagen darf, dass sie hier aufgewachsen sind.

Wenn ich unter der Markise vor dem Wohnmobil sitze, Blick aufs Meer, tiefblauer Himmel über mir, Sommerhitze und eine leichte Brise von der See, dann habe ich das Gefühl, als sei alles noch genauso wie damals, als ich vierzig war und weniger Bauch hatte. Ich weiß nicht, ob es mir damals besser ging. Ist auch egal. Das meiste ist wie eh und je. Immer wieder bin ich überrascht, wie schnell die Tage vergehen. Früher kaufte ich einmal in der Woche den Spiegel, um zu wissen, was aktuell war, heute habe ich zeitgemäß ein Handy und weiß dank Internet, was Sache ist: Griechenlandkrise, islamistischer Terror, Martin Schulz, G 20-Gipfel in Hamburg, Donald Trump, Flüchtlinge. Das mediale Sommerloch muss gefüllt werden. Der Zustand der Welt ist bescheiden: Europa in existenzieller Krise, wachsende Ungleichverteilung von Vermögen, Rumor im Nahen Osten. Doch eigentlich juckt mich das alles nicht. Ildiko backt griechisches Brot vom Vortag auf und dazu gibt es Salat, mit heimischem Olivenöl angemacht, rote Zwiebeln und Tomaten. Die schmecken hier wirklich wie Tomaten. Über den Geschmack sonnengereifter Früchte und Gemüse gerate ich immer noch in Begeisterung.

Ich muss die ganze Geschichte von Kato Gatzea erzählen, damit man versteht, was uns Jahr für Jahr an diesen Ort zieht. Vielleicht spielt dabei auch die Magie eine Rolle. Die Übersetzung des Wortes Gatzea ist nämlich ,Haken' und so lässt sich zusammenspinnen, dass wir wie Fische am Angelhaken hängen. Kato Gatzea, das bedeutet Unten-Gatzea, weil früher die einheimischen Oliven- und Obstbauern hier den Sommer verbrachten, bevor sie im Oktober nach Ano Gatzea, dem Oben-Gatzea zogen, wo sie ihre Winterhäuser hatten und wo die Herbst-und Winterstürme und die Feuchte der Meereslage ihnen nichts anhaben konnte. Gatzea und die Ortschaften am Golf liegen zu Füßen des Pilion, eines Bergmassivs, das uns einmal ein Markthändler, des Deutschen mächtig, weil er im westfälischen Meschede ein Gastarbeiterleben verbracht hatte, als „schönstes Berg von dieses Welt" erklärte. Immerhin erreicht „dieses Berg" die beachtliche Höhe von 1600 Metern. Im Winter fahren die Griechen Ski an seinen Flanken. Gatzea liegt unfern der Stadt Volos, von der aus einst die Argonauten in See stachen. Antikes Stammland also mit Museen, freigelegten Trümmern antiker Zeiten und allem, was zu einer modernen griechischen Stadt gehört. Die Uferpromenade von Volos ist schön und der beachtliche Hafen Ausgangspunkt für die Fährverbindungen zu den Sporaden. An den Sommerabenden quellen die Restaurants und Ouzerien über von nachtschwärmerischen Griechen. Die Gastwirte leben gut davon, Zaziki, Souflaki oder Bauernsalat aufzutischen. Von Volos bis Kato Gatzea sind es einundzwanzig Kilometer. Die schmale Straße führt am Meer entlang durch Orte wie Agria und Lehonia und ist gesäumt von Tavernen und mindestens fünfzehn Tankstellen, je eine alle zwei Kilometer. Griechenland ist das Land der Tankstellen, Restaurants, Cafés und Ouzerien.

Das erste Mal

Es war das Jahr 1981, als Ildiko und ich samt Kindern zum ersten Mal Volos passierten und Gatzea erreichten. Ronald Reagan bestimmte seit Beginn des Jahres die Weltpolitik und plädierte für den Bau der Neutronenbombe, in Polen verhängte Woijziek Jaruzelski das Kriegsrecht, in Deutschland veranstalteten Kernkraftgegner Großdemonstrationen, das geplante Kernkraftwerk Brokdorf war Ziel des allgemeinen Unmuts und am 29. Juli heirateten Lady Diana Spencer und Prince Charles. All das hinderte uns nicht, in den griechischen Sommerurlaub zu reisen. Der PKW war voll beladen mit Steilwandzelt, Tisch und Stühlen, Blechtöpfen und Plastikbechern, mit allem, was ein vierköpfiger Campinghaushalt benötigte. Die Kinder hockten im Fond des Wagens, hörten zum ungezählten Mal die Europa-Kassette des Märchens vom kleinen Muck und quengelten, wann wir denn endlich mal ankämen. „Noch einmal Kleiner Muck", sagte ich und Ildiko stöhnte, sie könne das Zeug nun wirklich nicht mehr hören. Einen Kilometer hinter dem Ortsschild Kato Gatzea, wobei man von dem Ort gar nichts sah, wies ein Schild auf ‚Camping Hellas International' hin. Eine Stichstraße ging steil bergab und unten sah nichts einladend aus: Ein staubiger Platz mit ein paar Zelten, ein schmaler Strand, eine karge Taverne, ein winziger Supermarkt, hinter dessen Kasse ein halb betrunkener Mensch namens Stelios saß. Ein schmächtiger Mensch namens Apostolos erwies sich als zuständig für die Begrüßung der Campinggäste. Nein danke, hier wollten wir nicht bleiben. Milina, am Ende der Pilion-Halbinsel, war uns empfohlen worden und sollte das Ziel sein. Bis dorthin waren es aber noch vierzig lange Kilometer über schmale Straßen, Bergrücken und scharfe Kurven unter glühender Hitze. Als Ildiko plötzlich aufschrie, weil sich eine Schlange vor uns über die Straße schlängelte und als sich der von Freunden gepriesene Campingplatz in Milina als staubig und schattenlos und auch noch nicht einmal strandnah erwies, hatten sowohl die Eltern als auch die Kinder die Faxen dicke. Bei Milina endete damals die Straße und wie überall, wo die Welt zu Ende ist, wimmelte es von Touristen. Überall grüßten Autos mit deutschen Nummernschildern. Unter Deutschen wollten wir nicht urlauben. Wir beschlossen, schnell umzukehren und Camping Hellas International anzusteuern, in der Hoffnung, dort Griechen zu finden. Gatzea schien das kleinere Übel zu sein und blieb es über viele Jahre. Der versoffene

Campingchef erwies sich als umgänglich, Apostolos als schmachtender Gitarrist und Schwerenöter und die Gesamtatmosphäre als chaotisch gemütlich. Hellas war ein richtig griechischer Campingplatz, dem nie und nimmer das ADAC-Gütesiegel der fünf Sterne zuteilwerden würde. Über einen steinigen Trampelpfad am Meer entlang war auch das Dorf Kato Gatzea zu erreichen. Es bestand aus zwei Dutzend Häusern entlang der Uferstraße, die Hälfte davon Restaurants, in denen die Stühle und Tische so nah am Meer standen, dass beim Abendwind die Wellen überschwappten. In allen Tavernen gab es das Gleiche; Souflaki, Brisola, Moussaka, Zaziki, griechischen Salat und Fisch zu unverschämten Preisen.

Wir blieben Kato Gatzea über all die Jahre treu. Auf den hellenischen Sommer war Verlass wie auf deutsches Regenwetter zu Siebenschläfer und die Kalte Sophie im Juni.

Von einigen Höhepunkten und erinnerungsträchtigen Ereignissen unserer griechischen Sommertage will ich nun erzählen.

Erste Liebe

Neben anderen denkwürdigen Erfahrungen erlebte unsere Tochter Julia hier ihre erste Liebe. Da war ein junger Mann namens Sven, der blonde, schlaksige Sohn eines niedersächsischen Polizisten, der auf gute, sprich strenge Erziehung des Sprösslings Wert legte. Doch der Knabe war im läufigen Alter, entglitt der Zucht des Erzeugers, zumal der dank griechischer Urlaubsidylle mehr als opportun dem Wein zusprach. Der auf Grund dessen mehr oder weniger unbeaufsichtigte Sohn warf ein Auge auf unsere Tochter und die war Jungfrau genug, es aufzufangen. Das kleine elektromotorisch-betriebene Schlauchboot der Niedersachsen tuckerte mit beiden Insassen um die Biegung der Bucht und war für Stunden verschwunden. Es war das erste Mal, dass ich väterliche Entzugsängste verspürte. Da war jemand aufgetaucht, der mir die Tochter abspenstig zu machen drohte. Mutter Ildiko sah das lockerer: „Männo, sie ist eben in dem Alter und du musst dich halt damit abfinden, loszulassen." Ich sah das ein, aber es schmerzte trotzdem und ich redete mich damit heraus, dass ich ja schließlich die Verantwortung hätte und das Kind sei eben doch noch ein Kind. Ildiko lachte: „Mensch, deine Tochter ist vierzehn. Da können manche schon …" Was sie können, ließ sie offen. Ich brummte, drei Stunden seien sie nun schon weg und wer weiß, was das für ein Typ sei, dieser Sven. „Schau dir doch den Vater an. Der Apfel fällt nicht weit vom Stamm". „Quatsch", sagte Ildiko und ließ mich allein mit meiner Sorge. Ich drehte ein wenig am Kurzwellenempfänger herum, fand tatsächlich einen deutschen Sender, der zwar immer mal wieder im Äther versickerte, aber doch ein paar Nachrichten aus der fernen Heimat übermittelte. Bei der Fußball-WM in Mexiko hatte Westdeutschland gegen Argentinien verloren. Aber das hatte sich schon auf dem Platz herumgesprochen. Fünf Monate nach Tschernobyl warnte man immer noch vor dem Verzehr frischen Obstes. Wir kauften in diesem Sommer kaum etwas auf dem Markt, hatten genügend Konserven mitgenommen. Die Tochter war immer noch abwesend. Vielleicht war etwas mit dem Schlauchboot passiert. Untergegangen oder gestrandet in einer einsamen Bucht. Aber Julia war eine gute Schwimmerin. Oder vergewaltigt von dem Polizistenfilius-Wüstling. Nach fünf Stunden und sieben Minuten tauchte das gelbe Gummiboot in der Bucht auf. Die Tochter schwamm an Land, der Knabe vertäute das Boot an einer Boje und verschwand ohne ein Wort der Entschuldigung im niedersächsischen Zelt. „Ihr wart aber lange weg!" Ich versuchte, den Satz mit möglichst wenig Vorwurf zu befrachten. Die verloren geglaubte Tochter zuckte nur die Achseln. „Was habt ihr denn so lange gemacht?" „Geredet halt!" Und damit verschwand das Kind im Zelt. „Was musst du denn immer so aufdringlich sein!", mahnte Ildiko. Immerhin hatte das Kind beim Abendessen einen enormen Hunger. Ich wusste nicht, wie ich das interpretieren sollte. Die Tochter verschwand bald danach im Zelt, sagte nicht einmal mehr gute Nacht. Sie machte auch mit Sven keine Bootstour mehr. Einmal sah ich den Knaben allein weit ins Meer hinausfahren, einmal hatte er eine Blondine neben sich. Ich taxierte sie auf mindesten sechszehn, konnte nicht umhin, zuzugestehen, dass sie gut aussah. Drei Tage später bauten die Niedersachsen ihre Zelte ab und verschwanden. Als ich meine Tochter fragte, ob sie traurig sei, antwortete sie „Gut, dass der Typ weg ist!"

Sturm

Als ‚Tag des schlimmen Unwetters' blieb ein Sturm über dem Pilion im Sommer 1985 der ganzen Familie in beinahe traumatischer Erinnerung. Der Golf lag ruhig unter einem wolkenlosen Himmel. Der Nachmittagswind baute ein paar Wellen auf, der Wind war so, dass ich, damals noch eifriger Surfer, das Brett aufriggte und auch Ildikos Board bereitmachte. Wir begaben uns aufs Wasser, ich etwas flotter mit Trapez und Sechser-Segel, sie maßvoll mit geringerer Besegelung. Der Wind war so, dass wir leicht aus der Bucht kamen und von See aus den weiten Blick auf die langgestreckten Bergrücken des Pilion auskosten konnten. Allerdings gefielen mir die tiefschwarzen Wolken nicht, die über den Kamm quollen. Aber noch gab es keinen Anlass, Schlimmes zu befürchten. Doch allmählich ließ der Wind nach und es stellte sich eine seltsame Stille ein, als ob die Natur die Luft anhielte. Es war die berüchtigte atemlose Ruhe vor dem Sturm. Der brach urplötzlich und gewaltig los. Ich war an Land, Ildiko noch auf See, als es zu dröhnen begann. Das Wort dröhnen passt im Allgemeinen nicht zu einem Sturm, doch hier traf es zu. Es war, als hätten sich Dutzende schwerfälliger Güterzüge auf den Bergen versammelt, um nun auf einmal mit Ohren betäubendem Brausen, Rumoren, Donnern und eben auch Dröhnen zu Tal zu rasen. Sie fuhren in das Astwerk der Olivenhaine, peitschten die Zweige, wirbelten Staub und kleine Steine auf, jagten über die Straßen, zerzausten die Zelte der Camper, verbogen Gestänge, rissen Heringe aus dem trockenen Boden und schoben die Wassermassen vom Strand weg meerwärts. Es war ein Inferno, das einem die Luft nahm und wenn sich dennoch Schreie aus den Kehlen lösten, so verklangen sie unhörbar in dem Gebrüll der unablässig zu Tal rasenden Güterzüge.

Später, nachdem das Unwetter zehn Stunden lang gewütet hatte, erfuhr man, dass eine Unwetterwarnung an die ganze Küste ergangen war, diese aber, weil die Katastrophe zu schnell hereingebrochen war oder entsprechende Stellen zu nachlässig reagiert hatten, die wenigsten Menschen erreicht hatte. Als das Meer am nächsten Morgen wieder friedlich war und der Wind so sanft, als könne er keiner Fliege etwas zu Leide tun, zählte man neun Tote, zahlreiche Vermisste, gekenterte Fischer- und gestrandete Motorboote, zerfetzte Zelte, demolierte Wohnwagen und eine Unzahl verschreckter Urlauber und verängstigter Kinder. Wir hatten das Inferno leidlich überstanden. Ildiko, die beim Ausbruch des Sturms noch uferfern auf ihrem Surfbrett gestanden hatte, ließ, als der Wind ablandig zu heulen begann, ihr Brett los und versuchte, Land zu gewinnen. Ich bemühte mich, mehr tauchend als schwimmend, ihr entgegen zu kraulen, musste aber sehr bald einsehen, dass ich in dem Wellengetöse keine Chance hatte. Ein beherzter Bootseigner, der sah, in welchen Schwierigkeiten sich Ildiko befand, schwang sich in sein Boot, erreichte sehr schnell die verzweifelt Schwimmende, zog sie an Bord und übergab sie an Land ihren weinenden Kindern. Ich schaffte es allein zurück. „Das Surfbrett, was ist mit dem Brett und dem Segel?“ wagte ich zu fragen, doch mehr als einen verständnislosen Blick hatte man nicht für mich übrig. Wir besaßen damals einen Mitsubishi L 300-Kleinbus, den wir zu einem Wohnmobil mit Aufstelldach, provisorischer Küche und Schlafplätzen für die Kinder hatten ausbauen lassen. Im Vergleich zu dem, was heute an Mobilheimen über die Straßen rollt, war diese Urlaubskutsche ein Schneckenhaus, genügte aber den bescheidenen Ansprüchen, da wir auf dem Campingplatz zusätzlich ein Steilwandzelt errichtet hatten. Als Ildiko gerettet und sich die Kinder ein wenig beruhigt hatten, zogen wir uns nach kurzer Beratschlagung in das Innere des L 300 zurück. Für das Zelt war nichts zu tun, da konnte man nur hoffen, dass es den Sturm überstehen würde. Im Inneren des kleinen Wohnmobils schien es einigermaßen sicher zu sein, zumindest konnten die Blitze, die jetzt in raschester Folge den Himmel erhellten, uns in diesem Faraday'schen Käfig nichts anhaben. Das bedeutete aber, den Abend und die Nacht schlaflos in einem wie von Riesenfäusten geschüttelten, beengten Raum zuzubringen, selbst vor Beklemmung am ganzen Leibe zitternd, eine schluchzende Ildiko und zwei angstschlotternde Kinder trösten und beruhigen zu müssen. Diese zehn Stunden sind mir mit als die schlimmsten in meinem Leben nie mehr aus dem Kopf gegangen. Wie oft noch erzählten wir einander, wie das kleine Fahrzeug bebte, wie Äste, Zweige, sogar Steine auf das Dach schlugen, wie es prasselte und grollte und wie immer wieder dieses grässliche, überlaute Heulen und Pfeifen der Sturmböen alles andere übertönte. Wir hatten unsere Kinder nicht im christlichen Glauben erzogen, umso überraschter war ich, als ich Julia und Patrick auf einmal beten hörte: „Lieber Gott, mach, dass der Sturm aufhört und wir heil davonkommen." Unsere Tochter schickte solche Fürbitten gen Himmel und der zwei Jahre jüngere Spross schloss sich dem an: „Ja, lieber Gott, hilf uns, dann will ich auch alles tun." Trotz aller Ängste empfand ich eine tiefe Rührung und in einer Gefühlsaufwallung nahm ich meine Frau in die Arme und umfasste meinen beiden Kinder. „Es wird alles gut werden!", sagte ich und war von den eigenen Worten überzeugt, ohne zu wissen, woher ich diese Überzeugung nahm. Vielleicht, sagte ich mir, gibt es ja doch einen Gott.

Am nächsten Morgen war alles vorbei. Tiefblau strahlte ein wolkenloser Himmel über dem spiegelglatten Meer und die Berge zeichneten ihre Umrisse wie mit spitzem Bleistift gezogen in den Äther. Das Aufräumen konnte beginnen.

Je länger ich in Kato Gatzea verweile, desto mehr wird es zu einer Matroschka, der ineinander geschachtelten russischen Puppe. Wie diese schält sich ein Gatzea aus dem anderen und alle sind bunt und erinnerungsträchtig.

Folklore

1984, als Richard von Weizsäcker das Amt des Bundespräsidenten übernahm, gab es auf Camping Hellas eine denkwürdige Fusion griechischer und serbischer Folklore. Machi, die Griechin mit der sonoren Melina Mercouri-Stimme und Ljubica aus Belgrad mit prachtvollem Sopran, beide des Gitarrenspielens mehr als mächtig, ließen die wehmutsvoll traurigen Gesänge in den nächtlichen sternenklaren Himmel steigen. Zu dem Duo gesellte sich später noch Apostolos mit seiner Gitarre hinzu. Andächtig lauschend, leise mitsummend und bis in die tiefsten Tiefen der Seele gerührt, hockte die Zuhörerschaft im Kreis um das Trio, bis dann irgendwann, weit nach Mitternacht das ‚Kali nichta' des Altmeisters Theodorakis zum Schlummer mahnte. Solche Nächte waren unwiederbringlich und als Jahre später der jugoslawische Krieg begann und Titos Reich zusammenbrach, war Schluss mit der serbisch-griechischen Soiree. Ljubica und ihr Gatte Petros kamen nie wieder. In meiner Erinnerung leben sie weiter. Machi ist vor zwei Jahren gestorben, Apostolos ist älter geworden, verheiratet und auch sein Gesang ist in die Jahre gekommen.

Tines Brüste

Seit einer Woche ist eine Gruppe dänischer Urlauber auf dem Campingplatz. Sie haben große Zelte aufgebaut, sind sehr alternativ, ökologisch und finden alles ungemein herrlich. Tine gehört zu ihnen und ihre Freundin Lise. Aber eigentlich ist nur Tine der Hingucker. Tine ist zwanzig Jahre jung, hochgewachsen, blond, wie sich das für Däninnen gehört und ihr zartgebräunter Bikinikörper lädt zum Hingucken ein. Das Schönste aber sind ihre wahrlich bezaubernden Brüste, die zu bedecken sie mit Recht für eine Schande hält. Wenn sie am Strand entlang läuft oder sich auf einer Matte in der Sonne räkelt, trägt sie ihre makellose Oberweite wie ein strahlendes Schaufenster vor sich her. Schaut alle her, wie schön meine Brüste sind. Natürlich schauen alle hin, die Frauen verkniffen, die Männer heimlich und verstohlen. Griechen sind durchaus prüde und so halbnackt herumzulaufen, gehört sich nicht, doch wer wagt es schon, einem solch unschuldigen, betörenden Mädchen das zu sagen. Die Frauen rümpfen die Nasen, legen Verachtung in die Blicke, auch für die Männer, die sich redlich bemühen, nicht hinzugucken und trotzdem genug zu sehen. Tine tut so, als merke sie von all dem nichts, ist ganz und gar unschuldiges Rehlein aus dem kühlen Norden. Selbstverständlich folgen auch meine Augen der langbeinigen Tine. Ildiko entgehen natürlich meine Blicke nicht und auch meine scheinheilige Empörung über die unangemessene barbusige Freizügigkeit kann ihre Entrüstung nicht mindern. Der Ehekrach ist unausweichlich.

„Du guckst ständig hin."

„Wo gucke ich hin?"

„Tu doch nicht so. Das sieht doch jeder, dass du der ununterbrochen auf die Titten guckst."

„Hää! Was tue ich? Wem gucke ich ...? Was ist das überhaupt für eine Ausdrucksweise? Titten? Seit wann bist du so ordinär? Ich sitze hier und lese und auf einmal machst du mich an."

„Du liest! Ja, das sehe ich. Du hältst ein Buch. Und wo bist du mit deinen Augen!"

„Spinnst du! Was kann ich dafür, dass die so rumläuft? Geh doch hin und sag ihr, sie soll sich was anziehen. Ich finde das genau so doof, wie sie sich da zur Schau stellt. Und das in Griechenland."

„Tu doch nicht so! Du findest sie doch auch ganz toll. Sie hat ja sooo tolle Brüste. Kann Mann sich richtig dran aufgeilen."

„Hör doch auf. Das ist doch Quatsch!"

„Weil du mit meinem Busen sowieso nie zufrieden bist."

„Aha, daher weht der Wind. Jetzt bin ich auf einmal unzufrieden mit deinem Busen. Bisher hat der mir immer noch gereicht."

„Ha ha. Du hast dir immer schon einen größeren gewünscht. Ich bin dir mal wieder nicht genug."

„Woher weißt du das? Ich bin hier zufrieden, ich lese und störe keinen und du machst mich an, ich hätte Probleme mit deinem kleinen Busen."

„Ha, jetzt hast du selbst gesagt, dass dir mein Busen zu klein ist."

„Hab ich nicht gesagt. Dein Busen ist mir durchaus groß genug. Worüber reden wir eigentlich?"

„Über meinen Busen. Ich lass mir einen größeren machen. So,

wie deine Dänin. Dann brauchst du nicht mehr hinter der her zu glotzen."

„Meine Dänin! Das ich nicht lache. Außerdem glotze ich in keiner Weise überhaupt hinter jemand her."

Ildiko beginnt zu schluchzen. Keine Ahnung, warum sie jetzt weint. Trotzdem erhebe ich mich aus dem unbequemen Campingsessel und will sie in den Arm nehmen. Mir ist danach, großzügig zu sein. Sie wendet sich ab.

„Lass mich in Ruhe. Guck weiter deine Titten an".

Auch gut. Nein, gar nicht gut! Ich setze mich wieder hin und beginne zu lesen. Dabei wandern, ohne dass ich etwas dagegen tun kann, meine Blicke an den Strand, wo sich gerade eine junge, unbekümmerte Tine auf einer Liege den Sonnenstrahlen entgegen reckt. Barbusig natürlich.

Eine Woche später reisen die Dänen ab. Auf dem Campingplatz kehrt wieder Ruhe ein.

Ich finde Ildikos Brüste wunderschön.

Die Griechen aus Bottrop

Man kann sich seine Zeltnachbarn nicht aussuchen. Wenn man Pech hat, sind sie laut, wenn man Glück hat, sind sie nett.

Die sechsköpfige griechische Familie, die den frei gewordenen Platz neben unserem Wohnmobil begutachtet, macht einen netten Eindruck. „Kalimera", grüße ich und bekomme zur Antwort „Moin" und dann so etwas wie „güeten Dag". Klingt wie westfälische Mundart.

„Nanu, ich hab Sie für Griechen gehalten."

„Simmer auch. Aber wir leben schon vierzig Jahren in Bottrop.", sagt sie. „In der Nähe von Oberhausen. Ham da eine griechische Taverne.", ergänzt er.

„Aha. Und jetzt mal Urlaub in der Heimat, nicht wahr."

„Na ja, die Kinder wollten nicht, aber ist mal'n Versuch."

„Ist das immer so heiß hier?", fragt der Sohn, der älteste wahrscheinlich. Die beiden jüngeren, Junge und Mädchen sagen nichts, gucken nur gelangweilt.

„Wir haben ein neues Zelt", sagt der Vater.

„Ham's aber noch nie aufgebaut", sagt die Mutter.

„Haben Sie Ahnung von Zeltaufbau?" fragt der älteste Sohn. Die beiden Geschwister gucken gelangweilt. Das Mädchen fragt: „Wo issn der Strand."

„Gleich da vorne", sage ich und zeige nach vorne.

„Aha!", sagt der Junge. „Na ja", ergänze ich, „wenn Sie Hilfe brauchen, wir wohnen gleich hier nebenan". Dann packen sie aus. Das dauert. Sie reden meistens deutsch, nur die Eltern manchmal griechisch. Die Tochter höre ich maulen: „Mann, is das hier heiß".

Zwei Stunden später stelle ich fest, dass neben dem Minibus der Bottroper das gesamte Zeltmaterial ausgebreitet ist. Gestänge, Heringe, Schnüre, Planen. Ein herrliches Durcheinander. Die beiden Alten studieren die Aufbauanleitung und kommen offensichtlich damit nicht klar. Die Jugend ist inzwischen im Meer, hat mit dem Aufbau nichts am Hut.

Ein Campingplatz ist wie ein Dorf. Nachbarn helfen einander. So dauert es auch nicht lange, bis sich einige Dorfbewohner eingefunden haben. Griechen, Österreicher, Deutsche. Eine internationale Hilfsorganisation, die es im Laufe der folgenden zwei Stunden schafft, den Bottropern eine Bleibe zu schaffen.

Ein schönes, nagelneues, großes Zelt. Der Urlaub kann beginnen. Er dauert drei Tage, an denen es manchmal in Bottrop laut zugeht. Auf einmal am vierten Tag stelle ich fest, dass Bottrop die Zelte abbricht. Ich bin erstaunt. „Ist denn der Urlaub schon zu Ende?" „Das nicht. Aber wir fahren heim. Es ist uns zu heiß, zu laut, zu chaotisch. Griechenland ist nichts für uns"."„Na, dann schöne Heimreise", sage ich „und grüßen Sie mir Bottrop".

Mein Freund Api

Api heißt eigentlich Apostolos. Griechen haben solche klerikalen Namen. In der Verkürzung klingt das besser. Api, das hört sich unernst an, lustig, ein bisschen äffchenhaft. Api hat nichts, was ihn zu einem Obergriechen, zu einem jener Zeus ähnlichen Hellenen machen könnte. Er hat weder Bart noch wallende Haare, weder das Zeug zum halsabschneiderischen Reeder noch das Talent, mit Panflöte und Leier zu hantieren, weder Haare auf der Brust noch einen apollgleichen Körper. Er ist kein Onassis, kein Orpheus und auch kein Zorbas. Api ist einfach nur Api. Er ist klein und schmal, fast mickrig und natürlich ist er schwarzhaarig. Noch keine dreißig Jahre alt und schon werden ihm die Haare licht. Aber auch das ist nichts Besonderes. Der ganze Kerl ist unauffällig. Eigentlich gibt es nur zwei Dinge, die ihn auszeichnen vor allen anderen Sterblichen: Das eine ist seine Lache und das andere sein Glaube, er sei der Grieche in Reinkultur.

Apis Lachen ist schnell beschrieben: Man stelle sich vor, in einem Stall voller Ziegen explodiere ein Kanonenschlag, so ein

Silvesterknallkörper. Was Sekunden nach dem Knall zu hören ist, ist Apis Lachen. Api macht häufig einen Witz und wenn dann keiner lacht, explodiert der Kanonenschlag in besagtem Stall. Meist sind dann alle rundherum sehr betreten.

Apis zweite Eigenschaft ist komplizierter. Es ist sein Griechentum. Api hat ein graecozentrisches Weltbild, das auf fünf festgefügten, ewigen und unwandelbaren Pfeilern ruht.

1. Gott schuf Menschen und Griechen.
2. Da Gott Grieche ist, schuf er zur Erbauung der Menschen und der Griechen die Frau.
3. Der Grieche ist allen Menschen überlegen und jeder Frau weit überlegen, weil er äußerst trinkfest ist, wenig Schlaf braucht, immer das Richtige tut, weiß, wo es den besten Ouzo gibt und weil er, wann und wo immer ihm danach ist, über die Stränge zu hauen vermag.
4. Wenn ein Grieche Bock auf etwas hat, dann hat der zu springen.
5. Einem Griechen wird immer und überall alles verziehen, weil er Grieche ist.

Mit diesem Weltbild lebt Api schon eine Weile. Er schlägt sich recht und schlecht durch in einer Welt, in der es von Nichtgriechen und ungriechischen Griechen nur so wimmelt.

Wie ich zu Api kam? Eines sommers schickten Freunde ihre sich im Backfischalter befindliche Tochter, Wiebke, die beste Freundin unserer Tochter, mit uns in die blaue Ferne. Diese Wiebke fand sehr bald Gefallen an dem damals zwanzigjährigen Api, der so herrlich laut mit seinem Moped knattern und vogelgleich die kurvenreichen Bergstraßen hinaufjagen konnte.

Wiebkes Haare flatterten im nächtlichen Wind, als sie sich im rasenden Höhenflug an den schmächtigen Schultern des jungen griechischen Gottes festklammerte. Ich, als verantwortlicher Ersatzvater, hatte keinerlei Verständnis für dergleichen Eskapaden, nahm mir den Galan vor und las ihm gehörig die Leviten. Vielleicht hatte mein Zorn etwas Gottgleiches oder zumindest griechisch Patriarchalisches, jedenfalls beeindruckte es Apostolos so sehr, dass er hinfort zu mir aufblickte und beschloss, mein Freund zu sein. So kam ich zu Api.

Inzwischen sind etliche Jahre vergangen. In jedem Jahr erfreute uns Api mit seinem Lachen, bellte uns nachts aus dem Schlaf, den wir gegen Mitternacht suchten, uneingedenk der Tatsache, dass man sich in Griechenland nicht vor vier Uhr nachts bettet. Immer wieder führte er uns auch zu jenen Orten, wo es den besten Ouzo und die besten Mezes gibt. Solche Orte nennt man Ouzerien oder Zipporaikas. Man bekommt den Ouzo oder Zipporo in kleinen Fläschchen gereicht und lässt sich langsam Fläschchen für Fläschchen volllaufen. Damit aber ein solches Gelage nicht zum sinnlosen Besäufnis wird, reicht der Wirt zu jeder Runde Ouzo etlicher Tellerchen Mezes, Appetithäppchen, lukullische Kleinigkeiten. Mit simplem Meeresgetier fängt es meist bei der ersten Runde an, steigert sich im Laufe des Gelages über allerlei Teller mit Tintenfisch, gebutterte Folienkartoffeln, Zaziki und gebratenen Schafskäse, bis zur siebten oder gar achten Runde, die dann als Krönung des Abends mit Schalentieren wie Garnelen und Krabben eingeläutet wird. Am Ende sieht der Tisch aus wie ein Schlachtfeld, auf dem angenagte Fischleiber, zerbissenes Garnelengebein und rötlicher Fettsud ein grässliches Bild abgeben. Wir mögen solche Bacchanalien und Api war uns immer ein zuverlässiger Führer in diese bauchbetonte Fresswelt. Mindestens einmal im Jahr ließen wir uns darauf ein, so richtig von Herzen griechisch zu sein.

Api ist, außer dass er mein Freund ist, auch ein Windei, ein Hansdampf, der sich selbst ein X für ein U vormacht. So kommt es, dass er ständig meint, er sei sein eigener Chef und mache die dicksten Geschäfte, aber in Wirklichkeit hängt er am seidenen Fädchen und über ihm schaukelt das Damoklesschwert. So war's denn wohl auch im letzten Jahr. Api war jedenfalls nicht da, wo er hingehörte, in sein angestammtes Königreich Gatzea. Wir fanden ihn nicht. Ein tiefes Loch tat sich auf. Dieses Jahr, zum Glück, ist Api wieder zugegen. Mitbesitzer eines Restaurants ist er nun und hat alle Hände voll zu tun, die Gäste übers Ohr zu hauen. Allmählich bastele ich mir auch aus Andeutungen und Gesprächsfetzen zusammen, was ihm widerfahren ist in dem Jahr, als in Gatzea das große Loch seiner Nichtanwesenheit gähnte. Api hatte sich in die Fremde begeben und er hatte, wie ein Fisch, der sein angestammtes Element, das Wasser, verlässt und im Trockenen herumzappelt, den Boden unter den Füßen verloren. Api hatte Griechenland verlassen, auf der Flucht vor den Steuerbehörden. Das Kartenhaus war zusammengebrochen und außer den Schulden saß ihm nun auch noch die Polizei im Nacken. Er machte sich bei Nacht und Nebel über die Grenze davon und strandete irgendwo in Bulgarien oder Rumänien, wo er Mittel und Wege fand, ein Flugzeug nach Belgien zu besteigen. Dort sind die Menschen so kalt wie das Wetter, der Himmel so grau wie die asphaltierten Straßen und das bisschen Meer, das es gibt, hat nichts Einladendes. Keine Menschenseele gab einen Pfifferling dafür, dass Api Grieche war. Möglich, dass Apis Glaube an seine Unfehlbarkeit hier einen Sprung bekam. Doch Gottvater Zeus ließ seinen liebsten Griechen nicht ins Uferlose fallen: Api fand einen zweiten Griechen und dieser besaß ein Restaurant in einem holländischen Nest nahe der belgischen Grenze und da ihm gerade ein Hilfskoch fehlte, fügte Api seinen zahlreichen bisherigen Berufen einen weiteren hinzu. Er, der Mama oft über die Schulter in den Kochtopf geguckt hatte, kochte nun den steifen Nordlichtern ihr Süppchen, wenn die das Fernweh juckte und sie sich im Restaurant Hellas ein Stück Sonne auf den Teller mit Delfter Muster wünschten. Api fand das alles ein Jahr lang entsetzlich und sehnte sich nach Fischgeruch, Zwiebelfleisch und Hammelbraten. Einmal erhielt ich eine Ansichtskarte von ihm: „Hallo, the King of Gatzea is greeting from Hulst". Wo, zum Teufel, liegt Hulst. Als Ergänzung kam noch ein Päckchen mit drei Straßenkarten: Deutschland West, Benelux und Stadtplan Hulst. Auf Letzterem war ein Kreuz und daneben stand mit Filzstift geschrieben: ‚Hellas'.

Aber in diesem Jahr ist Api wieder in Kato Gatzea. Wir waren alle froh darüber. Bis ich seit gestern Nacht mich des Eindrucks nicht erwehren kann, ich sei bei der Wahl meiner Freunde unvorsichtig gewesen. Api hat gewissermaßen ein Fass zum Überlaufen gebracht. Dass er wieder einmal die Nachtruhe der Nachbarn störte, ging noch an. Auch dass er sich ganz und gar nicht vorstellen konnte, dass jemand nicht zu mitternächtlichen Spritztouren oder Saufgelagen bei Vollmond aufgelegt war, sei ihm verziehen. Dass er es aber fertigbrachte, zwölf allen Gaumenfreuden zugetane, kulinarisch geschulte Menschen dazu zu bringen, die herrlichsten Leckereien unangetastet auf dem Teller liegenzulassen, das war denn doch zuviel. Wir hatten Api wieder einmal als Führer zu den Stätten von Ouzo und Mezes gebucht und er hatte uns in eine kleine Ouzerie geführt. Alles begann gut. Die ersten Schnäpse wurden gebracht und die ersten Teller Mezes ließen zwar Wünsche offen, waren aber genießbar. Bei der zweiten und dritten Ouzorunde war bereits ein Überhang an Speisen feststellbar. Viel zu früh stellte sich ein Gefühl der Sättigung ein. Ich signalisierte Api, es genug sein zu lassen. Doch der ließ bereits die nächste Runde einläuten und als die begann, schob sich auf einmal eine offenbar nicht zu bremsende Welle von Fressalien auf uns zu. Der kleine, wuselige Gehilfe des unablässig in der Küche hantierenden Wirtes schleppte ununterbrochen immer neue Teller herbei. Schon bald fand sich kein leerer Platz mehr auf der Tischplatte. Alle zwölf, einschließlich Apis, der an der Stirnseite der Tafel wie Jesus unter den Jüngern thronte, taten ihr Bestes, der Leckereien aus Griechenlands Fressnäpfen Herr zu werden. Doch auch das Beste ging irgendwann nicht mehr. Wenn der Topf voll ist, ist er voll. „Stopp es!", rief ich mehrmals meinem Freund zu, doch der war, wie Goethes Zauberlehrling nicht mehr Herr der Dinge. Der Tisch bog sich, und auch die zweite Ebene war schon gefüllt mit Käsen, Fischgerichten, Fleisch- und anderen Klößen, mit Kartoffeln, geröstetem Brot, Gemüsen, Schalentieren und allerlei Gesottenem, Gebratenem und Frittiertem. Wir saßen stumm vor diesem Schlaraffenland, verdrossen und unfähig, uns durch die Mauer ins Innere der Herrlichkeiten durchzubeißen. Stattdessen trieb uns die Sättigung die Galle hoch. Als Api letztendlich, viel zu spät, die Rechnung des Wirtes präsentierte, fiel die gestaute Wut der übersatten Nordlichter über ihn her. Ich weiß nicht, ob ihn allein die Schuld traf an dieser Maßlosigkeit oder ob wir nicht auch … . Aber wie dem auch sei, wir zahlten die Rechnung. Und dann kam jener Moment, als unsere Freunde mich anblickten, mit dem Finger auf Api zeigten und mit vorwurfsvoller Stimme sagten: „Das ist dein Freund!"

Einerseits mag ich meinen Api, und zu seinen Freunden soll man halten in Gut und Böse, aber andererseits sage ich mir, dass man auch bei den besten Freunden nicht alles durchgehen lassen kann. Ich werde Api um Rat fragen. Er als Grieche kann mir bestimmt helfen.

8. Jung sein in Niederbayern

Auch 2014 ist es wieder einmal an der Zeit, Kato Gatzea zu verlassen. Am Ende des Sommers wünschen uns die Griechen „Kalo Chimona", einen guten Winter. Wir brechen die Zelte ab, fahren gen Norden über die mazedonische Grenze, die serbische, kroatische, ungarische und österreichische. Eine lange Reise zurück in ein Europa, in dem man nicht mehr die Pässe vorweisen muss. Unterwegs erblicken wir die Trecks der Flüchtlinge, die in der Nähe der mazedonischen Grenzstadt Gevgelija über die Autobahn huschen, wir sehen Gruppen junger Männer, die im Schutz von Gebüsch und Hecken nordwärts trecken, das erstrebte Europa im hoffnungsvollen Blick. An der serbisch-ungarischen Grenze wird der Zaun errichtet, der die Scharen abhalten soll und den Ungarn das Mal der Unmenschen aufstempelt.

Wir durchqueren Ungarn, passieren Wien und auf der Autobahn zwischen Wels und Passau habe ich eine Idee: „Wie wäre es, wenn wir einen Abstecher nach Zwiesel machten?" „Zwiesel?", fragt Ildiko und schaut mich erstaunt an. Dann aber fällt es ihr ein. „Ja doch. Ich weiß schon. Deine dritte Heimat. Klar, wenn du möchtest, fahren wir nach Zwiesel."

Das mittelhochdeutsche Wort ‚Zwisel' bedeutet Gabelung, Gabelung zweier Straßen oder Vereinigung zweier Flüsse, des Großen und des Kleinen Regens. In meinem jungen Leben bedeutete Zwiesel Aufbruch und Neuanfang.

Also auf nach Zwiesel!

Bei Schärding überqueren wir die Donau, verlassen Österreich. Kurz hinter der Grenze, bei Suben, geht es auf zehn

Kilometer nur langsam voran. Autos, Minibusse, Laster werden angehalten und kontrolliert auf der Suche nach Menschenfracht. In Passau sind die Flüchtlingslager voll. Die AFD vermeldet Zuwächse.

Niederbayern ist der zweitgrößte Regierungsbezirk des blauweißen Freistaats. Der Name hat nichts damit zu tun, dass es dort niedriger als im übrigen Bayern ist und die Menschen sind dort auch nicht kleiner. Nein, der Name entstand im Jahr 1255, als die bayerischen Herzöge das Land teilten. Der östliche Teil – das bayerische Unterland – wurde zu Niederbayern, der westliche zu Oberbayern. Die Landschaft wird vom Bayerischen Wald im Nordosten, vom Hügelland zwischen Isar und Inn und vom Donautal dazwischen geprägt.

Am schnellsten würden wir unser Ziel erreichen, wenn wir bei Passau die Autobahn verließen und über die B 85 nach Zwiesel führen. Ich entscheide mich für den Umweg: weiter Richtung Deggendorf und bei der Abfahrt 111 bei Hengersberg auf die 533 über Hunding, Kirchberg im Wald und Rinchnach. Dabei überqueren wir den hohen Berg Rusel, erfreuen uns dort an der herrlichen Aussicht über die Region Bayerischer Wald mit seinen Bergen, bevor wir, die Kreisstadt Regen links liegen lassend, Zwiesel erreichen. Auf der Rusel ergreifen mich bereits Heimatgefühle, waren dort meine Eltern mit uns Kindern doch oft Gäste des Hotels mit dem schönsten Ausblick. Heute gibt es dort zeitgemäß Mountainbiking und Golfplatz. Damals stand mein Vater oft auf der Terrasse, schaute in die Weite und sagte hingerissen: „Ist es hier nicht wunderschön!" Als wir in Zwiesel ankommen, finde ich mich in einem fremden Ort wieder. Hatte ich etwa erwartet, alles sei so, wie in meiner Erinnerung? Ich wollte Ildiko so schön erklären, wo das große Kino war, der Sport Schmatz, die Brücke über den Regen und der Marktplatz. Ich wollte ihr zeigen, wo wir gewohnt hatten und ihr meine Schleichwege und erinnerungsträchtigen Orte vorführen. Doch nun sieht alles anders aus. Zwiesel ist nicht mehr mein Zwiesel. Das Glaswerk liegt zwar noch an der gleichen Stelle, an der Dr. Schott-Straße, und auch die evangelische Kirche finde ich wieder, doch die Straßen sind breiter geworden, und daran, dass es einen Stadtpark gab, kann ich mich gar nicht erinnern. Ich fahre langsam die Bahnhofstraße entlang, an meiner damaligen Schule vorüber, die heute ein Gymnasium ist. Wo es über die Rabensteiner Straße zum Schwimmbad und den Tennisplätzen des TC Zwiesel geht, drehen wir um. Zurück fahre ich am Filmtheater vorbei, und über die Brücke über den kleinen Regen. Nicht weit davon entfernt, trennen sich der große und der kleine Regen. Nach rechts könnten wir nun in die Angerstraße abbiegen und müssten dann bei Sport Schmatz, falls es den noch gibt, vorbeikommen. Wir fahren aber nach links und endlich erkenne ich an der aufsteigenden Straße des Stadtplatzes ein Stück meines Zwiesel wieder. Die Straße geht immer noch bergauf, teilt sich, wo sich wie eine Insel das Standbild des Heiligen Johannes von Nepomuk erhebt, der zu beiden Seiten flankiert ist von einer behelmten Wächterfigur mit hochaufragender Standarte. Das gab es auch zu meiner Zeit schon. Wenigstens das hat seit seiner Errichtung 1767 die Zeiten überdauert. Aber sonst erinnert mich nichts mehr an die fünfziger Jahre. Das Hotel Zur Post, in dem mein Vater glänzende Faschingsfeste arrangierte, gibt es noch, nur heißt es jetzt Gasthof Posthalter. Zwischen Handyshop und Eiscafé Pizzeria stellen wir unser Wohnmobil ab und nehmen uns im Stadtcafé auf der anderen Straßenseite die Zeit für einen Cappuccino. Ich erzähle Ildiko von meiner Zwieseler Jugend, komme ins Schwärmen und vermisse so vieles, was mich an die Jahre zwischen 1952 und 1958 erinnert.

Wir kaufen in einem Geschenkeladen ein Souvenir, einen bescheuerten Metallstorch, der noch heute in unserem Kasseler Vorgarten steht. Dann verlassen wir Zwiesel.

In Zwiesel bei Schott und Genossen

Zum 31. Dezember 1952 verließ Fritz Neukäter die H. Heye Glasfabrik in Obernkirchen und wurde mit Beginn des Jahres 1953 Betriebsleiter der Farbenglaswerke Zwiesel.

Seit 1919 gibt es das Jenaer Glaswerk, seit 1927 gehört als erste Tochtergesellschaft auch das Farbenglaswerk Zwiesel dazu. Nach dem Ende des Weltkrieges 1945 nahmen amerikanische Truppen die Geschäftsleitung und ausgewählte Spezialisten als den ‚Zug der 41 Glasmacher' aus Jena mit in den Westen Deutschlands. 1952 wurde Mainz Sitz des Hauptwerks und der Firmenzentrale von SCHOTT und 1958 wurde mein Vater in das Mainzer Werk versetzt.

Seit der Flucht aus der Zone waren knapp zwei Jahre vergangen. Ich war glücklich, endlich wieder dauerhaft mit Mami und Papi zusammen zu sein. Für meine Eltern war die Zone, inzwischen die DDR, immer noch zurückgelassene Heimat und sie verfolgten aufmerksam die politische Entwicklung.

In der ‚Stalin-Note' vom 10.3. 1952 schlägt der sowjetische Regierungschef den drei Westmächten vor, einen Friedensvertrag mit einer gesamtdeutschen Regierung unter bestimmten Bedingungen abzuschließen. Ein paar Tage später lehnen die Westmächte die in dieser Note geforderten Verhandlungen über einen Friedensvertrag mit ausdrücklicher Billigung Konrad Adenauers ab, solange keine freien gesamtdeutschen Wahlen stattgefunden haben. Vater höre ich sagen, dass er richtig findet, was der olle Adenauer gesagt hat, Mami aber interessiert sich mehr für Schlager und Filme, schwärmt vom ‚Weißen Rössel am Wolfgangsee‘ mit Johanna Matz und Johannes Heesters. „Lass mal die Politik, Fritz“, dachte Mutter wahrscheinlich und sagte es vielleicht auch. Da es in Zwiesel ein Kino gibt, überredete sie Papi hin und wieder zu einem Lichtspielbesuch. Als sie den Film ‚Maske in Blau‘ angeschaut hatten, war auch mein unmusikalischer Vater angetan von den tollen Revueszenen und für meine Mutter waren Marika Rökk und Paul Hubschmied lange die absoluten Lieblinge.

Für meine kleine Schwester und mich begannen sechs Jahre der Sesshaftigkeit und Beständigkeit. Mein erstes Zeugnis in Zwiesel ist das aus der Klasse 1b der Staatlichen Realschule Zwiesel im Schuljahr 1952/53 und darin steht: „Der Schüler trat erst am 27.4.53 an unsere Anstalt über, hat sich aber bei einwandfreiem Betragen und gleichbleibend großem Fleiß in allen Fächern gut in die Klasse eingefügt. Im Englischen muss er noch nachholen.“ Ein Jahr später heißt es: „Sein Betragen gab gelegentlich zu Beanstandungen Anlass.“ Weder ich selbst, noch die Zeugnisse der nächsten Jahre machten meinen Eltern uneingeschränkt Freude. Ich hörte Radio, zum Leidwesen meiner Mutter bestand ich darauf, wenigstens eine Stunde am Tag die neuesten Hits auf AFN, dem US-amerikanischen Soldatensender zu hören. Irgendwann begann ich unter dem schädlichen Einfluss der Negermusik, wie mein Vater diese Hits nannte, meine Haare wachsen zu lassen, was meinen Vater, der noch vor Jahren selbst eher langhaarig war, dazu brachte, Anzeichen von Intoleranz zu entwickeln. „Junge, du siehst aus wie ein haariger Affe." Einmal wurde ich sogar zu einem Friseurgang gezwungen. Man setzte mir, bildlich gesprochen, einen Topf auf das Haupt und schnitt alles, was darunter hervorschaute, erbarmungslos ab. Ich verzieh diese Verstümmelung meinen Eltern lange nicht.

Der Musikgeschmack meiner Mutter hatte sich kaum geändert. Sie fand Vico Torriani wunderbar und Bully Buhlans Nummer ‚Ich hab noch einen Koffer in Berlin' rührte sie fast zu Tränen. Mein Vater macht sich nicht viel aus Musik, aber wenn schon, dann waren ihm Operettenmelodien am liebsten und bei Willy Schneiders ‚Schütt die Sorgen in ein Gläschen Wein', sang er abends, wenn er einen guten Weißen im Pokal hatte, auch schon mal mit. An einen Hit kann ich mich erinnern, der die ganze Familie, ganz besonders auch meine inzwischen fast acht Jahre alte Schwester begeisterte, das war ‚Pack die Badehose ein'. Da Christel dieses Liedchen fast ununterbrochen trällerte, war Conny Froboess gefühlte zwei Jahre lang in unserem Familienleben allgegenwärtig und wir stellten uns vor, wie toll es wäre, miteinander im Wannsee baden zu gehen.

1953 starb Josef Stalin, der Volksaufstand in der DDR am 17. Juni wurde blutig niedergeschlagen, in Korea war endlich der Krieg zwischen dem Norden und dem Süden beendet worden. Vater war Werksleiter geworden und zu Beginn der

Zwieseler Zeit fühlte ich mich wie der kleine König der Glasfabrik. Die geräumige Werkswohnung lag im Firmengelände. Vor dem Haus erstreckte sich der Werkshof, auf dem LKWs ankamen, Ladung aufnahmen und wieder durch ein breites Tor abfuhren. Hinter dem Haus erstreckte sich ein Garten mit viel Platz zum Spielen. Ein Tor führte auf einen Hang, hinter dem sich eine riesige freie Fläche ausbreitete. Zu den meist schneereichen Zwieseler Winterzeiten veranstalteten wir hier unsere Winterolympiaden. Langlauf auf der Wiese, und in der Toreinfahrt wurde eine Schanze aus Schnee gebaut, die dank des steilen Hanges Sprünge bis zu fünf Metern ermöglichte.

Wenn ich das Haus verließ und in den Ort wollte, war der kürzeste Weg der durch die Werkhallen. Ich trat durch eine immer geschlossene Tür und befand mich in der grellen Hitze einer Glasbläserei. Vor den runden Öffnungen großer Öfen, in denen Gluthitze brütete, standen leicht bekleidete Männer mit langen Rohren. Das Ende eines solchen Rohres wurde in die Glut geführt, in der eine Mischung aus allerlei Materialien brodelte. Dann ließ der Glasbläser aus seiner gefüllten Lunge Luft durch das Rohr strömen und wie durch ein Wunder rundete sich der glühende Klumpen am anderen Ende zu einer Kugel, die wie ein Luftballon größer wurde, bis sie endlich vom Rohr getrennt, ein Glasgefäß wurde. Ich war als der Sohn vom Neukäter bekannt und durfte jederzeit diesen höllenähnlichen Bereich passieren. Am anderen Ende der Hallen schlenderte ich dann lässig grüßend an dem Pförtner vorüber und war nach einem kurzen Spaziergang im Ort.

Auch zur Schule war der Weg nicht weit. Ich hatte Glück, denn mit Wirkung vom 2. September 1952 wurde in Zwiesel erstmals eine staatliche Realschule errichtet. 1957 erhielt sie die Bezeichnung Oberrealschule und erlaubte mir damit nach unserer Übersiedlung nach Mainz den weiterführenden Besuch des Gymnasiums.

Als ich älter wurde, wurde in den Sommermonaten das Schwimmbad immer häufiger mein Ziel. Von Zuhause aus ging es links eine leichte Steigung bergan, an der evangelischen Kirche und dem Bahnhof vorbei, hinter dem sich die Straße in Richtung Rabenstein gabelte. Dort in der Nähe lagen das Schwimmbad und nach seiner Fertigstellung auch der Tennisplatz des TC Zwiesel.

Zum ersten Mal in meinem Leben hatte ich ein eigenes Zimmer. Allmählich war auch wieder Geld für die Anschaffung neuer Möbel vorhanden. Ich bekam ein eigenes Bett, einen Schülerschreibtisch und kann mich sogar entsinnen, zum 13. Geburtstag einen Stabilbaukasten geschenkt bekommen zu haben. Mein Vater hatte wohl darauf gehofft, mit einem solchen Spielgerät meinen mangelhaften technischen Fertigkeiten auf die Sprünge zu helfen. Doch er musste bald einsehen, dass Technik nie meine Sache sein würde. Er bestätigte mir, zwei linke Hände zu haben, und diese Einschätzung wurde irgendwann zur Self-fulfilling prophecy. Ich war wirklich kaum in der Lage, einen Nagel gerade in die Wand zu klopfen. Entweder nahmen mein Finger oder die Wand Schaden. Wann immer ich mich an die Herstellung oder Reparatur irgendwelcher Dinge traute, zum Beispiel dem Flicken eines Fahrradschlauches, war Vater schon zur Stelle, nahm mir das Werkzeug aus der Hand und sagte: „Gib mal her, Junge! Guck, so macht man das." Dann zeigte er mir, wie man das machte. Zum Glück war Vater im Werk viel zu sehr beschäftigt, als dass er mir immer im Weg stehen konnte.

Ich fand sehr bald in Zwiesel mehr und mehr meine Freiräume und Vorlieben heraus. Vor allem entdeckte ich die Welt des Lesens. Anfangs tauschte ich vieles, was Mitschülern wertvoll war, gegen die von Hand zu Hand gehenden Akim- und Fulgurhefte. In unserer Familie und im gesamten Haushalt waren Bücher immer Nebensache und genau genommen unwichtig, wenn nicht gar schädlich. Die wenigen Bücher im Haushalt hatte ich bald schon zum zweiten Mal durchgelesen und als selbst das Kochbuch keinen Reiz mehr ausübte, versuchte ich meine Mutter zum Kauf eines Buches zu überreden. Doch damit kam ich selbst bei ihr, die mir sonst beinahe jeden Wunsch erfüllte, schlecht an. Was mir denn einfiele, sie könne doch kein Geld für solch nichtsnutzigen Kram ausgeben. Mutter meinte eines Tages sogar: „Rüdiger, du sollst doch nicht so viel lesen. Du weißt doch, dass Lesen dumm macht." Zum Glück glaubte ich ihr das nicht. In Zwiesel gab es eine städtische Leihbücherei, deren Kunde ich bald wurde. Ich stürzte mich in die Abenteuer Old Shatterhands und Kara Ben Nemsis, verlor mich in der Welt Tecumsehs und las einen nach dem anderen die Romane Hans Dominiks. Später fand ich dann auch zu B. Traven. Wann immer ich Zeit fand, kniete ich vor meinem Bett, die Ellenbogen aufgestützt und las. Oft ging ich morgens unausgeschlafen zur Schule, weil ich mich bis tief in die Nacht hinein an der verbotenen Lektüre unter der Bettdecke, die Buchseiten schlecht beleuchtet von einer funzeligen Taschenlampe, erfreut hatte. Außerdem entdeckte ich irgendwann dass es in dem einzigen Schreibwarengeschäft Zwiesels,

in dem es außer Schreibblöcken, Leitzordnern, Stiften, Füll-
federn und Radiergummis und neben Illustrierten, dem Niederbayrischen Boten, der Bayerischen Ostmark und dem Bayer-
wald Echo, auch eine Leihbibliothek gab. Im rückwärtigen Teil
dieses dämmrigen, kleinen Ladens, über den eine ältliche Frau
wachte, die jedes Mal, wenn eine Glocke einen Kunden meldete, in den Raum geschlurft kam, befand sich ein unansehn-
liches Bücherregal. In diesem Möbel standen Rücken an
Rücken etwa zweihundert abgenutzte bunte Bücher. Sie waren
alle in abgegriffene Cellophanhüllen gebunden und trugen auf
dem Rücken eine Nummer. Säuberlich und in genauer Reihen-
folge standen die Schmöker in sechs Regalreihen übereinander.
War einer der Bände ausgeliehen, bleib die Stelle, an die er gehörte, leer. Alle Bücher dieser Leihbücherei hatten zwei
Themen: Liebe und Verbrechen. An Liebe war ich noch weniger interessiert, aber die Verbrechen hatten es mir angetan. Die
Bösewichte begingen ihre Schandtaten im Wilden Westen, wo
sie braven Ranchern ihre Rinder raubten oder sie mordeten in
den Dschungeln der Großstädte, um anschließend in dunklen
Bars das Geld der Gemeuchelten zu verprassen. Die Helden,
die am Ende immer den Schurken das Handwerk legten, hatten
so klingende Namen wie Tom Prox, Billy Jenkins oder Micky
Spillane. Eine Zeit lang wurde Tom Prox meine Lieblingsfigur.
Wenig später erkor ich mir Spillanes Detektiv Mike Hammer
zum Vorbild. So wie diese Kerle wollte ich auch einmal
werden.

Lesen war mir wichtig, aber es blieb noch genug Zeit zum
Spielen und der Erkundung der übersichtlichen Zwieseler Welt.
Wenn man heute davon spricht, dass Kinder zu viel an Spiel-

konsolen, Computern, Smartphones oder am Fernseher verbringen und dabei faul und übergewichtig werden, dann war damals das Gegenteil der Fall. Nach der Schule und den eilig erledigten Hausaufgaben ging es so schnell wie möglich nach draußen. Der Garten, die große Wiese hinter dem Haus, das Schwimmbad und der Tennisplatz, die nahen Hügel in Rabenstein, all das war Anreiz genug, dem Zuhause zu entkommen.

Zwiesel und der Bayrische Wald waren ein Paradies für Heranwachsende. Der Winter kam zuverlässig und schon im Oktober lag oftmals der erste Schnee. Meine ersten Bretter waren hölzern und mit einer kombinierten Abfahrt- und Langlaufbindung versehen. Statt richtiger Skischuhe hatte ich feste Treter an den Füßen. Skilifte gab es in Zwiesel und der näheren Umgebung nicht, wohl aber genügend Hänge, die man durch eifriges Treten aber erst einmal abfahrtsgeeignet machen musste. Manchmal nahmen mich auch Bekannte zum Großen Arber in Bayerisch-Eisenstein mit. Ich bekam ein paar Mark Taschengeld mit, das für drei oder vier Liftfahrten reichte. Wenn diese wenigen Abfahrten erledigt waren, lud ich mir an der Talstation die Ski auf die Schulter und stapfte mühsam unter dem Sessellift die steile Schneise bergan. Das dauerte eine gute halbe Stunde. Schweißgebadet kam ich oben an, aber die Abfahrt war dafür umso schöner.

In den Sommermonaten, die manchmal mit besonders warmen Tagen gefühlt schon Ende April eintrafen, waren das Freibad, das natürlich nicht beheizt war, und der Tennisplatz die Hauptziele an den Nachmittagen. Es gab zwar keinen Schwimmverein, aber dank der frühkindlichen Wassergewöhnung durch unsere Dora verbesserte ich meine Schwimmfertigkeiten immer weiter. Ich brachte mir das Kraulen bei und bald darauf entdeckte ich im Rückenschwimmen meine bevorzugte Lage.

Der Ort Zwiesel selbst, der eigentlich nur aus dem Marktplatz bestand, bot nicht viel. Eine Eisdiele, ein paar Geschäfte und die Janka-Lichtspiele, die noch eine besondere Rolle spielen werden.

Von meiner Schwester bekam ich, außer, dass sie älter wurde, nicht viel mit. Sie entdeckte etwa von ihrem elften Lebensjahr an die nahe gelegene evangelische Kirche und das dazu gehörige Pfarrhaus für sich. Ich weiß nicht, ob es der liebenswürdige junge Pfarrer war oder einfach die hehren Freuden des christlichen Glaubens, jedenfalls wurde Christel für ein paar Jahre ihres jungen Lebens sehr fromm. Die Eltern machten sich schon fast Sorgen, dass sich diese Gottesgläubigkeit zum Nonnentum auswachsen könnte. Aber zum Glück kam Christel dann doch ins Backfischalter und es gab etliche Knaben, die Gefallen an ihr fanden. Nach und nach verlor sich so ihre Frömmigkeit. Allerdings zeigten sich dabei auch sehr bald die Defizite der elterlichen Erziehung. Ich durfte fast alles, Christel kaum etwas. Wenn ich bis zehn Uhr abends ausgeflogen war, gab es kaum Ärger. Wenn meine Schwester aber um acht noch nicht zu Hause war oder wenn irgendein Jüngling vor dem Haus auffällig herumstrich, wurde die unschuldige Christel heftig kritisiert und mit Hausarrest bedroht. Besonders Vater wachte mit Argusaugen über sie. Wie unschuldig meine Schwester war, kann ich nicht beurteilen und es interessierte mich damals auch herzlich wenig.

Von einem bestimmten Alter an beginnen Jugendliche an der Allmacht und der Vollkommenheit der Eltern zu zweifeln. Die Autorität wird mehr und mehr hinterfragt und die Auflehnung gegen vermeintlich unsinnige Gebote wird mächtiger. Man muss sich von seinen Erzeugern befreien, um den eigenen Weg zu finden.

Ich liebte meine Mutter, fand sie aber zunehmend bieder und ein wenig unbedarft. Ich tat ihr sicher damit Unrecht, denn, wann immer ich Sorgen hatte, suchte ich noch Trost in ihrer Warmherzigkeit. Aber für Probleme oder gar deren Lösung schien sie mir die ungeeignete Person. Und Vater? Der war viel zu beschäftigt und was Gefühle betraf, war er unzugänglich, kühl und fast abweisend. An meinen Vater kam ich nie richtig nah heran. Er war und blieb Sohn niederrheinischer Bauern mit all der dazugehörigen Schroffheit. Dabei war er ein warmherzig und litt darunter, dass er es nicht vermochte, Gefühle nach außen zu tragen und die ihm innewohnende Herzensgüte zu zeigen. Vater war eher ein Macher, ein Mann der Tat und wenn er sich etwas vorgenommen hatte, konnte ihn kaum etwas oder jemand aufhalten. So war es ihm als treibender Kraft zu verdanken, dass in Zwiesel ein Tennisclub entstand. Er, der niemals sportlichen Ehrgeiz gezeigt hatte, setzte seine ganze Energie für einen Sport ein, der ihm eigentlich fremd war. Vor dem Krieg vorhandene Pläne, einen Tennisplatz in Zwiesel zu bauen, wurden durch den Krieg zunichtegemacht. Sie wurden wiederbelebt, als ein bekannter Tennisspieler in Zwiesel ansässig wurde und nach Möglichkeiten suchte, seinen Sport auszuüben. Mehrere Zwieseler schlossen sich ihm an und mein Vater, dem es relativ schnell gelungen war, im neuen

Wohnort Fuß zu fassen, gesellte sich dazu. Als im Herbst 1952 eine Fläche neben dem Freibad für Ballspiele geebnet wurde, bot es sich an, diese um einen Tennisplatz zu erweitern. Da schnell klar wurde, dass sowohl die Finanzen als auch die Arbeitsleistungen nur von einer Gemeinschaft gestemmt werden konnten, organisierte man im April 1953 eine Werbeveranstaltung. Dreizehn wild entschlossene Zwieseler trafen sich und bildeten den Grundstock des entstehenden Vereins. Mein Vater war unter ihnen. Nachdem die Stadt Zwiesel den Antrag auf die Grundüberlassung genehmigt hatte, stand einer Vereinsgründung nichts mehr im Wege. Als Erster Vorsitzender wurde Fritz Neukäter gewählt und er war unermüdlich die treibende Kraft beim Bau des ersten Platzes. Wann immer er Zeit hatte und an jedem Wochenende waren mein Vater und tennisbegeisterte Zwieseler mit Schaufeln und Hacken dabei, das Gelände zu einem Platz für den weißen Sport zu gestalten. Heute hat der Club sieben gepflegte Sandplätze und ein stattliches Clubhaus. Vater hätte seine Freude daran. Weder er noch meine Mutter spielten nennenswertes Tennis, ich spielte ein bisschen in der Jugendmannschaft mit, aber meine Schwester wurde eine richtig gute Spielerin.

Natürlich führte dieser Einsatz für den TC Zwiesel dazu, dass Fritz Neukäter in Zwiesel recht schnell zu einer allseits bekannten und geachteten Persönlichkeit wurde.

Ich hatte darüber hinaus noch einmal Gelegenheit, sehr stolz auf meinen Vater zu sein. Am 17. August 1954 besuchte Theodor Heuss, der erste Bundespräsident der Bundesrepublik Deutschland, die Waldstadt und besichtigte während seines Aufenthalts in Zwiesel unter anderem die Farbenglaswerke.

Das Foto, auf dem mein Vater neben Theodor Heuss steht, wurde noch jahrelang bei Freunden herumgereicht.

Kino-Kiosk-Knacker

Ich muss gestehen, dass mich ein leichter Hang zur Kriminalität mein ganzes Leben lang begleitet hat. Es waren zwar immer nur Kleinigkeiten, die mich in die Nähe von Gesetzwidrigkeiten brachten, aber wer weiß, ob bei entsprechendem Umfeld oder anderer Sozialisation ich es nicht zu einer kriminellen Karriere gebracht hätte.

Ich denke gerne an Einkäufe in Supermärkten zurück, bei denen ich meiner Frau und mir selbst ein Stück Schokolade aus dem Regal anbot oder eine Rolle Keks aufbrach, die mir ins Auge fiel und appetitlich aussah. Ich deklarierte diese Übergriffe immer als Mundraub, in dem Wissen, dass solcher ja nicht strafbar war. Größere Dinge entwendete ich selten. Da ich immer mit aufmerksamen Augen durch die Kaufhäuser strich, kam mir nie ein Detektiv auf die Schliche. Ich behielt auch schon mal von der Kassierin zu viel zurückgegebenes Wechselgeld und in späteren Jahren nahm ich regelmäßig bei Fernflügen die hübschen Flugdecken mit. Zu einer richtigen kriminellen Laufbahn brachte ich es aber nie. Vielleicht liegen die Anfänge meiner Affinität zu Sex and Crime in der folgenden Geschichte, die sich in meinem vierzehnten Lebensjahr zutrug.

In den fünfziger Jahren war das Fernsehen noch in den Kinderschuhen. Die Geräte waren teuer, nur Betuchte konnten sich den Luxus leisten. Außerdem war das Programmangebot dürftig. Die Übertragungen der Spiele der Fußballweltmeisterschaft 1954 gaben dem Fernsehen zwar einen Schub, aber diese waren für die meisten Menschen ein Gemeinschaftserlebnis, das meistens in von Zigarettenrauch und Alkoholdünsten geschwängerten Gaststuben stattfand. Kein Wunder, dass das Kino sich großer Beliebtheit erfreute. Die Preise für einen Kinobesuch lagen zwischen vierig Pfennig und zwei Mark, je nach Platzwahl.

In Zwiesel gab es zwei Kinos und zwei Brauereien. Seltsamerweise trugen die Brauereien und die Kinos die gleichen Namen: Pfeffer und Janka. Natürlich waren die Brauereien älter und beide waren dafür bekannt, gutes und süffiges Bier zu brauen. Bei den Kinos war das anders: Neben dem Janka-Brauhaus gab es die Janka-Lichtspiele. Im Saal des Gasthauses Janka wurden schon viel früher Kurzfilme gezeigt, aber ein richtiges Kino war es erst seit ein paar Jahren. Diese Janka-Lichtspiele waren ein B- und C-Klasse-Kino. Bei Jankas liefen zweit- und drittklassige Filme, Schmuddelkram, Westernballereien, galaktische Abenteuer und historisierende Schinken mit Mantel- und Degenfechtereien. Ganz anders die Pfeffer-Lichtspiele. Die waren, 1950 neu erbaut, weitaus vornehmer. Dort spielte man A-Klasse-Filme, wie ‚Du sollst mein Glücksstern sein‘ mit Lilo Pulver oder ‚Auf der Reeperbahn nachts um halb eins‘ mit Hans Albers und Heinz Rühmann. Aber erstens waren für mich dort die Eintrittspreise zu hoch oder Filme wie ‚Wenn es Nacht wird in Paris‘ mit Jean Gabin oder ‚Rififi‘, die ich zu gerne gesehen hätte, waren nicht jugendfrei. Manche Liebesfilme wie ‚Mädchenjahre einer Königin‘ liefen bei Pfeffers gute zwei Wochen. Aber Romy Schneider fand ich langweilig und uninteressant. Das Janka-Kino lag mir mehr, räumlich wie emotional. Der Vater meines Freundes Joseph war dort Hausmeister. Deshalb die emotionale Nähe, die räumliche, weil ich mit dem Fahrrad in fünf Minuten dort war. Mit Joseph, der niederbayrischen Namenstradition entsprechend nur Sepp genannt, traf ich mich fast jeden Tag. Uns verband vor allem die Liebe fürs Kino und wir sahen eine Menge Filme in den Jahren unserer Freundschaft. Sepp kannte sich weit vor mir ganz toll in der Welt des Kintopps aus und hatte sogar Zugang zum Janka-Saal. Nicht etwa, dass Sepps Vater seinem Spross einen Schlüssel anvertraut hätte, aber da die Lichtspiele sich in einem heruntergekommenen Gebäude befanden, gab es einen versteckten Zugang, den Sepp kannte. Er überraschte mich eines Tages damit, dass er ihn mir zeigen wolle. Ich folgte ihm und fand mich zum ersten Mal im Dunkel des leeren Kinosaals. Von da an fand ein nicht unwesentlicher Teil meiner Sozialisation in und um diese fragwürdigen Kinowelten statt. Die Abendprogramme, die um acht Uhr begannen, waren uns nicht zugänglich. Meine Eltern achteten bei aller erzieherischen Laxheit doch darauf, dass ihr Filius beizeiten im Bett lag. Die Nachmittagsprogramme aber erlebte ich dank Sepp in vollem Umfang. Ich wurde ein Janka-Kino-Junkie.

Sepp war zwei Jahre älter als ich. Alles an ihm vom Kopf bis zu den Füssen war eckig. Er hatte kurze Beine und einen schrankartigen Oberkörper. Der Haarschnitt war immer sehr kurz, weil Josefs Vater nichts anderes duldete und gegebenenfalls selbst zur Schere griff. Sepps Augen war hellwach und auf der Hut. Er hatte gelernt, ganz schnell zu reagieren und dem jähzornigen Vater auszuweichen. Oft gelang ihm das aber nicht und vielleicht war der prügelnde Vater eine Ursache, warum

Sepp stotterte. Im Gegensatz zu vielen seiner Mitschüler verstand ich aber immer, was er sagen wollte. Ich weiß nicht, was Sepp an mir fand, war ich doch schmächtig und schmalbrüstig, eigentlich das genaue Gegenteil von ihm. Er war zwei Klassen über mir und stolz darauf, ein schwieriger Schüler zu sein. „An mir beißen's sich die Zähne aus", brachte er mühsam heraus, nachdem er vor der ganzen Klasse vom Lehrer Prügel bezogen hatte, ohne auch nur einen Mucks zu machen. Wenn wir zusammen waren, hatte Sepp das Sagen. Meistens trafen wir uns am Nachmittag, ich nach den Hausaufgaben und er, nachdem er seinen Vater bei einigen Arbeiten zur Hand gegangen war. Wir fuhren dann mit dem Rad in der Gegend herum oder bauten Staudämme am Fluss. Um halb fünf waren wir aber fast immer am Kino. Nachmittagsvorstellungen gab es vier Mal in der Woche, Dienstag, Donnerstag, Freitag, Samstag, jeweils um 17.00 Uhr Aber auch an den freien Tagen studierten wie die Plakate. Ich konnte besser lesen als Sepp und musste ihm manchmal die Untertitel vorlesen. Aber die bunten Bilder verstanden wir beide gleich gut. Wie gesagt, die Janka-Lichtspiele waren ein Second-Class-Kino und die Filme waren meist von der Art, die meine Eltern als Schund bezeichnet hätten. Aber uns machte die Darstellung maskuliner Durchsetzungskraft, nach Hilfe lechzender weiblicher Schwächlichkeit, waffenstarrender Überlegenheit und dämmrig unheimlicher Dunkelheit mächtig an. So wie die Männer auf den Plakaten mit Cowboyhüten und Colts, mit weiten Pelerinen und Degen wollten wir auch sein und uns die häufig üppig aussehenden Frauen gefügig machen. Zwar wussten wir nur sehr ungenau, was man mit dem Weibervolk anstellen konnte, aber das spielte ja schließlich keine Rolle. Vom Schulvormittag her wussten wir ja, dass alles, was Röcke trug, einfach doof war und nur verachtenswert. Viele Filme, die bei Jankas liefen, waren für Jugendliche nicht geeignet. „Für Jugendliche unter 16 Jahren nicht freigegeben." So jedenfalls stand es quer geschrieben und mit FSK, freiwillige Selbstkontrolle gekennzeichnet, auf den Plakaten. Aber das galt ja nicht für uns.

Vor dem Eingang zum Kinovorraum gab es einen Garten und dort in einer Ecke stand eine Bank unter einer Eiche. An die lehnten wir unsere Räder, platzierten uns darauf und beobachteten genau, wer zur Kinokasse ging. Die konnten wir zwar von außen nicht sehen, aber wer nicht zurückkam, der hatte eben eine Karte gekauft. Wir wussten, dass es neunzig Plätze im Saal gab und zählten mit, wie viele Besucher hineingegangen waren. War die Vorstellung zu voll, lief für uns an dem Nachmittag nichts mehr. Bei Halbvoll aber konnten wir uns auf den Film freuen. Dann liefen wir um zehn nach fünf um die Kinohalle herum, öffneten eine Seitentür und suchten uns leise und unauffällig zwei freie Plätze. Sepp hatte irgendwann diese Tür entdeckt, die mit einem Riegel und Vorhängeschloss gesichert gewesen war. Sie war einmal als Notausgang vorgesehen und dann vergessen worden, weil niemand sie kontrollierte und wohl auch keiner mit Notfällen rechnete. Es hatte uns Mühe gekostet, das Vorhängeschloss zu knacken. Die angerosteten Scharniere und den Riegel gangbar zu machen, war viel einfacher gewesen, denn in der Werkstatt von Sepps Vater fand sich Werkzeug und Gleitöl genug. Natürlich gab es im Kino auch einen Platzanweiser, aber der war zugleich der Filmvorführer. Wenn keine Besucher mehr kamen, zog er einen schweren Vorhang vor den Eingang und schlich in sein Kabäuschen, um die viertelstündige Wochenschau vor dem Hauptfilm abzufahren. Wenig später saßen wir dann auch schon auf unseren Plätzen. Es geschah selten, dass uns jemand beachtete oder sich gar beschwerte, dass wir zu jung wären und gar nicht den Film sehen dürften. Wenn das passierte, hauten wir so schnell wie möglich ab. Vom Personal durfte uns ja keiner erwischen, denn dann wüssten unsere Eltern bald Bescheid. Das hätte verdammt viel Ärger gegeben und mit dem Kino wäre es vorbei gewesen. Meistens sahen wir die Filme auch gar nicht bis zum Ende. Entweder musste Sepp nach Hause oder ich musste mich um sieben Uhr bei Vater zurückmelden. Aber abgebrochene Filme waren ja kein Problem. Wir guckten dann einfach bei der nächsten Vorstellung den Rest. Meistens liefen die Schauspiele mindestens eine Woche lang. An manche Filme kann ich mich noch gut erinnern: ‚Reporter des Satans‘, mit Kirk Douglas zum Beispiel. Aber eigentlich sahen wir wahllos alles, was sich bot: ‚Das Beil des Henkers‘, ‚Unter Geiern‘, ‚Die Bank ist geöffnet‘, ‚Die Räuber lassen grüßen‘. Am besten gefielen Sepp Filme, in denen es Überfälle gab oder Banken ausgeraubt wurden. Manchmal schauten wir die Geschichten auch nicht bis zum Ende, weil wir gar nicht wissen wollten, ob die Räuber gefasst wurden. Besonders Sepp drückte den Gangstern die Daumen. Ich sah gerne Filme, in denen starke Männer schönen Frauen den Hof machten. Bei so viel Leinwandspektakel blieb es natürlich nicht aus, dass sich bei uns ein gewisser krimineller Nachahmungstrieb entwickelte. Einmal etwas anstellen, so was richtig Gefährliches und Mutiges und dann nicht erwischt werden, das war es, was uns immer mehr beschäftigte. Die örtliche Sparkasse war eine Nummer zu groß, der Tante Emma-Laden kam nicht in Frage, weil man uns dort kannte und außerdem mochten wir die alte Frau Donath, die uns immer ein paar Bonbons mehr gab, als wir zu bezahlen hatten.

Irgendwann hatte Sepp die Idee. Aber dazu muss ich ein bisschen ausholen.

Der Eingangsbereich der Janka-Lichtspiele war ein etwa fünfzehn Meter langer Raum von geringer Breite. An der Querwand waren die Filmplakate angebracht, die das laufende Programm und die beiden folgenden, demnächst stattfindenden Filme in übertrieben bunten und teilweise drastischen Bildern darstellten. Vom Eingang der Halle her gesehen, befand sich an der linken Seite die Kasse, die eine Viertelstunde vor Beginn der Vorstellung von einem ältlichen Fräulein Weber besetzt und fünf Minuten nach dem Ende der Wochenschau von ihr geschlossen wurde. Die Eintrittsgelder brachte Frau Weber gleich danach zu dem Kinobesitzer, einem Herrn Schrobsheimer, dem auch das nahe gelegene Jankastübel gehörte. Ein Überfall auf das Fräulein Weber kam uns schon in den Sinn und Sepp malte sich aus, wie er ihr mit einem mit Stoff umwickelten Prügel eins über die Rübe geben würde. Es gelang mir aber, ihm das auszureden, weil Frau Weber nett und außerdem mit meinen Eltern bekannt war. So blieb als Nahziel und erster Probelauf unserer kriminellen Karriere nur der Kiosk, der sich gegenüber der Kinokasse befand. Dieser Kiosk war reichlich bestückt mit Süßigkeiten, Zigaretten und Knabbereien. Oft standen wir davor und die Brausepulver-Tütchen, die Nappa- und Pez-Bonbons und ganz besonders die Sarotti-Schokolade mit dem großäugigen Mohren mit dem Turban auf dem Köpfchen ließen uns das Wasser im Mund zusammenlaufen. Wir hatten viel zu wenig Taschengeld, als das wir uns so etwas gönnen konnten. Herr über all diese Herrlichkeiten war Herr Boheim, ein ziemlich unangenehmer Mensch, der infolge einer Kriegsverletzung hinkend durchs Leben ging und niemand leiden konnte. Am wenigsten Kinder. Wann immer er mich und Sepp erblickte, brüllte er sofort: „Schleicht's eich, ihr Saububen, ihr dreckerten". Wir grinsten ihn aber nur an und sangen: „Boheim, Boheim, laß es sein, bist ja nur ein armes Schwein." Er drohte uns mit erhobener Faust, manchmal bückte er sich schwerfällig nach einem Stein oder sonst irgendetwas und warf damit. Getroffen hat er uns nie. Der Boheim-Kiosk schien uns, wenn man das so sagen kann, das gefundene Fressen, die Probe aufs Exempel. Mit ihm wollten wir unsere kriminelle Karriere beginnen. Ich hatte zuerst noch Gewissensbisse, obwohl ich mir unter Gewissen nichts vorstellen konnte, nur etwa so, dass man etwas nicht tun sollte. Aber unsere Filmnachmittage waren ja auch nicht ganz in Ordnung, machten uns aber nichts aus. Im Konfirmationsunterricht hatte uns der Pfarrer die zehn Gebote erklärt. Ich musste sie sogar auswendig lernen und ein Gebot hiess, das man nicht stehlen soll. Der Pfarrer hatte auch gesagt, dass die Gebote Regeln seien, die Gott gemacht habe und wer sie nicht befolge, der bekomme Ärger. Ich teilte Sepp meine Bedenken mit, aber der meinte, dass diese Gebote nur für Erwachsene gelten würden. Das sei wie mit dem Auto- oder Motorradfahren, das dürfe man auch erst, wenn man mindestens achtzehn ist. Ich glaubte nicht, dass Sepp damit recht hatte, aber nach den vielen Einbrecherfilmen, die wir gesehen hatten, verspürte ich schon Lust, auch selbst einmal ein richtiges Abenteuer zu bestehen. Was den Kioskplan betraf, hatte ich schon Schiss, dass uns jemand erwischen könnte, aber da Sepp älter war und sagte, er würde alles genau planen, war ich bereit, mitzumachen. Eine Woche wollten wir noch warten, den Boheim genau unter die Lupe nehmen und dann zuschlagen. Wie, wussten wir noch nicht genau.

Am Kiosk war vorne so eine Art Theke vor einer Fensterwand mit einer Luke, hinter der Boheim saß und die Sachen gegen Geld herausgab. Durch das Fenster konnte man die Regale mit Schokolade, Knabbertüten, Bonbongläsern, süßen Waffeln und Zigaretten sehen. Bevor der Verkauf begann, nahm der Boheim zwei große, hölzerne Fensterladen aus den Verfugungen. Vorher hatte er aber schon ein enormes Vorhängeschloss aufgeschlossen und eine Kette abgenommen. Die Fensterladen stellte er in einen freien Raum neben dem Kiosk und dann schloss er die vergitterte Tür zum Kioskinneren an der rechten Seite auf. Erst wenn er drin saß, öffnete er die Luke und dann war der Laden geöffnet. Manchmal stand eine Käuferschlange davor, aber das war uns egal, weil, wir wollten ja zuschlagen, wenn niemand da war. Aber wie? Da mussten wir ganz schön lange drüber nachdenken. Ich habe nicht erwähnt, dass der Kiosk wie eine kleine Bude im Raum stand und nach oben mit einer Holzdecke verschlossen war. Zwischen der und der Hallendecke war nicht mehr als ein halber Meter Platz. Zwei Tage, nachdem wir den Plan ausgeheckt hatten, hatte ich die zündende Idee. Die Kioskdecke war die Schwachstelle des Ladens. Ein Erwachsener würde nie zwischen Hallen- und Kioskdecke passen, wir aber schon. Die

Decke war der Dreh- und Angelpunkt unsres Plans. Alles andere hatte der Boheim hundertprozentig gesichert. Aber einen wichtigen Punkt hatten wir vergessen, nämlich, wie wir in den Kinovorraum gelangen und nach vollzogener Aktion wieder herauskommen sollten. Wir waren drauf und dran, das Ganze sausen zu lassen, weil wir keine Lösung fanden. Bis endlich der Groschen fiel. Jeden Morgen nach einer Vorstellung wurde das Kino samt Vorraum gereinigt. Gegen neun Uhr kam eine Putzfrau, schloss die Tür auf, holte Eimer und Besen aus einem Schrank und begann ihre Arbeit. Meist fing sie im Zuschauerraum an und hörte im Vorraum auf. Dort gab es zwei große Fenster, die von innen verriegelt waren. Sowohl mir als auch Sepp ging tagelang nichts anderes durch den Kopf, als wie wir es schaffen könnten, unbemerkt an den Kiosk zu gelangen. Wir grübelten, saßen stundenlang zusammen, schwiegen, schüttelten die Köpfe und dann, endlich, war es geschafft. Wir hatten den perfekten Plan. Allerdings war klar, es würde Ärger geben, für wenigstens einen von uns, denn ohne Schuleschwänzen würde es nicht gehen. Ich schlug vor, zu knobeln, wer dran sein sollte, aber Sepp meinte, dass er schon mehr Erfahrung mit dem Schuleschwänzen hätte und dass es bei ihm sowieso nicht drauf ankäme. Ich war ziemlich erleichtert, denn ich wusste, dass mein Lehrer, der mit meinen Eltern gut bekannt war, nachfragen würde, was mit mir los sei. Und so sah nun unser Plan aus: Wenn die Putzfrau die Tür öffnete und hoffentlich nicht hinter sich abschloss, würde Sepp in den Vorraum schleichen, auf einen Sessel steigen, ein Fenster entriegeln und sich dann wieder davon machen. Das musste am Mittwoch geschehen. Wir hätten dann den ganzen Nachmittag bis zur Abendvorstellung Zeit, unbemerkt durch das Fenster einzusteigen und den Kiosk zu knacken. So wie Bankräuber einen Tresor knackten.

Am Dienstag guckten wir uns keinen Film an, denn wir wollten auf keinen Fall auffallen. Ich war früh zu Hause, zeigte besonders brav meine Hausaufgaben und gab frühzeitig vor, müde zu sein und ins Bett gehen zu wollen. „Du wirst doch wohl nicht krank werden?", ängstigte sich meine Mutter, doch ich beruhigte sie, ich sei einfach nur müde. Natürlich konnte ich vor lauter Aufregung kaum einschlafen und war nach einer unruhigen Nacht schon um sechs Uhr an diesem denkwürdigen Mittwoch wach.

Und dann klappte alles wie am Schnürchen. Das lässt sich danach immer leicht sagen, aber als die Sache lief, war alles sehr aufregend. Vor allem ich war aufgeregt. Beim Frühstück brachte ich keinen Bissen herunter und Mutter machte sich wieder Sorgen, dass ich krank sei. Aber meine Stirn war natürlich nicht heiß und es beruhigte sie, dass ich offensichtlich kein Fieber hatte. Vater meinte, sie sei wie immer zu besorgt und verhätschele mich. Mich schnauzte er an, ich solle gefälligst in die Schule gehen, aber flott! Trotzdem kam ich fünf Minuten zu spät und der Pauker machte mordsmäßig Ärger. Ich hatte vor der Schule nach Sepp Ausschau gehalten und war froh, ihn nirgends zu erblicken. In der ersten Mathestunde konnte ich gar nicht aufpassen und prompt ließ der Lehrer seine schlechte Laune an mir aus. Sepp war wahrscheinlich schon im Vorraum und hebelte das Fenster auf. Irgendwie kriegte ich den Vormittag herum. Als Sepp und ich uns nachmittags am Kino trafen, hob der nur den rechten Daumen. Alles Weitere war ein

Kinderspiel. Wir krochen durch das Fenster hinein, ließen uns nach innen herunterplumpsen und hauten uns begeistert auf die Schulter. Sepp hatte eine Zange, einen Hammer und eine Eisenstange mitgebracht. Wir waren nicht zimperlich und die Kioskdecke leistete auch keinen allzu großen Widerstand. Die Bretter splitterten und das Glas fiel in tausend Scherben zu Boden. Wir waren fast enttäuscht, weil wir uns den Einbruch schwerer vorgestellt hatten. Dann standen wir vor unserem Werk und schauten uns ein wenig ratlos an. Und jetzt? Ich fühlte mich überhaupt nicht heldenhaft, hatte irgendwie das Gefühl, etwas richtig Unrechtes gemacht zu haben und genaugenommen war der Boheim auch gar nicht so übel. Einmal hatte er mir sogar eine Tüte Bonbons geschenkt. Und jetzt hatte er einen kaputten Kiosk. Ich hatte einen richtigen Kloß in der Magengegend. Sepp stieß mich an: „Los jetzt!" Ich wusste zuerst nicht, was er meinte. Dann sah ich aber, wie er durch die Scheiben griff, Schokoladen, Bonbontüten und anderes Zeug herausholte und in seine Taschen stopfte. „Los, greif zu!", rief er und das tat ich dann auch. Wir hatten alles so genau geplant, aber völlig vergessen, eine Tasche oder irgendetwas mitzubringen, in dem wir das Diebesgut verstauen konnten. In meine Hosentaschen ging nicht viel rein, aber immerhin noch genug. Ich weiß nicht mehr genau, wie wir aus dem Raum rauskamen. Wir schlichen uns mit den ausgebeulten Taschen davon, hin zu unserem Versteck im nahen Wäldchen. Dort saßen wir eine Weile und schwiegen, bis Sepp seine Hosentaschen ausleerte und ich es ihm nachtat. Dann lag ein ganzer Haufen Süßigkeiten und Zigarettenschachteln vor uns. Wir begannen zu fressen, rissen eine Tafel Schokolade nach den anderen auf, rauchten zwischendurch eine Zigarette, husteten, lutschten wieder Süßes, bis uns endlich nach einer Stunde übel wurde. Ich kotzte als Erster.

Als ich mich davonmachte, lag Sepp rücklings und bleich auf dem Boden. Ich verschwand einfach und schaute nicht mehr zu ihm hin. Am Abend musste ich mich noch einmal übergeben und Mutter schickte mich früh ins Bett. Am folgenden Tag war ich krank und musste nicht in die Schule.

Als der Kioskaufbruch entdeckt wurde, gab es jede Menge Empörung und natürlich wurde sofort die Polizei eingeschaltet. Aber nach einigen Wochen verliefen die Untersuchungen im Sande. Der Einbruch wurde nie aufgeklärt.

Sepp und ich verloren auch kein einziges mehr Wort darüber, wir gingen in der Folgezeit seltener ins Kino und nach einiger Zeit versickerte unsere Freundschaft. Herr Boheim gab den Kiosk auf und der fand irgendwann einen neuen Pächter.

Was heißt hier Liebe?

Ist es schon so weit, über das zu schreiben, was sich Liebe nennt? Was wusste ich Grünschnabel davon und was wollte ich wissen?

Heute gibt es unzählige Wichsvorlagen. Aber damals? An eine Aufklärung von Seiten der Eltern oder gar der Schule war gar nicht zu denken. Die Kinder brachte der Klapperstorch. Es war so verdammt mühsam, in diesen prüden Fünfzigern sich ein auch nur halbwegs realistisches Bild von dem zu machen, was alle Welt Liebe nannte. Eigentlich meinte ich auch als junger Hüpfer gar nicht das Gefühl, das sich mit dem Begriff verband. Mir ging es um das, was da vor sich ging, wenn ein Mann und eine Frau miteinander, ja, was eigentlich, taten.

In den bunten cellophanierten Büchern der Leihbücherei fand ich nur Geschichten von Liebespaaren, die sich zwar anschmachteten, aber selbst im höchsten Liebesrausch nicht mehr zustande brachten, als die Lippen heftig aufeinanderzupressen. Das war mir zu wenig.

Zu Hause stand mir außer Vaters technischen Büchern und Mutters Kochbuch nur die Bibel zur Verfügung. Ich wurde für kurze Zeit zum Bibelerkunder. Im Alten Testament, im Hohelied Salomos fand ich einiges, was mich zumindest inspirierte: „Komm mein Freund, lass uns aufs Feld hinausgehen und die Nacht verbringen. Dass wir sehen, ob der Weinstock sprosst und seine Blüten aufgehen. Da will ich dir meine Liebe schenken." Oder die Stelle, an der jemand sagt: „Dein Wuchs ist hoch wie ein Palmbaum und deine Brüste gleich den Weintrauben ..." Ich stellte mir so ein üppiges Weib vor, das mich an der Hand nahm und in besagtes Feld führte. Aber was dann? „Und Adam erkannte seine Frau Eva, und sie ward schwanger und gebar den Kain ..." Wie dieses Erkennen aber vor sich ging, ließ die Bibel offen. Ich fand das alles zu blumig, wollte es anschaulicher.

Meine Mutter las keine Bücher, aber allzu gern blätterte sie in Zeitschriften. Die Quick und vor allem die Filmrevue fand ich oft auf dem Nachttisch neben ihrem Bett. Und wenn auf einer der Titelseiten bunt und üppig Gina Lollobrigida abgebildet war, verspürte ich ein merkwürdiges Ziehen im Unterleib. Ich zog mich in mein Zimmer zurück und vertiefte mich in die Titelseite der Quick. In einem knallroten Kleid, lässig und aufrecht sitzend, reckte Gina mir ihr offenherziges Dekolletee entgegen. Die roten Lippen waren leicht geöffnet und die Augen sagten mir „Komm!" Dann war ich wieder mit meiner Fantasie allein und meine Unterhose war nass. Ich schämte mich, weil ich ja wusste, dass Selbstbefriedigung Sünde war und zu schlimmen Krankheiten führen konnte. Ich ahnte auch, warum Mutter wollte, dass es nachts in meinem Zimmer kühl war und die Decke nicht zu dick und zu warm und sie hatte, als ich kleiner war, auch immer darauf geachtet, dass ich mich nach dem Wachwerden kalt abwusch.

1953 kam der Film ‚Die Sünderin' mit Hildegard Knef endlich auch in das Zwieseler Kino. Allein schon das Kinoplakat fand ich sensationell und was ich über den Film hörte, dass die Knef ganz nackt zu sehen sei, erregte mich ungemein. ‚Die Sünderin' war natürlich nicht jugendfrei und alle meine Versuche, sie zu sehen, schlugen fehl. So blieb mir nur, mich in meiner Vorstellungskraft mit der Knef zu beschäftigen.

Eines Nachts wurde ich wach, ich weiß nicht, wovon. Mein Zimmer lag am Ende einer langen Zimmerflucht, am anderen Ende das der Eltern. Ich hörte etwas, undeutlich, aber gerade, weil es so undeutlich war, wurde ich vollends wach. Auf Zehenspitzen schlich ich ins Mittelzimmer. Die Tür zum Schlafzimmer der Eltern war halb offen und aus dem Raum waren seltsame Laute zu hören. Ein tiefes Brummen, ein, zwei Mal ein spitzer Schrei, dann ein Stöhnen, ein Ächzen, ein verhaltenes Aaaah. Mir stockte der Atem. Für Momente dachte ich, mein Herz habe aufgehört zu schlagen. Ich schlich in mein Bett zurück und kroch tief unter die Decke. „Sie tun es", dachte ich, „Mein Vater und meine Mutter, sie beide tun es!" Und dann schämte ich mich. Ich schämte mich unglaublich heftig für sie. Meine Eltern! Niemals. Das konnte nicht sein. Eltern tun so etwas nicht. Am nächsten Morgen benahmen sie sich, als sei nichts geschehen. Irgendwann vergaß ich diese Nacht. Vielleicht war es ja auch nur ein Traum gewesen.

Ich schämte mich noch oft und eine Zeitlang wurde das Onanieren mein wichtigstes Hobby. Ich beobachtete mich ängstlich, ob nicht schon Anzeichen von Rückgratverkrümmung oder Ähnlichem zu erkennen waren. Aber je öfter ich fummelte, umso mehr brauchte ich Vorlagen und Anregungen. Wo sonst als in Büchern hätte ich die finden können. Die Auswahl in der Zwieseler Stadtbibliothek war nicht gerade üppig, aber da ich ausdauernd und die Bibliotheksangestellte nachsichtig war, wurde ich doch fündig. Als Erstes fiel mir ‚Lady Chatterley's Liebhaber‘ in die Hände. Ich muss gestehen, dass ich dieses Buch entwendete, in einem Moment, als die Bibliothekarin sehr abwesend war, genau gesagt, ein Nickerchen machte. Eigentlich fand ich die Geschichte von dieser Connie und dem Wildhüter Mellors eher langweilig, aber die Liebesszenen beeindruckten mich schon. Im Laufe der Jahre bis zu meinem sechzehnten Lebensjahr arbeitete ich mich eifrig durch die einschlägige Literatur der Bibliothek hindurch, bekam den ‚Reigen‘ von Arthur Schnitzler zu fassen und sogar der Roman mit dem verfänglichen Titel ‚Die Memoiren der Fanny Hill‘ wurde mir zur anregenden Bettlektüre. Am besten fand ich die Geschichte von der Josefine Mutzenbacher. Ich lernte dabei allmählich, achtsam mit meinem Teil umzugehen, das meine Mutter mit schöner Selbstverständlichkeit Pillermann nannte und das ordentlich zu waschen ich jeden Tag angehalten wurde. Es war klar, dass auf die Dauer solch theoretische Beschäftigung mit dem Dauerbrenner-Thema meiner mittleren Jugendjahre nicht ausreichen würde. Aber ich hatte nicht die geringste Ahnung, wie sich praktische Erfahrungen machen ließen.

In meinem Zeugnis vom Juli 1955 steht zwar, ich sei „in letzter Zeit sehr unruhig", aber der Folgesatz in den Bemerkungen, „sonst zeigte er lobenswertes Betragen. Im Ganzen war er fleißig und arbeitete im Unterricht gut mit", zeigt eher, wie es um mich bestellt war. Ich war brav, zurückhaltend, schüchtern und traute mich nicht besonders viel. Schon gar nicht traute ich mich an jene Spezies des menschlichen Geschlechts, die als Mädchen die Kleinstadt Zwiesel durchaus zahlreich bevölkerte.

Ute war eine Klasse weiter als ich und wahrscheinlich schon deshalb mehr an älteren Knaben interessiert. Sie war keine Schönheit, hatte ein etwas pausbäckiges Gesicht, einen Bubikopf und lief meist fröhlich auf kurzen Beinen durchs Leben. Aber ihre Augen schienen mich einladend anzulachen, was ich mir möglicherweise aber nur allzu gerne einbildete. Ute hatte einen fantastischen Busen und wenn sie einen engen Pullover trug, konnte ich nirgendwo anders mehr hingucken. Ich beschloss, mich in Ute zu verlieben, und ich verliebte mich in sie. Dass meine Verliebtheit erwidert wurde und gar auf Gegenliebe stieß, glaube ich eher nicht. Aber darauf kam es gar nicht so sehr an: Ich erregte mich an meinen Gefühlen für sie und wenn ich sie sah, kribbelte es in allen meinen Extremitäten. Ute wohnte nicht weit entfernt, und so war es einfach, ihr jeden Tag zu begegnen. Ich schaffte es, mich etwa zur gleichen Zeit auf den Schulweg zu machen, fuhr nachmittags mit dem Rad so lange an ihrem Haus vorbei, bis sie es endlich auch einmal verließ. Dann bremste ich so heftig und gekonnt vor ihr, dass das Hinterrad einen Schlenker machte und ich mich dafür bei ihr entschuldigen konnte. Ihren Blick interpretierte ich als nicht ganz abweisend und das machte mir Mut. Seit 1954 gab es auch in Zwiesel eine italienische Eisdiele. Im ‚Da Lorenzo‘, hatte ich schon ein paar Mal mutig mein spärliches Taschengeld geopfert und mich zwischen großformatigen Bildern von Venedig und den Dolomiten richtig weltmännisch gefühlt. Ich nahm meinen ganzen Mut zusammen und fragte: „Wollen wir ein Eis essen gehen?" „Nein!", blitzte mich Ute aus ihren Schlitzaugen an und ließ mich stehen. Ich gab mich cool, sagte „Schade, macht nichts", trat in die Pedale, den Oberkörper elegant und weit über den Lenker gebeugt und brauste davon. Nach jedem Korb, den ich von ihr bekam, wuchs meine Verliebtheit. Für ein paar Wochen war Ute Tag und Nacht bei mir und in meinen Träumen verdrängte sie sogar Gina Lollobrigida. An einem heißen Julinachmittag lauerte ich meiner Flamme wieder einmal auf. Sie fahre ins Freibad, sagte sie und als ich fragte, ob ich sie begleiten dürfe, erwiderte sie: „Ist mir egal". Was ich als Aufforderung betrachtete, ihr nicht nur meinen Begleitschutz anzudienen, sondern auch mal richtig zu zeigen, was ich draufhatte. Dass ich ein begnadeter Schwimmer war, hatte sie längst festgestellt, aber dass ich auch ein mindestens genauso ausgezeichneter Radakrobat war, das musste ich ihr jetzt zeigen. Ich fuhr zunächst neben ihr her, versuchte es mit einem Gespräch. Als das nicht klappte, trat ich ein paar Mal kräftig in die Pedalen, hob den Lenker an und fuhr einige

Meter nur auf dem Hinterrad. Ute zeigte kaum eine Reaktion, radelte einfach mädchenhaft langsam weiter. Jetzt kam es drauf an: Ich raste an ihr vorbei, trat in die Bremse und schaffte eine Drehung um dreihundertsechzig Grad. Ich weiß nicht, was ich erwartet hatte, jedenfalls schien Ute nicht besonders beeindruckt zu sein. Was blieb mir noch als Steigerung? „Bist du schon mal blind gefahren?", fragte ich neben ihr herradelnd. „Quatsch!", war die knappe Antwort und die ermutigte mich regelrecht. Ich schloss die Augen, nahm die Hände vom Lenker und radelte blindlings los. Ich machte das nicht zum ersten Mal, doch diesmal, wo es besonders drauf ankam, lag irgendein Stein im Weg. Das Vorderrad scherte aus, ich verlor die Kontrolle und stürzte in hohem Bogen auf die Straße. Der Schmerz, den ich augenblicklich verspürte, war ungleich stärker als der Liebesschmerz. Ute fuhr weiter, als sei nichts geschehen. Ich blickte ihr nach und nicht nur mein Arm tat fürchterlich weh, sondern auch mein gepeinigtes Herz. Immerhin sagte Ute am Schwimmbad Bescheid, dass mir etwas passiert sei und wenig später kam auch tatsächlich Hilfe. Ich wurde ins Krankenhaus gebracht und geröntgt. Mein rechter Arm war gebrochen und wurde bis über den Ellenbogen eingegipst. Mit dem Radfahren, Schwimmen, Tennisspielen war es für zwei Monate vorbei. Und das im Sommer. Was Ute betraf, beschloss ich sehr bald, mich zu entlieben. Es tat zwar weh, aber nach einer kurzen Zeit intensiver Trauer verkraftete ich diese erste Enttäuschung meines jungen Lebens, ohne Schaden zu nehmen.

Peter Pechmann

Peter Pechmann war im gleichen Alter wie ich. Er war Klassenkamerad, wobei der Begriff Kamerad sehr beschönigend ist. Er war mein Erzfeind und ich glaube, es war der Sommer 1954, als Deutschland Fußballweltmeister wurde, als wir auf dem Höhepunkt unserer Feindschaft angelangt waren. Alle außer mir nannten ihn nur Pitsch. Pechmann war stämmig, mittelgroß und von quadratischer Statur. Er hatte ein grobschlächtiges Gesicht mit leicht hervorstehenden Augen, rötlichblonde Haare und, was mich durchaus neidisch machte, schon in der dritten Klasse einen richtigen Bartwuchs. Bei mir tauchte erst ein Jahr später ein zarter Flaum auf der Oberlippe auf. Peter war, wie ich auch, ein mittelmäßiger Schüler, nahm sich aber des Öfteren heraus, seine Meinung ungefragt heraus zu posaunen. Unser Klassenlehrer, Professor Lehner - in Zwiesel wurden alle Lehrkörper mit Herr Professor tituliert - ermahnte ihn häufig, was allerdings wenig bewirkte. Pechmann war einer von den Starken, er war laut, nahm sich das Recht, recht zu haben, versammelte Anhänger um sich und war Rädelsführer. Ich gehörte nicht zum Rudel, hielt mich fern. Ich war ja auch erst später in die Klasse dazugestoßen, ein Preuße unter Bayern, das kennt man. Ich war ein ‚Saupreiß!'. Ich mochte Pechmann nicht und er konnte mich nicht leiden. In seinen Augen war ich etepetete und arrogant, ich erschien ihm duckmäuserisch, weil ich versuchte, mich aus allem rauszuhalten. Pechmann machte mir mein Schulleben unerträglich. Er schlug mir die Mütze vom Kopf und wenn ich sie schweigend wieder aufsetzte, schlug er sie erneut runter. In den Pausen standen seine Gefolgsleute wie ein Rudel zusammen und ich hatte das Gefühl, als ob alle über mich sprachen und sich lustig machten. Ich stand allein da und sehnte das Ende der Pause herbei.

Meine Mutter bestand darauf, dass ich an besonders kalten Wintertagen lange Strümpfe trug. Ich fand das weichlich und entsetzlich, aber ich gehorchte. Als das eines Tages im Turnunterricht herauskam, wurde ich zum Gespött der ganzen Klasse. Nun war ich zusätzlich auch noch abgestempelt als Memme, weil die anderen, die richtigen Jungen, trugen Socken und froren nicht. Ich kam danach zwar nie mehr mit langen Strümpfen in die Schule, verweigerte Mutter den Gehorsam, trug lieber Socken und fror. Aber den Namen hatte ich weg, für lange Zeit: Memme und Waschlappen, Muttersöhnchen und Hänfling. Ich wusste nicht, was ein Hänfling ist, aber ich litt. Einmal nannte mich Pechmann vor der ganzen Klasse eine verklemmte Arschgeige. Ich stand da und wäre am liebsten fortgelaufen. Ich weiß nicht, woher ich stattdessen den Mut hernahm, ich wuchs jedenfalls über mich selbst hinaus, fixierte meinen Erzfeind und sagte laut und vernehmlich:„Selber Arschgeige!“ Das hätte ich nicht tun sollen. Peter Pechmann war stark, spontan und brutal. Er haute ohne einen Moment des Zögerns zu und ich hatte eine blutende Nase. Alle lachten. Ich kämpfte verzweifelt gegen den Schmerz und die Tränen, konnte aber ein paar Tropfen nicht hindern, über meine geröteten Backen zu fließen. Also wieder: Memme, Waschlappen!

Zu Hause sagt ich, ich sei gefallen und habe mir die Nase gestoßen. Mutter nahm mich Trost spendend in ihre liebevollen, weichen Arme und ich ließ den Tränen freien Lauf.

So konnte es nicht weitergehen, dachte ich, hatte aber keine Ahnung, was ich tun sollte. Krank sein, nicht mehr in die Schule gehen, in die weite Welt fliehen, sterben. Ja, das wäre vielleicht das Beste, sterben und dann wäre ich nicht mehr da und alle würden sich Vorwürfe machen, weil sie an meinem Tod Schuld wären. Aber was hatte ich davon, wenn ich das gar nicht mitbekam. Was blieb noch? Sich wehren, Mann gegen Mann stehen, Rüdiger gegen Pechmann und den Rest der Welt.

Dank meiner Lektüre der Tom Prox- und Billy Jenkins-Bücher und auch der vielen Wildwestfilme, die ich im Kino gesehen hatte, wusste ich, dass an einem Show-down nichts mehr vorüber ging. Am Ende eines Schultages, an dem ich wieder einmal als Saupreiss beschimpft und dem hämischen Grinsen Pechmanns ausgesetzt war, raffte ich allen Mut zusammen und ging auf meinen Erzfeind zu.

„Ich lass mir das nicht mehr länger gefallen", sagte ich.

„Und was wuisst macha?"

„Ich fordere dich heraus!"

„Wos wuist, hä?"

„Ich werde dich verprügeln."

„Habt's des ghört?", wandte sich Pechmann an seine Kumpel, die wie auf Kommando zu lachen begannen.

„A Rafferei mechter hobn! Habt's des alle g'hert? Der Waschlappn, der Weiberer, der gscherte, mecht mi zammhaun."

Pechmann war als Realschüler durchaus des hochdeutschen Bayrisch fähig, aber in dieser Situation schien ihm wohl das Urig-Bajuwarische der treffendere Ton zu sein. Er erschien mir auf einmal unüberwindlich, groß und fürchterlich und ich verstand nicht mehr, woher ich meinen Mut genommen hatte.

144

„I hau di zamm, du Hund, räudiger!", bellte Pechmann.

Wir verabredeten uns um sechs Uhr am Nachmittag im Schwimmbad, in der Außenecke, wo kein Bademeister mehr hinkam.

Um halb fünf setzte ich mich auf Rad und fuhr los, sehr langsam und auf Umwegen. Am Bad schloss ich mein Rad ab, zog mich um, sprang ins Wasser und kraulte vierhundert Meter. Dann war es zehn vor sechs und ich begab mich aufs Schlachtfeld. Die halbe Klasse war da und auch einige andere Zuschauer. Peter Pechmann, in schwarzem Trägerhemd und schwarzer Sporthose begrüßte mich: „Servus Rüdiger. Wannst bereit bist, fang mer an. Okay?" „In Ordnung", erwiderte ich.

Wir standen einander gegenüber, zwei Meter voneinander entfernt, ein Kreis Interessierter um uns herum. Ich wunderte mich, dass keiner auf die Idee gekommen war, Wetten abzuschließen. Ich selbst schätzte meine Chancen auf etwa eins zu zehn ein. Ich hatte oft genug gelesen, dass Angriff die beste Verteidigung sei. Also atmete ich einmal tief durch, nahm Anlauf, machte einen Satz nach vorne, holte zu einem Schlag aus und traf ins Leere. Mein Gegner war geschickt ausgewichen. Wenigstens hatte ich nicht die Balance verloren. Ich drehte mich um und bekam prompt einen Schlag gegen die Brust. Der war aber nur schwach und ich konnte sofort nachsetzen. Pechmann war nicht schnell genug zurückgewichen, sodass meine Faust ihn an der rechten Schulter erwischte. Er strauchelte, kam aber sofort wieder hoch und rammte mir wie ein Stier seinen Kopf in den Magen. Ich sackte zusammen, raffte mich aber wieder auf und spürte, wie der Schmerz mich wütend machte. Pechmann stand da und grinste. Mit beiden geballten

Fäusten voran stieß ich auf ihn zu. Das war natürlich ein total unsinniger Angriff, das war, wie wenn meine kleine Schwester in mädchenhafter Wut auf mich einschlug. Mein Gegner wich aus, bewegte sich zwei Schritte vorwärts und säbelte mit seinem rechten Bein mein linkes weg. Ich verlor das Gleichgewicht, fiel und wusste im selben Augenblick, dass es aus war. Pechmann war über mir, trat mir mit dem Fuß in die Seite, spuckte aus und sagte leise „Memme!" Er holte erneut aus und trat noch fester zu. „Hör auf"!, schrie ich und als ich schon den nächsten Tritt erwartete, hörte ich jemand sagen: „Hör auf. Das ist doch unfair. Du hast doch gewonnen. Laß ihn halt jetzt in Ruhe." Ich blickte auf und sah Ute. Ute, die ich nie erobern konnte und die sich jetzt als meine Retterin erwies. Das Wunder geschah: Peter Pechmann streckte mir seine Hand entgegen, ich ergriff sie und er zog mich hoch. Ein paar Zuschauer klatschten.

Im weiteren Verlauf änderte sich im Wesentlichen nur wenig. Ich ging Pechmann und seiner Clique so weit wie möglich aus dem Weg, die Hänseleien nahmen etwas ab, doch Ute schenkte mir auch weiterhin keinen Blick.

Irgendwann erledigte sich das Problem Pechmann von alleine. Er verließ die Schule. Doch davor kam es noch einmal zu einem Zwischenfall, der sich wieder im Schwimmbad abspielte und der mich mehr traf als die Niederlage bei der Prügelei.

Wir waren in einer größeren Gruppe, ein halbes Dutzend Jungen und vier Mädchen. Ute war darunter und auch eine blonde Karin, die endlos lange, geflochtene Zöpfe hatte und mich mochte. Man spielte Ball, quatschte, sonnte sich. Ich ging ins Wasser und schwamm wie üblich meine Bahnen. Als ich zurückkam, schauten mich alle an, so, als erwarteten sie etwas von mir. Ich wurde unsicher, wusste nicht, was man wollte. Ich hatte nicht bemerkt, wie sich jemand von hinten an mich herangeschlichen hatte. Plötzlich spürte ich zwei Hände, die den Rand meiner Badehose packten und diese mit einem Ruck herunterzog. Ich stand nackt da. Es dauerte zwar nur Sekunden, bis ich meinen Po und Pimmel wieder sicher in der Hose verstaut hatte, aber diese kurze Zeitspanne empfand ich als eine fürchterliche Erniedrigung. Meine Scham erdrückte mich beinahe und während ich noch das Lachen der Jungen und Mädchen hörte, wandte ich mich ab und schlich davon.

Die folgenden drei Tage ging ich nicht in die Schule. Ich simulierte erfolgreich Magenschmerzen und Mutter schrieb die entsprechende Entschuldigung.

Ich kann mich nicht entsinnen, dass noch jemand auf dieses Ereignis eingegangen ist. Ich bin auch nie dahinter gekommen, wer mich so blamiert hatte.

Von hier nach dort

Fünf mal Ortswechsel, fünf Mal Umzüge in den ersten zwölf Lebensjahren. Freunde, die ich gefunden hatte und wieder verlassen musste. Notgedrungen fand ich mich mit den neuen Gegebenheiten immer wieder zurecht. Das war keine schlechte Leistung. Annahütte, Doberlug, Berlin, Voerde und dann gab es endlich ein paar Jahre Ruhe in Zwiesel. Vielleicht waren diese Ortswechsel und die erzwungene Rastlosigkeit der Ursprung der Reiselust, die mich mein ganzes Leben lang begleitete.

Möglicherweise gab eine kolorierte Ansichtskarte aus dem Jahre 1956 den Ausschlag zu meiner ersten Sommerreise. Auf der Karte sieht man in der oberen Hälfte die Fahrzeuge, die die Menschen in den Urlaub bringen, ein Motorrad, einen PKW mit Anhänger und ein Fahrrad. Die untere Hälfte zeigt gut gelaunte Urlauber, die an einem See das Leben auf einem Campingplatz in vollen Zügen genießen. In geschwungener Schrift verkündet die Karte die frohe Botschaft:

Camping heißt das Zauberwort,

Camping treibt die Sorgen fort,

Camping ist der Sport von heute.

Camping drum für alle Leute.

Mit dem Rad zum Chiemsee

Am 19. August 1956 sattelten ich und mein Freund Hartmut ihre Räder, packten Klamotten, Minizelt, Benzinkocher und ein paar Konserven auf den Gepäckträger und starteten von Zwiesel aus zu einer Zeltfahrt an den Königssee.

Mein damals entstandenes Reisetagebuch hat den Charme der frühen Jahre und deshalb soll es auch zum Teil wörtlich wiedergegeben werden. Leider ist es nicht vollständig, bricht am achten Tag, in Prien am Chiemsee ab und lässt nur vermuten, dass von dort aus die Heimfahrt gut verlief.

Von Zwiesel nach Burghausen, 150 Kilometer an einem Tag, das war keine schlechte Anfangsleistung. Es gab einen baufälligen Kirchturm bei Rinchnach zu besichtigen, dann galt es, eine Panne zu bewältigen, strömendem Regen und starkem Gegenwind zu trotzen, Passau und Simbach-Braunau zu passieren, um endlich am Tagesziel das Zelt aufzuschlagen. Das

Abendessen zuzubereiten, dauerte zwei Stunden. Es gab Knorrs Erbsbrei mit Speck. Nach dem Speck suchten wir vergebens.

Burghausen hat eine Burg und eine Badeanstalt. Nach Besichtigung der Ersteren verbrachten wir den Tag überwiegend in Letzterer. Weiter ging es am nächsten Tag über Bad Reichenhall zum Königssee, achtundachtzig Kilometer. *„Das Wetter war wunderbar, wir zogen unser Hemd aus und fuhren mit bloßem Oberkörper."* Durch Tittmoning, Laufen, Freilassing nach Bad Reichenhall. Im Tagebuch steht dazu: *„Ein narischer Verkehr. Und so viele Ausländer. Wir sahen wunderschöne Wagen. Dann führte die Straße in der Nähe der Spielbank vorbei."* Woran erkannte ich die Ausländer und was für Wagen mögen das gewesen sein? Bei der Weiterfahrt gab es einen Hagelschauer. *„Und das im August!"* *„Bei Berchtesgaden hatten wir Pech. Es ging mächtig hoch. Ungefähr sechs Kilometer. Wir mussten schieben. Aber schließlich ging es doch bergab. Da wir großen Durst hatten, tranken wir in einer Milchstube schnell ein Glas Milch."* Was es damals alles gab! Und Milch gegen den Durst, unglaublich! Ankunft in Berchtesgaden. *„Die gewaltigen Berge ringsherum machten einen großen Eindruck auf uns."* *„Wir waren gerade auf dem Campingplatz angelangt, da begann es zu hageln. Sowas habe ich noch nicht erlebt. Kieselsteingroße Körner. Von den Bergen war nichts mehr zu sehen. Aber auch dieser Schauer hörte wieder auf. Wir meldeten uns an und zahlten gleich fünf Mark an. Dann durften wir unser Zelt aufschlagen. Der Boden war sehr weich. Kaum hatten wir unseren Wigwam stehen und die Luftmatratzen aufgeblasen, begann es wieder zu schiffen. Erst* spritzte der Regen etwas durch, aber das hörte bald auf. Man durfte nur nicht die Zeltwände berühren, sonst tropfte es ins Zelt. "

Und so verlief der dritte Tag. „Wir wurden schon früh wach. Aber es regnete leider bis um elf. Wir lagen im Zelt, sangen Schlager von A bis Z und futterten. Aber dann standen wir auf. Wir wuschen uns und machten danach gleich Mittag. Es gab ungarischen Gulasch. Am Nachmittag sahen wir uns Königssee an. Nur ein kleines Nest, aber viele Hotels und Cafés. Am Ufer des Sees war ein mächtiger Andrang auf die Motorschiffe. Die Rundfahrt kostete sechs DM. Zu teuer für uns. Wir gingen zu Fuß am See entlang. Überall viele Menschen. Danach waren wir noch an der Jennerbahn. Aber auch dort waren die Preise zu hoch. Auch der Jenner war zu hoch, um per pedes hinaufzusteigen, 1840 Meter. Auf dem Rückweg nach Berchtesgaden kauften wir ein. Nachher habe ich im Zelt noch etwas Zeitung gelesen und dann schliefen wir beim Regen ein. Das war die zweite Regennacht. "

Den vierten Tag verbringen Rüdiger und Hartmut am Königssee. Sie fahren nach Ramsau und laufen zum Hintersee, „der malerisch eingebettet in die Berge, ungefähr so groß ist wie der Arbersee". „Dann machten wir uns auf den Heimweg, um die ewige Knorr Sternchensuppe zu essen. Nachmittags um zwei gingen wir in den Königssee baden. Das Wasser hatte eine Wärme von fünfzehn Grad. "

Am fünften Tag lagen vom Königssee zum Chiemsee siebzig Kilometer vor den Radlern. „Bis elf Uhr regnete es in Strömen. Im Regen wuschen wir das Zelt ab und packten es ein. Um zwölf Uhr ging es los, nachdem wir uns mit einem Becher

Milch gestärkt hotten. Ein Stück hinter Ramsau hieß es ‚Schiebung‘, zirka zehn Prozent. Dafür ging's dann wieder bergab. Schweres Fahren auf regennasser Straße. Es ging vorbei an tiefen Schluchten und Wasserfällen. Langsam wurden die Berge niedriger und weniger schroff. Doch jetzt begann es zu schiffen wie verrückt und wir stellten uns unter. Vor Inzell verließen wir die Alpenstraße. Nach weiteren fünf Kilometern, als wir uns wieder unterstellten, trafen wir einen thüringischen Trottel, der nach Reichenhall wollte. Na ja, kladdernass und müde erreichten wir dann Seebruck, nachdem wir in Chieming keinen Zeltplatz fanden. Auf einer Straßenseite der Chiemsee, auf der anderen das Zelt. Prima, was? In der Nacht hörte man das Rauschen der Brandung“. Schade, dass niemand da ist, den ich fragen könnte, was es mit dem thüringischen Trottel auf sich hatte. Die folgenden drei Tage gehören ganz dem Chiemsee.

„Als wir früh aufwachten, war das Wetter immer noch zweifelhaft. In Anbetracht der Nähe des Sees war Waschen Luxus. Lieber schnell über die Straße ins Wasser. Aber danach schnell in den Trainingsanzug geschlüpft und rein ins Zelt. Dort wurde erst mal gefrühstückt. Danach machten wir uns fein und gingen auf die Stenz in Seebruck. Auf dem Rückweg noch ein Einkauf und dann gab es zum Mittagessen Knorrsche Gulaschsuppe. Hat aber doch geschmeckt. Inzwischen hatte sich ein anständiger Wind aufgetan, deshalb gingen wir baden. Das Schwimmen machte riesigen Spaß, da die Wellen hoch aufpeitschten. Um vier Uhr ging es dann erneut auf die Stenz. Wir schauten etwas beim Angeln zu, kauften noch Milch und Postkarten und suchten dann Holz für ein Lagerfeuer zusammen. Dann gingen wir wieder baden, sozusagen als Ersatz für das Waschen. Am

Abend machten wir ein klassisches Lagerfeuer, saßen noch lange daran und sangen einige Lieder. Hochromantisch. Bis es uns zu kalt wurde. An diesem Abend schliefen wir erst spät ein."

Wenn ich diese Aufzeichnungen heute, viele Jahre später lesen, habe ich einerseits Freude daran, mich in jungen Jahren zu erleben. Andererseits wundere ich mich darüber, wie bedürfnislos und selbstzufrieden ein Sechzehnjähriger damals sein konnte. Wir tranken Milch und sangen Lieder, wir waren so mutig, bei fünfzehn Grad im See zu baden. Was ‚auf die Stenz gehen' bedeutet, kann ich nur vermuten. ‚Weiber aufreißen' würde man das heute wahrscheinlich nennen.

Am nächsten Morgen, um halb sieben, wachten die Freunde wieder auf. *„Das Baden im Chiemsee war natürlich unerlässlich, obwohl die Luft sehr kalt war. Das Wasser war aber umso wärmer. Danach wurde wie immer groß eingekauft. Beim Mittagessen versagte, welch ein Wunder, unser Hugo. Nachdem er sich etwas Benzin genehmigt hatte, ließ er sich wieder herab, zu brennen. Nachmittags holten wir uns wieder ein paar Zeitungen und lasen bis halb vier. Dann unterhielten wir uns noch etwas mit den Dortmunder Tramps. Plötzlich wurde Sturmwarnung geblasen. Nach dem Abendessen gingen wir nochmal baden, der See war noch unruhiger als sonst. Leise fing es an, zu regnen. Beim Rauschen des immer stärker werdenden Windes schliefen wir ein."*

Lieber Tagebuchschreiber, bitte beantworte mir doch die folgenden Fragen: Ist Hugo der Benzinkocher? Was für Zeitungen habt ihr gelesen? Wer waren die Dortmunder Tramps? Was überhaupt war damals ein Tramp? War es die Politik, die euch in der Zeitung interessierte? Was bedeutete es euch, dass Konrad Adenauer sich in Bonn gegen die atomare Aufrüstung der US-Streitkräfte aussprach. Das war am Dienstag, den 28. August, als die beiden am Königsee waren. War ich, Rüdiger, an Literatur interessiert? Wusste ich, dass Bertolt Brecht vor zwei Wochen in Ostberlin gestorben war?

Es ist bedauerlich, dass ich keine Antworten mehr bekommen werde.

Dann kommt der letzte Tag der Tagebucheintragungen.

„Wir wurden schon wieder früh wach, standen aber erst um neun Uhr auf. Schlechtes Wetter bis halb zehn. Also fuhren wir nach Prien auf die andere Seite. Auf dem Wege schossen wir ein nettes Foto auf das Kloster Frauenchiemsee. Bei herrlichem Wetter kamen wir dann um halb zwölf in Prien an und fuhren sofort zum Strand. Es war ein toller Betrieb, viele rassige Wagen, aber leider zu teuer für arbeitslose Schüler. Um drei Uhr waren wir wieder in Seebruck und aßen zu Mittag: Gulaschsuppe, Würstchen und Butterschnitten, als Nachtisch Waffeln."

Hier endet das Reisetagebuch.

Ich glaube mich zu erinnern, damals stolzer Besitzer einer Agfa Clack gewesen zu sein. Die Agfa Clack war die Kult-Kamera der 50er Jahre. Sie war so einfach, dass jeder damit fotografieren konnte. Da es nur wenige Einstellungen gab, konnte man auch nur wenig falsch machen.

Die Fotos von dieser Reise zeigen meist viel Himmel und dunkle Wasser. Berge ragen schwarz-weiß empor, Kirchtürme und Mauern sind zu bewundern, zweimal sieht man auch auf die leere Autobahn München-Salzburg. Einmal versinkt ein

Campingplatz im Augusthagel. Auf einem anderen Foto sitzt *„der gute Hartmut beim Essenkochen vor dem Zelt."* Ein weiteres Lichtbild zeigt die Helden lässig aufgestützt an einer Pier und ein Dampfschiff sticht in den Chiemsee.

Hartmut und ich kamen wohlbehalten in Zwiesel an. Bewundernswert, dass wir trotz des ständigen Regens unsere Laune und den Appetit, sprich die Lust auf Knorr, nicht verloren hatten. Ein besonderes Hoch auch meinen Eltern, die es dem Filius erlaubten, die weite bajuwarische Welt zu erkunden.

Zum Gardasee

Ein Jahr später, wieder im August, ist manches gleich und vieles anders. Der Radius weitet sich aus. Die Radtour geht nach Italien, zum Gardasee. Ich hatte einige Zeit lang gearbeitet, ganz früh am Morgen in einem Obst- und Gemüsegroßmarkt, für eine DM Stundenlohn. Nach drei Wochen hatte ich das Geld für die Tour zusammen. Dieses Mal bin ich mit einem Peter zusammen. Am Samstag, den 17. August geht es los. Wie schon im letzten Jahr enden die Reisenotizen wieder urplötzlich, am Freitag, den 23. August in Malcesine am Gardasee.

Ich erinnere mich, dass wir von dort in wenigen Tagen nach Verona geradelt sind, dass wir dort das letzte Geld zusammengekratzt und den Zug zurück nach Deutschland genommen haben. Wenn mich meine Erinnerung nicht trügt, kamen wir zwei Tage zu spät zum Schulbeginn an.

Samstag, 17. August

3.00 Uhr mit dem Morgenwagen nach München; Ankunft 6.30. Stadtbummel und Einkauf. Nachmittags Kino. ‚Der Mann, den keiner kannte'.

Der Film gehört in die Kategorie ‚Cinema noir', ein Krimidrama über einen Drogenfahnder, der einem Dealer durch die ganze Welt folgt. Trevor Howard ist der skrupellose Gangster, Victor Mature der Polizist und Anita Ekberg ein Luxusmädchen. War es die Story, die die beiden Reisenden ins Münchner Kino trieb oder die Ekberg mit ihrem gewaltigen Vorbau?

„Abfahrt München 16.00 Uhr über Wolfratshausen; zwischendurch eingekauft. Schlagen unser Zelt hinter einem Bauernhof auf, nachdem wir den Besitzer gefragt hatten. Haben gut geschlafen".

Sonntag 18. August

Wachten um 6.00 Uhr auf. Einen Liter Milch beim Bauern gekauft, gegessen. Abfahrt halb neun. Wunderbare Gegend. Kommen am Kochel- und Walchensee vorbei. Dazwischen viel Schiebung. 2.00 Uhr Ankunft Mittenwald. Gingen in ein Gasthaus und tranken ein Bier, dazu eine Zigarette. Es beginnt zu regnen. Wir gingen in eine Milchbar und tranken für zwei DM Milch. Es hört nicht auf zu regnen. Schauten nach unseren Rädern. Es regnete immer noch in Strömen. Wieder in ein Gasthaus. Stimmung erreicht Nullpunkt. In einem Lokal Abend gegessen. Schweinebraten 2,80 DM + 0,30 Bedienung!!! Dann fuhren wir im Regen weiter zur Grenze. Mein Licht geht nicht. Müssen daher schieben! Hinter der Grenze haben wir genug. Schlagen Zelt in strömendem Regen auf. Kladdernass. Um

23.00 Uhr liegen wir im Schlafsack. Verhältnismäßig gut geschlafen.

Montag, 19. August

Regnet ununterbrochen, liegen im Zelt, haben Mordswut und Hunger. Nur noch wenig Brot. Öffnen Gulaschdose, können kaum warten, bis es warm ist. Schmeckt prima. Liegen wieder im Zelt. Schmieden Pläne und sind unschlüssig. Leise tröpfelt es durchs Zelt. Vertreiben uns die Zeit mit Schlagersingen und Blödsinn reden. Um halb elf stehen wir auf. Bauen im Regen das Zelt ab. Peter im Regenumhang draußen. Ich räume drinnen auf. Um 12.30 Uhr waren wir am Bahnhof. Der nächste Zug nach Innsbruck fährt 13.21; Haben noch Zeit und gehen schnell essen. Schoko ist billig. Lösen Fahr- und Fahrradkarte bis Brenner, 3,70 DM. Im Zug treffen wir eine Gruppe Mühlheimer. Halb zwei Ankunft Innsbruck. Haben über zwei Stunden Aufenthalt. Gehen in die Stadt. Es regnet nicht mehr, ist aber bedeckt. Schade, man kann die herrliche Umgebung Innsbrucks nicht sehen. Tauschen zuerst 60 DM in Lire um. 8570 Lire, richtige Lappen. Eingekauft. 17.25 Abfahrt. Am Brennersee steigen wir aus. Am Brenner Passkontrolle. Es geht abwärts nach Italien; komisches Gefühl; viel Verkehr. Fahren durch, bis wir einen Campingplatz finden. Kein einziges Zelt da; um 9.00 Uhr liegen wir im Zelt und essen; ein mächtiger Wind geht. Zelt ist dauernd in Bewegung. Rauchen noch eine Zigarette und schlafen dann beim Rauschen des Windes ein.

Dienstag, 20. August

Um 9.00 Uhr geht es los. Vorher treffen wir noch den ersten Deutschen in Italien. Netter älterer Herr. Es geht fast immer bergab. In einundeinerhalben Stunde sind wir in Brixen. Nach Brixen kleine Pause. Bald geht es weiter. In einer Trattoria machen wir Rast. Ein viertel Liter Wein, ein Eis und zwanzig Zigaretten, (200 L.). Der Wein, Kalterer, kostet sechzig Lire. Etwas herb. Dann geht es weiter nach Bozen. Es ist seltsam, am Brenner war es kalt, jetzt ist es so heiß, dass wir im Trikot fahren. Um 15.00 Uhr sind wir in Bozen. Wir wollen dort bleiben, finden aber keinen Campingplatz. Ich habe etwas Kopfweh. Wir gehen erst einkaufen. Teilweise billiger als in Deutschland. Kaufen eine Zwei-Literflasche Chianti (380 Lire). Viel zu herb. Trinken die Hälfte aus. Machen dabei eine richtige Brotzeit. Um halb sechs geht es weiter in Richtung Trient. Ich habe keine rechte Lust mehr. Doch es sind ja nur 43 Kilometer. Aber die Zeit vergeht und kein Trento kommt. Ich habe eine Mordswut. Endlich um 22.00 Uhr sind wir in Trient. Fragen nach Camping. Nach einer Dreiviertelstunde haben wir den Platz gefunden. Nach dem Zeltaufbauen brauen wir uns noch einen Glühwein von dem Rest des Chianti. Um Mitternacht schlafen wir ein.

Mittwoch, 21. August

Wachen um 8.00 Uhr auf. Erst mal essen. Dann bauen wir Zelt ab und räumen zusammen. Nun schauen wir uns Trento an. Nicht allzu groß. Um 12.00 Uhr brechen wir auf. Campinggebühren 150 Lire zusammen. Es ist sehr heiß. Wir kommen kaum vorwärts. Unterwegs lerne ich jungen Italiener kennen.

Spricht Deutsch. Wohnt in Rovereto und fährt bis dorthin mit. Rovereto Gardasee 17 Kilometer. Furchtbar heiß. Schwitzen. Finden massenhaft Brombeeren. Essen, bis es nicht mehr geht. In zehn Minuten sind wir am Gardasee. In Torbole. Zwischen Torbole und Malcesine schlagen wir unser Zelt auf. Dann gehen wir baden. Das Wasser ist wunderbar blau. Am Abend gehen wir in eine Bar und trinken jeder einen halben Liter Valpolicella. Schmeckt wunderbar. Liter 160 Lire. Später unterhalten wir uns mit den Italienern bzw. -innen. Sie verstehen kein Deutsch und wir kein Italienisch, können uns trotzdem gut verständigen. Sind nette Menschen. Um halb zwölf sinken wir beschwipst auf die Luftmatratze.

Donnerstag, 22. August

Als ich aufwache, ist es 7.00 Uhr. Der Himmel ist blau wie auf Postkarten. Ich gehe ins Wasser und seife mich richtig ab. Dann frühstücken wir. Der See ist stark bewegt. Darum nehmen wir die Luftmatratzen, lassen uns von den Wellen treiben, bis wir genug haben. Zu Mittag gibt es Eier. Dann halten wir einen Mittagsschlaf. Darauf gehen wir ins Wasser und schwimmen zu unserer Strandbar, um einen Viertelliter Wein zu trinken. Am späten Nachmittag nehmen wir die Räder und fahren nach Torbole. Dort kaufen wir Ansichtskarten und Marken. Dann gehen wir etwas durch den Ort. Wir verlieben uns beide in das gleiche Mädchen und laufen hinter ihr her. Sie ist in Begleitung von zwei älteren Damen. Vorläufig ohne Erfolg. Essen noch ein Eis. Um 9.00 Uhr sind wir am Zelt zurück. Es gibt belegte Brötchen.

Freitag, 23. August

Um acht wach. Um halb zehn baden wir, um halb elf Kaffee getrunken. Um halb zwölf fahren wir nach Malcesine, um nach Mädchen Ausschau zu halten. Ich habe eine Schönheit entdeckt. Werde mein Möglichstes tun. Wetter ist nicht besonders. Ich liege im Zelt und schreibe. Peter schläft.

Hier enden die Eintragungen. Wie geht das mit der Schönheit weiter und was ist das Möglichste?

Es gibt keine wie immer geartete Liebe zu einer italienischen Schönheit. Aber es hätte ja sein können, dass ich den schlafenden Peter nicht geweckt, nach Malcesine gefahren wäre und dort die Schönheit getroffen hätte. Ich hätte ihre Hand ergreifen können und wir wären nebeneinander am Ufer des Gardasees entlang gewandert. Wir hätten liebevolle Blicke gewechselt und nach einer Stunde, weil Giulia oder Beatrice nach Hause musste, hätten wir die Adressen ausgetauscht und uns ewige Treue geschworen. Ich wäre tiefbetrübt zu Peter zurückgekehrt und gemeinsam wären wir wieder in Zwiesel angekommen.

Leider ist das so nicht geschehen. Schade. Wäre vielleicht die Liebe meines Lebens gewesen.

Im März 1958 erfährt mein Vater, dass er zur Schott AG nach Mainz versetzt wird. Als er sich dort vorstellt, wird er gefragt: „Herr Neukäter, Sie wollen also in Mainz anfangen?" „Nein, eigentlich wollte ich gern in Zwiesel bleiben!" Doch als ein guter Vater denkt Fritz an den Nachwuchs: Zwiesel sei ja recht schön, doch wenn aus den Kindern etwas werden solle, müssen sie nach München. Ich kann nicht beurteilen, ob das stimmt, aber Mainz, die Hauptstadt von Rheinland-Pfalz, bot den Heranwachsenden auf jeden Fall bessere Entwicklungsmöglichkeiten als die Kleinstadt im Bayrischen Wald.

1958 endet das Schuljahr in Bayern im August, im übrigen Gebiet der BRD beginnt das neue Schuljahr aber bereits nach den Osterferien. Erst 1962 kommt es in allen Bundesländern zu einer einheitlichen Regelung mit dem Schuljahresbeginn nach den Sommerferien. Für mich bedeutet das, dass ich in Zwiesel ein Abgangszeugnis bekomme, in Mainz aber in ein bereits begonnenes Schuljahr einsteige. Im letzten Zeugnis vom Juli 1958 der staatlichen Realschule Zwiesel steht bei Bemerkungen: *Der selbstbewusste Schüler hat sich korrekt benommen. Er arbeitete, von einigen Fächern abgesehen, sorgfältig und genau. Er hat am Wahlunterricht im technischen Zeichnen und Französisch teilgenommen. Der Schüler ist damit zum Eintritt in die Oberstufe einer höheren Schule berechtigt. Mathe: mangelhaft, Religion, Deutsch, Englisch und Bio gut.*

Damit endet die Zwieseler Zeit und meinem Eintritt in die Oberstufe eines Mainzer Gymnasiums steht nichts im Wege. Allerdings habe ich mit der Fünf in Mathe einen Klotz am Bein und da Französisch an meiner neuen Schule, dem altehrwürdigen Gymnasium am Kurfürstlichen Schloss, ein Hauptfach ist, schleppe ich gleich noch ein zweites Handikap mit mir in die neue Klasse.

9. Januar 2019

In einem halben Jahr werde ich 79 Jahre alt sein. Ich kann noch essen, trinken, schlafen, wachen, lesen, schreiben, sitzen, stehen, liegen, laufen, atmen und denken. Was ich nicht mehr kann, ist Pferde stehlen, Berge versetzen und das Unmögliche möglich machen. Meine Reserven sind begrenzt, die Kondition gewöhnungsbedürftig und die Lebenserwartung ist überschaubar. Ich stehe jeden Morgen auf, frühstücke und lese die Zeitung. Ich ärgere mich über die Politik, weil ich denke, man könnte vieles besser machen, aber meine Empörung über die Tagesaktualitäten halten sich in Grenzen. Ich weiß ja, dass sowieso keiner auf mich hört, und wenn, dann würde es auch nichts ändern. Allerdings bin ich nicht der Meinung, dass die da oben sowieso machen, was sie wollen. Nur finde ich, dass ich zu alt bin, um mich noch einzumischen. Also setze ich mich nach dem Frühstück an den Schreibtisch, fahre meinen Computer hoch und beschäftige mich mit mir. Das tue ich seit einiger Zeit. Es macht mir Freude, mich zu entdecken und mich neu zu erleben. Es erstaunt mich sehr, zu erfahren, wer ich bin, was ich wurde, warum und wann und mit wem.

Ich bin immer viel gereist. Das fing mit sechzehn an und hört hoffentlich noch nicht so bald auf. Beim Reisen habe ich viel über mich erfahren, ganz abgesehen davon, dass die Welt in Wirklichkeit immer anders aussah als in den Bildern der Reisebücher und Broschüren. Ich habe gelernt, dass man andere Länder und Kulturen nur erfahren kann, wenn man sich zu ihnen begibt und sich auf sie einlässt. Ich habe versucht, das in der Fremde Erlebte zu beschreiben, so gut ich konnte. So sind ein paar Bücher entstanden, in denen ich vorkomme und Landschaften und Menschen und Erlebnisse, die in der Erinnerung haften blieben. Solche, wie die, die jetzt folgen.

Das Leben ist eine Berg- und Talfahrt. Auf Sonne folgt Regen, nach Weinen wird gelacht. War Zwiesel ein Tal? Wird Mainz ein Berg sein? Ich war nicht froh darüber, Zwiesel verlassen zu müssen. Meine Freunde, die gewohnte Schule, all das, was vertraut war, blieb zurück. Und was kam stattdessen? „Heile heile Gänschen, es wir ja widder gut ...“ Das war einer der Fassenachtschlager, die mich in Mainz ein paar Jahre lang begleiteten, oder anders gesagt, verfolgten.

Gesetzt der Fall, es gibt einen Gott, dann residiert er sicherlich in hohen Höhen. Gott in der Tiefebene kann ich mir nicht vorstellen. Nicht, dass ich mich Gott nähern wollte, aber auf Berge und Zinnen hat es mich schon immer gezogen. Wegen der Weitsicht und der Perspektiven. Manchmal ist es hilfreich, einen besseren Überblick zu gewinnen. Auf Landschaften, aber auch auf Lebensläufe.

Zwei Gipfelbesteigungen haben mir viel bedeutet, mich offener und toleranter werden lassen. Beide haben auf unterschiedliche Weise mit Transzendentem und Religiösem zu tun. Beim Mosesberg auf dem Sinai waren es die Ursprünge des Christentums, auf dem australischen Ayer's Rock der seltsame Glaube der Aborigines.

Beide Gipfelbesteigungen wurden spirituelle Sternstunden, dank der Erinnerung daran ich vielleicht souveräner auf die folgenden Mainzer Jugendjahre zurückzublicken vermag.

10. Heilige Gipfel

Mosesberg

Der mystische Augenblick: Moses, der schlohweiße, hagere Alte steht, den knochigen Körper gegen den kalten Wind gestemmt und schaut gen Osten. Seine Augen, die schon so vieles gesehen haben, können vor Zorn blitzen, wenn er zu seinem Stamm redet, zu dieser genusssüchtigen Horde verblendeter Dummköpfe. Jetzt aber ist sein Gesicht friedlich und sein Blick voller Erwartung. Um den Kopf hat er eng das Tuch geschlungen und um den Leib die schwere, schafwollene Decke. Gleich wird die Sonnenscheibe blutrot und glühend hinter den fernen Bergen aufgehen und diesen Berg und das Land dahinter in jenes violettrote Licht tauchen, das er so sehr liebt. Seinen Berg, den Berg Moses, auf welchem er Zwiesprache hielt mit Jahwe, Gott, dem Herren.

Kann man die Schilderung unserer Besteigung des Mosesberges am frühen Morgen des 8. Januar 2000 so beginnen? Ich finde, man kann. Glutrot ging die Sonne hinter einem roten Streifen fahlen Lichts auf, schob wie einen schweren Vorhang die Dunkelheit fort und als dann im strahlenden Morgenlicht eine Gruppe frommer Asiaten mehrstimmig und glockenrein ein Lied anstimmte zur Ehre Gottes, des Allmächtigen, war ich drauf und dran, gläubig zu werden. Ich musste schlucken und als ich versuchte, den Empfindungen dieses Augenblicks in Worten Ausdruck zu geben, versagte mir die Stimme und ich fühlte, wie mir Tränen in die Augen schossen. Es war nicht der Moment des Redens.

Wir hatten am Vorabend in Sharm El Sheikh Marschverpflegung, Wasser, warme Kleidung, Handschuhe in die Rucksäcke gepackt: Uns war klar, dass es kalt werden würde. Auch die Anstrengungen, welche die 800 Höhenmeter des Aufstiegs uns abfordern würden, waren uns bewusst. Um 23.00 Uhr holte uns der Bus ab. Um 2.00 Uhr kamen wir müde am Katharinenkloster an und wünschten uns ein wenig entspannende Bettruhe. Stattdessen erwartete uns eine Hotelhalle, in der aus zwei Fernsehern arabische Musik dröhnte und zahlreiche Wanderer auf das Zeichen zum Aufbruch warteten. Da der Aufstieg drei und eine halbe Stunde dauern würde, war es besser, noch eine Weile in der Hotelhalle zu verbringen, anstatt zu früh in der Kälte den Gipfel zu erreichen. Erst um sechs Uhr zwanzig würde die Sonne aufgehen.

Um halb drei brachen wir auf, jeder mit einer Taschenlampe bewaffnet. Bis zu den Parkplätzen vor dem Katharinenkloster brachte uns noch der Bus, danach waren wir auf die eigenen Beine angewiesen. Kurz nach dem Aufbruch passierten wir das Kloster, das wie ein schemenhafter Koloss in der Dunkelheit lag. Die steilen Festungsmauern sahen abweisend aus, als wollten sie sagen, dass kein Wanderer es wagen sollte, die nächtliche Ruhe zu stören. Die einundzwanzig Mönche griechisch-orthodoxen Glaubens schliefen den gottgefälligen Schlaf der Gerechten. Währenddessen wälzte sich der vielköpfige Strom der unfrommen Pilger den nachtschwarzen Berg hinan. Vom Kloster aus waren weder der Mosesberg noch der Katharinenberg, mit 2800 Metern der höchste Berg Ägyptens, zu sehen. Beide lagen versteckt hinter dunklen Gebirgsrücken. Der anfangs breite Weg wurde zunehmend schmaler und steiler.

Hinter der ersten Serpentine bot ein Beduine sein Kamel an. Aber noch war niemand müde, geschweige denn am Ende seiner Kräfte. Je höher die Menschenkarawane stieg, desto häufiger aber wurden die Dienste der geduldigen Trampeltiere in Anspruch genommen. Ich hatte mir ein wollenes Beduinentuch gekauft und mir wie einen Turban um Kopf und Hals geschlungen. Es hielt warm. Die zwei Pullover unter der Winterjacke konnte ich auch gut vertragen. Vor drei Tagen hatte es hier noch geschneit. Stellenweise waren die Steinplatten glatt von Eis. Allmählich ging es heftig bergan. Die Wanderergruppe hatte sich weit auseinandergezogen. Ildiko und ich hielten mit unserem Führer, einem jungen Ägypter, die Spitze. Als wir bei einem der zahlreichen Tee- und Kaffeestände zum ersten Mal rasteten, fragte jemand, wie weit es noch sei. Nicht gerade freundlich erwiderte unser Guide, dass man uns das bei der Hälfte des Aufstiegs schon mitteilen würde. Ein paar Meter hinter der Raststätte herrschte wieder tiefste Dunkelheit. Ich schaltete die Taschenlampe aus und ließ den hohen und klaren Himmel auf mich wirken. So nah war ich den Sternen noch nie gewesen. Ich wünschte, ich wüsste die Namen der Sternbilder, die hier zum Greifen nahe waren. Den Großen Bären vermochte ich gerade noch zu orten, aber für all die anderen Gestirne hatte ich nur sprachlose Bewunderung. Vor uns wand sich die Lichter tragende Schar der Wanderer wie eine Glühwürmchenkette und auch hinter uns leuchteten Lämpchen bis weit ins Tal. Irgendwann auf halber Strecke erblickte ich zum ersten Mal den Mosesberg. Kantig und gedrungen wie der Körper eines ausgestreckten Hundes thronte er hoch über uns und noch so weit entfernt. Ich scheute mich davor, nach oben zu sehen, aus Furcht, den Mut zu verlieren. Die Schritte wurden mühsamer, die Oberschenkel begannen zu schmerzen und im Nacken bildete sich Schweiß. Unter dem Rucksack waren Hemd und Jacke nass. Die Hand, die die Lampe hielt, wurde steif vor Kälte. Nur nicht stehen bleiben! Vorwärts! Nur nicht zu schnell gehen, nicht außer Atem kommen! Wir überholten und wurden überholt, hatten aber unseren Rhythmus gefunden. Immer wieder tauchten Kamele aus der Dunkelheit auf. Rücksichtslos trampelten sie geradeaus. Wiche man nicht aus, zermanschten sie einem mit ihren breiten Hufen die Füße. Die Hälfte des Weges hatten wir geschafft. Es war etwa halb fünf. Jetzt im warmen Bett liegen! Besser, gar nicht daran denken. Doch zugleich war das Bewusstsein da, Zeuge von etwas Einmaligem zu sein. Zu erleben, wie unter einem klaren Nachthimmel eine atemberaubende Landschaft dem Morgen entgegen dämmert und ein neuer Tag erwacht. Und da war auch das Erlebnis der Gemeinschaft mit anderen Menschen, die alle das Gleiche wollten: den Sonnenaufgang auf einem der geschichtsträchtigsten Berge des Abendlandes erleben.

Vierzig Minuten später hatten wir den Ort erreicht, bis zu dem die Kamele Wanderer trugen. Wir standen am Fuße des Gipfels. Eine Steinhütte lud zu einer letzten Pause ein, bevor es an den schwierigsten Aufstieg über die 700 Treppenstufen zum Ziel ging. Eine gute halbe Stunde würden wir für die Treppen benötigen, die Sonne würde kurz vor halb sieben aufgehen. Also sollten wir bis dahin noch ein wenig in der Hütte rasten.

Wer hatte die 700 Stufen zum Sinaihimmel gebaut? Moses! Vor dreitausend Jahren. Ein Stein auf dem anderen, breit, schmal, manchmal locker. Die Tritthöhen waren so unterschiedlich, dass es schwer war, einen Rhythmus zu finden. Doch die Muskeln waren sowieso schon angespannt und die Knie so wacklig, dass an einen risikolosen Aufstieg kaum zu denken war. In Deutschland wäre so ein waghalsiger, ungesicherter Aufstieg verboten und versperrt. Hier aber kraxelten Hunderte die gefährlichsten Stufen hinauf und keinen kümmerte die Lebensgefahr, in die sich die Wanderer begaben. Zum Glück sahen wir die Abgründe, Felsspalten und Geröllhalden erst beim Abstieg. Die Dunkelheit deckte verschwiegen ihr Tuch über die Gefahrenstellen. Das spärliche Licht der Taschenlampen beleuchtete gerade mal den nächsten Schritt. Nur nicht zur Seite blicken oder gar nach unten.

Dann waren wir endlich am Ziel. Welch ein Gedränge! Welch ein babylonisches Sprachengewirr! Wir schoben uns zu einer Gruppe von Russen vor, die sich bis auf die gefährlichsten Felsvorsprünge gewagt hatten, um der aufgehenden Sonne ein wenig näher zu sein. Ich bekam eine Gänsehaut, als ich ihre verwegenen Klettermanöver sah. Im Osten zeigte sich rötlich ein Streifen Licht, doch die Sonne ließ noch auf sich warten. Es war so verdammt kalt. Allmählich begannen die Berge im Westen im fahlen Gegenlicht zu leben. Das Felsgewirr sah aus, als habe die Erde ihr Inneres wie Gekröse nach außen gestülpt. Fratzengesichter, Felsnasen, Steinmäuler, Nadeln, Daumenkuppen, drohende Zeigefinger. Diese auf den Kopf gestellte Unterwelt glühte und leuchtete. Es war die ungeheuerlichste Landschaft, die ich je gesehen hatte. Doch der Sonnenball ließ immer noch auf sich warten. Wir kletterten vom Felsplateau herunter, schoben uns um die Bergkapelle herum und standen auf einmal auf einem Balkon. Vor uns eröffnete sich ohne jeden

Übergang das weite Panorama des Sonnenaufgangs. Als der Gesang der Gruppe philippinischer Christen erklang und den erwachenden Tag mit wunderbarem Wohlklang erfüllte, war der mystische Moment gekommen. Ein volltönendes, vielstimmiges Amen umfing wie ein Gebet die Gemeinschaft.

Das Schauspiel war zu Ende, der Abstieg begann. Er war noch beschwerlicher als der Aufstieg. Muskeln und Knie schmerzten. Aber er war auch reizvoll, weil sich uns nun die Landschaft ganz weit auftat, ihr Farbenspiel darbot und in verschwenderischer Formenvielfalt schwelgte. Wir machten einige Male halt, um das Bergpanorama entspannt zu bewundern.

Um halb neun erreichten wir wieder das Kloster der heiligen Katharina, in 1500 Meter Höhe und schauten zurück. Irgendwo weit über uns erstreckte sich der breite Rücken des Berges Moses und dahinter erhob sich der Katharinenberg. Beide konnte man von hier unten nicht erblicken.

Hat mich die Besteigung des Mosesberges dem Christengott näher gebracht? Zumindest hat es mich nahe an die Grenzen meiner physischen Belastbarkeit geführt.

Von ganz anderer Qualität erwies sich das monolithische Ungetüm des Ayer's Rock, des Inselberges in der zentralaustralischen Wüste. Auch seine Besteigung kostete mich enorme körperliche Anstrengung. Der Felsen selbst und seine Umgebung brachten mir eine Begegnung mit einer anders gearteten spirituellen Erfahrung, der Traumzeit der Uluru. Der Mythos dieser Ureinwohner Australiens beschreibt die Entstehungsgeschichte der Landschaft. Da sind die Hasenkänguru-Menschen auf der Sonnenseite des Felsen und auf der Schattenseite wohnen die Kunia, die Teppichschlangen-Menschen. Von einer Tannenzapfenechse ist die Rede, einem Hund mit riesigen Zähnen und von Giftschlangenmenschen. Alles das klingt märchenhaft und sehr unwirklich, doch die Begegnung mit diesem geheimnisvollen Berg vermittelte eine Erfahrung, die Spuren hinterließ.

Uluru (Ayer's Rock)

Bei Erldunda erreichten wir den Lassater Highway. Bis zum Yulara-Resort waren es noch 240 Kilometer durch eine eintönige Landschaft mit vereinzelten Hinweisschildern zu einsamen Farmen, sonst nichts. Dann tauchte in der endlosen Weite ein mächtiger abgeflachter roter Hügel auf, der Mt. Connor, den wir zuerst für den Ayer's Rock hielten. Als wir Stunden später am Ayer's Rock Campground ankamen, erhaschten wir im Nachglanz der untergehenden Sonne noch einen Blick auf den berühmten Monolithen.

Um halb acht ging am Morgen des 2. Juli 2001 die Sonne auf. Nahe am Caravan-Park gab es einen Aussichtspunkt mit Blick auf den imposanten Berg. Schon von weitem sahen wir, wie in einer langen Reihe, einer Ameisenstraße gleich, Menschen den Fels hinaufkletterten. Aus der flachen Ebene heraus erhob sich das Felsenungetüm mit seiner ocker-gelben Masse 863 Meter in den Himmel. Einem rechteckigen Klumpen gleich glänzte er im Sonnenlicht, zerfurcht, gekerbt, von Wind und Wetter geformt, verwundet und gezeichnet, ein Urgestein und Naturwunder.

Sollten wir den Aufstieg wagen oder den Felsen ehrfürchtig von unten bewundern. Dafür hätten wir sogar noch den Segen der Aborigines, für die der Aufstieg der Fremden eine Entweihung ihres Heiligtums bedeutet. Ich zögerte, hatte einerseits achtungsvolle Angst, verspürte andererseits aber auch den Drang des Gipfelstürmers. Wir würden es schaffen. Was andere können, packen wir auch! Wasser und Sonnenschutz in den Rucksack, Hut auf, feste Schuhe an und dann brachen wir auf, vom ersten Meter an ging es steil bergauf. Teilweise betrug die Steigung mehr als 45 Grad. Nach den ersten fünfzig Metern war eine in Kniehöhe an Stahlpfosten befestigte eiserne dicke Kette hilfreich. Sich daran entlanghangelnd, konnte man sich Meter für Meter hinaufarbeiten. Die Schuhe griffen gut in dem porös-felsigen Boden, sodass ich anfangs schnell kletterte. Doch dann fing mein Herz zu hämmern an und beim dritten Halt verspürte ich Schwindelgefühle. Slow down! Langsam, Schritt für Schritt stapften wir weiter bergan und immer mehr kostete jeder Tritt Überwindung und Kraft. Der Blick nach unten machte stolz, der nach oben deprimierte. Es war noch so weit bis zum Gipfel. Irgendwann waren wir nicht mehr weit vom Ende der Kette entfernt. Ich pausierte gerade auf dem sonnenwarmen Felsboden, trank etwas und hoffte, dass mein Puls sich wieder beruhigen würde, als ich jemand sagen hörte, dass das sichtbar nahe Ziel nicht einmal die Hälfte des Aufstiegs sei. Es war tatsächlich so. Wo der steile Aufstieg auf einem Absatz endete, begann ein mühsames Auf und Ab über Schrunden, Furchen und Falten des Berges. Bis zum Gipfel des Uluru brauchten wir noch eine Stunde, in der ich die kraftraubende Kraxelei verfluchte. Manchmal rutschte man drei Meter auf dem Hosenboden herunter, um danach auf allen vieren wieder fünf Meter hinaufzuklimmen. Endlich hatten wir es geschafft! Eine unansehnliche Tonne, die in steilen Buchstaben Auskunft gab über Höhenmeter und Weltrichtungen markierte den höchsten Punkt des Ayer's Rock.

Der Abstieg war nicht ganz so beschwerlich. Als wir nach zweieinhalb Stunden wieder am Camper waren, schmerzten dennoch die Waden und die Knie wackelten wie bei einem Cowboy nach einem zehnstündigen Ritt.

Um halb sechs am Abend warteten wir am ‚Sunset-point for cars' darauf, dass sich der Uluru im Widerschein der untergehenden Sonne feuerrot färbte. Mit uns standen in einer langen Reihe zahlreiche Autos mit entsprechend vielen Passagieren. Der Mond stand weiß und rund hoch über dem rot und röter werdenden Felsen. Die Stimmung auf dem Platz glich der eines Volksfestes, Wein wurde entkorkt, Kameras bereit gehalten und alles wartete auf den entscheidenden Moment. Der kam und für wenige Minuten ging der Berg förmlich in Flammen auf. Als die Sonne hinter den Horizont verschwand, erlosch auch das Feuer so schnell, wie es entflammt war. Der Fels wurde wieder zum gräulichen Schattengebilde.

Während der Stunden zwischen unserem Abstieg und dem Sonnenuntergang wanderten wir entlang der Traumpfade der Anunga, der im Gebiet des Uluru beheimateten Aborigines. In den Höhlen, Überwölbungen, Schluchten und Wasserlöchern des Felsens schienen die Ureinwohner und ihre Kultur allgegenwärtig. In den Felsritzen und Spalten, die die Geburt des Wallaby oder den Kampf der Python gegen die Giftschlange darstellten, in der verzauberten Quelle, die das große Wasserloch speiste, das selbst in der schlimmsten Trockenzeit Mensch und Tier das Überleben ermöglichte, überall sprachen die Spuren der Traumzeit zu uns. Zu Füßen des Uluru verspürten wir eine geheimnisvolle Magie, der man sich kaum entziehen konnte. Auch ohne viel Fantasie sahen die Felsvorsprünge und Zacken aus wie Gesichter, Fratzen und Larven. Steinzungen leckten Hunderte Meter weit die Steilwand hinunter, Einkerbungen bildeten weit geöffnete Lippenpaare und spitze Nadeln kratzten am Himmelsblau. Der schattige Wanderweg um den Ayer's Rock herum verbarg Geheimnisse und offenbarte Wunder.

Im Informationszentrum informierten Fotos, Wandzeichnungen und Schrifttafeln über Leben und Kultur der Ureinwohner. Doch viel enthüllten sie nicht, denn die Gesetze und Riten, seit Jahrhunderten von einer Generation an die nächste weitergegeben, sind heilig und dürfen Fremden nicht mitgeteilt werden. Nach nie aufgeschriebenen Gesetzen lebten und starben die Vorfahren und nach ihnen, so jedenfalls sagen es die Schrifttafeln, leben auch heute noch die Anunga. In Eintracht mit der Natur und darauf bedacht, dass sie im Gleichgewicht bleibt.

Als wir den Tag am Ayer's Rock beendeten, stand der Mond voll und rund am Himmel. Die kalte Nachtluft fegte die letzten Schleierwolken fort und ließ die Sterne klar und hell aufleuchten. In unserem kargen Camper nahmen wir ein einfaches Mahl ein und kuschelten uns aneinander. Wir hatten das Mysterium des heiligen, rot leuchtenden Herzens Australiens erfahren.

Nach diesen Höhenflügen gleite ich zurück in die Zeit meiner Jugend. Nach der Klarheit der Höhen und der physischen Anstrengungen wieder zurück in die Wirren der frühen Jahre. Alles war damals unfertig und wirr, zugleich aber auch voller Ahnungen und ungezügelter Neugier auf das, was vor mir lag. Die Zukunft war ungewiss und aufregend.

Vom bayrischen Wald nach Ägypten, von dort in die Weite Australiens und zurück nach Deutschland in die Hauptstadt von Rheinland-Pfalz. Von den spirituellen Erfahrungen zurück in die Realität. Es ist sicherlich nicht ganz einfach, meinen Sprüngen durch Zeit und Orte zu folgen.

Ich bin wieder achtzehn Jahre jung, ungestüm und begierig, Neues zu erleben. Man hatte mich nicht gefragt, ob ich von Zwiesel wegwollte. Ich folgte meinen Eltern und war gespannt auf alles, was mich nun erwartete.

11. Im Frühling nach Mainz (1958)

Was für ein Neubeginn! Alles blüht, alles wächst. Am 14. Mai wurde ich achtzehn. Das bedeutete zunächst noch nichts, denn erst seit 1975 ist man mit achtzehn volljährig, dennoch fühlte ich mich schon erwachsen.

Neukäters wohnten in Mombach, zunächst in einer Reihenhaussiedlung, später dann in der Hauptstraße über einer Wäscherei, aus der es ständig sehr nach feuchter Sauberkeit roch. Mombach ist ein Mainzer Vorort. Ernst Neger, der singende Dachdeckermeister, den sein ‚Heile heile Gänschen‘ in der Fernsehfassenacht deutschlandweit bekannt machte, wohnte dort und die Fastnachtsgesellschaft ‚Die Bohnebeitel‘ trieben zur Fassenacht in Mombach schon am frühen Morgen ihr lautes Unwesen. Die Straßenbahn brauchte dreißig Minuten bis ins Mainzer Zentrum, mit dem Fahrrad war ich schneller. Ich lernte meine neue Lebensumgebung in vollen Zügen kennen. Die Hauptstraße entlang, über die Mombacher Straße zum Hauptbahnhof. Von dort weiter zur Großen Bleiche oder über die Schillerstraße und Ludwigstraße zum Gutenbergplatz.

Seit Jahrhunderten ist der Dom der Mittel- und Drehpunkt der Stadt. Zwischen Theater und Rheinufer bildet er die Spitze eines rechtwinkligen Dreiecks. Innerhalb dieses Dreiecks liegt das Zentrum, liegen Theater, Geschäfte, Weinstuben und Kinos. Der ‚Hohe Dom St. Martin‘ beherrscht ehrfurchtgebietend das Bild der Stadt, steht hoch über allem. Ein Devotionaliengeschäft, das Domcafé und die katholische Buchhandlung in unmittelbarer Nähe wirken, an die gewaltigen Mauern geschmiegt, klein angesichts seiner Allmacht. Wenn man in

Mainz wohnt, muss man mindestens einmal im Dom gewesen sein. Als ich zum ersten Mal auf dem Gutenbergplatz davor stand, war ich beeindruckt von seinen gewaltigen Ausmaßen. Ich informierte mich und fand heraus, dass der imposante Turm mit der barocken Haube der Westturm ist und dass die beiden Treppentürmchen den Chor einrahmen. Zwischen den Türmen sieht man den heiligen St. Martin, der dem Gotteshaus den Namen gab.

Bei meinen Eltern spielten Religion und Kirche nie eine Rolle, nicht einmal zu den Weihnachtsgottesdiensten gingen wir. Meine Konfirmation in Zwiesel lag fünf Jahre zurück und längst waren mir Zweifel gekommen, was die Existenz Gottes betraf. Als ich bei meinem Appetit auf alles Lesbare endlich auch Camus, Sartre und Brecht entdeckte, beschloss ich, dass Gott für mich keine Rolle spielen würde. „Der Mensch denkt, Gott lenkt", las ich bei Brecht und wusste, dass der Mensch sehr oft falsch denkt. Es war sicher Zufall, dass ich, als Brecht im August 1956 starb, gerade die Geschichten vom Herrn Keuner in der Mache hatte. Und da fand ich die mir gemäße Antwort auf die Gretchenfrage: „Gibt es einen Gott?".

Einer fragte Herrn K., ob es einen Gott gäbe.

Herr K. sagte: „Ich rate dir, nachzudenken, ob dein Verhalten je nach der Antwort auf diese Frage sich ändern würde. Würde es sich nicht ändern, dann können wir die Frage fallen lassen.

Würde es sich ändern, dann kann ich dir wenigstens noch so weit behilflich sein, dass ich dir sage, du hast dich schon entschieden: Du brauchst einen Gott". Das war's. Ich war nicht bereit, mein Verhalten in irgendeiner Weise zu ändern. Aber das hatte nichts mit dem Mainzer Dom zu tun. Den fand ich trotzdem eindrucksvoll.

Aber Dom hin und Gott her, was mir altersgemäß viel wichtiger war, es gab Kinos, Kaufhäuser, Buchhandlungen, Theater, es gab den Rhein und die Rheinpromenade, und es gab eine Altstadt mit engen Gassen und Weinstuben. Das alles lernte ich nach und nach kennen, das gehörte zum Leben nach der Schule. Und die, so unangenehm das auch war, spielte noch eine ganze Weile eine nicht unerhebliche Rolle in meinem Leben.

Das ,Kuschlo' und die ,Fassenacht'

Die Entscheidung meiner Eltern, meinen schulischen Fortgang betreffend, fiel auf das Gymnasium am Kurfürstlichen Schloss. Seit 1950 trug die ,Oberstufe für Jungen in der Greiffenklaustraße' diesen neuen Namen. Das Kuschlo, wie wir Schüler es nannten, blieb eine reine Jungenschule. Zugleich mit der Namensänderung wurden an der Schule zwei Schultypen eingeführt: das neusprachliche und das naturwissenschaftliche Gymnasium. Meine Schwächen in Mathematik und den Naturwissenschaften waren mir und meinen Eltern hinlänglich bekannt, sodass der neusprachliche Zweig die richtige Entscheidung zu sein schien. Im neusprachlichen Gymnasium wurden Latein, Französisch und Englisch stärker gewichtet, wodurch die Stundenzahl in Mathematik und den Naturwissenschaften vermindert werden musste, was mir sehr entgegenkam. Ein Problem gab es allerdings: Französisch war erste Fremdsprache und meine Französischkenntnisse waren nur rudimentär. Das bedeutete, dass meine Freizeit durch intensiven und zeitraubenden Nachhilfeunterricht eingeschränkt war. Doch damit konnte ich leben, zumal die Nachhilfelehrerin eine liebenswerte alte Dame war, die es schaffte, mich in Französisch so weit zu bringen, dass ich irgendwann das Fach mit einer achtbaren Note loswerden konnte.

Ich trat also in die Obersekunda des neusprachlichen Zweiges ein. In die II a1. II stand für Obersekunda. Darauf folgte die UI 1 und schließlich die OI 1, was Oberprima bedeutete und mit dem bestandenen Abitur sein Ende fand. Aber von der II a1 bis zur OI 1 war es ein weiter Weg.

Mein neuer Klassenlehrer war ein Herr Girke und er blieb es bis zum Abitur. Die Klasse, zu der ich nun gehörte, bestand nur aus vierzehn Schülern und ich wurde Nummer fünfzehn. Bis zur Oberprima blieben wir elf. Man stelle sich vor, elf Knaben, elf mehr oder weniger erwachsene, hochaufgeschossene junge Männer in einer Klasse. Welch ein Luxus! Heute bestehen Abiturklassen häufig aus der doppelten Anzahl. Als ich in die Obersekunda eintrat, von Süden her aus den Tiefen des Bayerischen Waldes, hatten die Mitschüler mich als den ‚Neuen‘ empfangen. Ich blieb der ‚Neue‘, auch noch in meinem dritten Jahr in der Klasse. Manchmal nannte man mich auch ‚Schnösel‘, was ich aber nicht mochte. Ich war doch kein Lackaffe oder eitler Geck, empfand mich eher als schüchtern und zurückhaltend.

Meist fuhr ich mit dem Fahrrad von Mombach zur Schule. War ich spät dran, was manchmal der Fall war, hetzte ich die Kaiserstraße entlang, bog in die Greiffenklaustraße ein, machte an der Ecke Kuschlo eine scharfe Linkswendung und hastete die fünf Stufen zum Schulportal empor. Das und die Erker des Kuschlo zierten Säulenheilige, Humboldt, Kant und Leibniz. Über dem Schuleingang stand die Lebensweisheit. „Non scolae sed vitae discimus", was ich für eine Lüge hielt. Mein Klassenraum lag im obersten, dem fünften Stockwerk. Ich eilte durch die Schultür, an der Hausmeisterloge vorbei, eine Treppe hoch, dann folgte eine Drehung nach rechts, eine zweite Treppe, erneute Rechtsdrehung, zwei Stufen auf einmal und immer noch war kein Ende in Sicht. Wenn ich endlich oben war, keuchte ich. Ich hatte es wieder einmal noch gerade im letzten Moment geschafft, bevor Girke, der Klassenlehrer eintraf, oder Süß, der Lateiner, bei dem ein Zuspätkommen fürchterliche Folgen hatte. Schnaufend schlüpfte ich in das Kabuff, johlend von den anderen begrüßt. Der ‚Neue' ist auch schon da. Unser Klassenraum war klein: Zehn mal sechs Meter vielleicht. Wenn man ihn betrat, blickte man auf zwei große Fenster. In den Pausen saßen wir auf den Fensterbänken und spuckten in die Dachrinne. Tief unten auf einem kleinen Parkplatz standen die wenigen Lehrerautos. Spuckte einer weit genug, flatschte der Kloß auf die Kühlerhauben. Wir fühlten uns wohl in unserem Klassenraum, weitab vom Schuss. Die Lehrer waren von hier oben schon früh zu sichten. Wenn sie schnaufend von der Anstrengung des Treppensteigens die OI 1 erreicht hatten, stand längst schon jeder brav an seinem Platz. Damals erhob man sich noch, wenn der Lehrkörper eintrat. Vorne rechts stand das Lehrerpult. Die Wandtafel im Rücken, ließen Riebel, Girke oder Reimert ihre Blicke über die Häupter der fünfzehn, nach Schulweisheiten lechzenden, Pennäler schweifen, die an zwei Tischreihen mit je drei Tischen im Halbrund saßen.

Der leicht verwitterte Farbton des Kuschlo war ein Rotbraun oder Ocker. Oder war es kastanienbraun? Jedenfalls war es der gleiche Rotton, den so viele historische Gebäude in Mainz trugen. Das kurfürstliche Schloss lag direkt gegenüber, ehrwürdig und natürlich in der gleichen Farbe. Hier fand am Fastnachtsdienstag der Lumpenball statt, der wildeste Ball der Fastnachtskampagne. Auch die Fremdensitzungen des Mainzer Carneval Vereins mit ihrem Tätä tätä tätä und dem allgegenwärtigen „Wolle mer en eroi lasse" wurden hier zelebriert. Die Vorbereitungen für große Prunkfremdensitzung ‚Mainz wie es singt und lacht', die seit 1955 in die deutschen Fernsehstuben flimmerte, konnten wir vom Fenster des Klassenraumes aus sehen. In den Pausen lehnten wir uns dann gefährlich weit aus den Fenstern. Links unten ergoss sich der Verkehrsstrom über die Rheinallee und noch weiter links floss schwarz und träge der Rhein. „Warum ist es am Rhein so schön?" Damals habe ich kaum darüber nachgedacht. Jedenfalls hatten wir eine herrliche Ausblick auf den Fluss von den Fenstern unseres Klassenzimmers.

„In Mainz am schönen Rhein, da hab ich getanzt und gelacht". Es gibt gar nicht so viele Städte, zu denen einem Lieder einfallen. Zu den meisten fällt einem nichts ein. Oder kennt man etwa ein Lied zu Bochum, Darmstadt, Augsburg? Mainz ist schunkelfroh, katholisch, verwinkelt. Hier wäscht man am Aschermittwoch die Geldbeutel aus und geht in die Kirche, um die Fassenacht zu Grabe zu tragen. Jedes Jahr am 11.11. beginnt die Stunde null, und ob man will oder nicht, man kann dem Frohsinn nicht aus dem Wege gehen. Spätestens am Rosenmontag wirft jeder echte Määnzer den Griesgramen harte

Bonbons an den Kopf und freut sich über die Beulen. „Lach mit uns oder mach dich davon!" „Die Fassenacht ist lustig, helau, und wem is die Fassenacht?" „Uns!" Am Kuschlo konnte man auch ein Lied davon singen. Am Fastnachtsfreitag schloss die Schule nach der dritten Stunde und am Aschermittwoch zur dritten Stunde begann der Ernst des Lebens wieder. Dazwischen lagen die ‚Feiertäg‘. Ich war diesen Feiertagen eher abgeneigt, machte aber trotzdem mit. Am Rosenmontag besserte ich mein Taschengeld auf. Da hieß es „de Zug kimmt" und der bestand aus Honoratioren, Berufsnarren, Verdienstnarren und Fußvolk. Die Honoratioren saßen in prächtigen Cabriolets, hatten farbenfrohe, samtene Uniformen an und Zepter in den Händen, mit denen sie huldvoll wedelten. Ab und zu schmissen sie mit Bonbons um sich. Vor und hinter ihnen marschierten die Musikkapellen und ließen die Blechblasinstrumente schmettern. Die Berufsnarren, die sich das ganze Jahr über auf die Fassenacht vorbereiteten, indem sie ihre Uniformen flickten und mit Mottenkugeln vor Ungeziefer schützten, standen auf den von Treckern gezogenen, anzüglich phantasievoll bestückten Anhängern, den Motivwagen, und warfen in zweiminütigen Abständen ein mehrfach lauthalses Helau in die angeheiterte Menge. Die Fastnacht war eine bitterernste Sache, da gab es nichts zu lachen. Die Verdienstnarren, und zu denen gehörte ich mindestens dreimal im Lauf der Jahre, verdienten sich am Rosenmontagszug ein Taschengeld. Ich meldete mich am Fastnachtsdonnerstag beim Zugkommitee und fragte nach freien Jobs. Schwellkoppträger wurden immer benötigt. Also trug ich mich in eine Liste ein und war am Rosenmontag pünktlich um neun am Sammelplatz in einer Schule zur

Stelle. Nicht in meiner, Gymnasien waren für derart Profanes weniger geeignet. Man bevorzugte Grund- oder Realschulen, und am Stadtrand mussten sie liegen. Wenn man pünktlich war, hatte man die Auswahl unter den Schwellköppen. Ich entschied mich für eines dieser überdimensionalen Konterfeis aus Pappmaché, prüfte es auf sein Gewicht, untersuchte die Haltbarkeit und Bequemlichkeit der Schultertrageleisten und machte mich dann um elf Uhr mit dem Zug auf den langen Weg durch das singende und klingende Mainz. Spätestens nach einer Stunde wurde der Schwellkopp immer schwerer und die Luft war stickig in seinem Inneren. Wie durch einen Panzerschlitz sah ich durch den Mundspalt die jubelnde, schunkelnde, wogende Narrenschar an den Straßenrändern und ihr Helau drang verhalten in mein miefiges Kopfgehäuse. Eine weitere Stunde später, der Zug hatte inzwischen das Stadttheater erreicht und sich zäh an den Tribünen vorbeibewegt, hatte ich eine Literflasche Wein geleert und fühlte mich trotz der Rückenschmerzen und der taub gewordenen Schultern reichlich beschwingt. Dann endlich nach einer gefühlten Ewigkeit hatte der Frohsinn ein Ende und die Schwellkoppträger kassierten ihre fünfundzwanzig Mark. Ich ruhte mich ein paar Stunden aus und haute am Abend in der Katakombe, der angesagten Kellerkneipe, einen Teil des mühsam verdienten Geldes auf den Kopf. Am Fastnachtsdienstag ging es dann auf dem Lumpenball im Schloss in die Endrunde. In allen Räumen und mit vier Kapellen. Von der Unterprima an nahm ich fastnachtsfroh daran teil und freute mich, die Penne von der gegenüber liegenden Seite anschauen zu können. Am nächsten Morgen wechselte ich dann wieder unausgeschlafen die Fronten. Das ganze Kuschlo war verkatert.

Es gab auch eine Kuschlo-Fassenacht, die am Freitag vor den Feiertagen stattfand. Star der Veranstaltung war Hemmes. Hemmes war Pfarrer und unser Religionslehrer und er war Fastnachter das ganze Jahr über. Einmal organisierte er in der Schule eine Fastnachtssitzung, in der begabte Jungfastnachter zu Worte kamen. „Der Nachwuchs kann gar nicht früh genug in die Bütt steigen", meinte Hemmes. Aber den besten Vortrag, den hielt er selbst, der Herr Pfarrer. Alles jubelte ihm zu.

Hemmes war kleinwüchsig, ein netter Mensch mit ovalem Gesicht, Halbglatze und Brille. Wenn er uns in Religion unterrichtete, hatte er beide Hände auf das Pult gestützt, vor sich ein Manuskript, die Bibel oder das Gesangbuch, das Kinn leicht vorgewölbt. So blickte er die Knaben aus hellwachen Augen an und redete auf sie ein mit der zündenden Glut seiner Worte. Er nahm kein Blatt vor den Mund und nichts Menschliches war ihm fremd. Wir hatten unsere Freude an ihm und er an uns. Bisweilen überfiel ihn allerdings aus heiterem Himmel die dunkle Wolke einer plötzlichen Wut und dann konnte er auch schon mal die Bibel um sich schleudern. Manchmal traf er sogar einen unaufmerksamen Schwätzer. Hemmes verbreitete viel Lebenskunde und wenig Religion.

Mein Zeugnis der Reife, ausgestellt vom Staatlichen Gymnasium am Kurfürstlichen Schloss Mainz erhielt ich am 28. Februar 1961. Ein guter Schüler war ich wahrhaftig nicht: Mathe mangelhaft, Bio und Englisch gut und dazwischen viel ausreichend und befriedigend. Biologie und Englisch, wen hatten wir in diesen Fächern? Kein Deut einer Erinnerung mehr. Aber Riebel, den Mathematiklehrer, der mir trotz meiner absoluten Mathe-Inkompetenz gewogen war, sehe ich noch vor mir. Der alte Riebel. Auf kräftigem Körper über den eckigen Schultern ein fröhlicher, runder Kopf. Fast so etwas wie ein Vollmondgesicht. Die Haare hatten ihn bereits verlassen und die Glatze spiegelte rosig die Sonnenstrahlen wider, die schräg ins Klassenzimmer drangen. Riebel war ein Genießer, ein Gourmet und Weinkenner. Er lebte und ließ leben. Sein Weinberg, oder auf Määnzerisch, sein Wingert, war ihm wichtiger als alle Mathematik. Weiß der Teufel, was ihn dazu bewogen hatte brachte, Lehrer zu werden. Er war eher zum Winzer und Feinschmecker geboren und versuchte, uns Banausen neben einigen mathematischen Grundbegriffen auch eine Ahnung von den Genüssen einer Entrecote au Poivre, Foie de Canard oder eines edlen, feinherben Riesling zu vermitteln. Nichts, schon gar nicht die mathematische Unbedarftheit der Schüler vermochte ihn aus seiner heiteren und sinnesfrohen Abgeklärtheit zu bringen. Ich war irgendwann bei den vier Grundrechenarten stehengeblieben und hatte den Beschluss gefasst, dass diese für mein weiteres Leben ausreichen würden. Riebel focht auch das nicht an. Er war nicht so pedantisch, dass er meinte, Mathematik sei eine unverzichtbare Voraussetzung für ein erfolgreiches Leben. Trat er in die Klasse, schmetterte er dem lernunwilligen Fußvolk sein „Morgen Bubcher, setzen Euch!" entgegen. Bisweilen vergaß er sein Unterrichtsmaterial. Nichts unerheblicher als das: „Gebt mir einen Bücher!", schmetterte er in den Raum und fing ein ihm zugeworfenes Buch auf. Als einmal an einem Aschermittwoch wegen des Gottesdienstes die Mathestunde ausfiel, bemerkte Riebel dazu mit einem Anflug von Bedauern, der liebe Gott habe auch gar kein Verständnis für die Mathematik. Er trug sein Herz auf der Zunge und einer seiner Sprüche, „Wir machen erst die Potenz fertig und dann erledigen wir den Krempel!", wurde zur bleibenden Redewendung. Ich war ein unglaublicher Bohrer dünnster mathematischer Bretter und zu Beginn der Oberprima überkam den alten Weintrinker ein solch unendliches Mitleid mit mir, dass er sich zu dem Versprechen hinreißen ließ, was auch geschehe, in was für Abgründe mathematischen Unverstehens dieser Schüler Neukäter noch zu fallen drohe, eine Fünf, darauf gebe er sein Wort, sei ihm sicher. Der Absturz in ein Ungenügend, eine Sechs, war damit abgewendet und das Abitur in greifbare Nähe gerückt. Guter alter Riebel! Möge deiner Seele in den himmlischen Gefilden zum öden Manna stets auch ein Gläschen Krötenbrunnen oder Steinmächer zur Labung bereitstehen.

Gibt es heute noch solche Lehrer? Vielleicht konnte Riebel auch nur im in einer Stadt wie dem goldischen Määnz' das Füllhorn seiner mathematischen Weinseligkeiten ausstreuen.

Herr Girke, der ach so wichtige Deutsch- und Klassenlehrer, war spröderer Natur. Helmut Girke, eine personifizierte Aktentasche, kam immer pünktlich, exakt gescheitelt, im zerknitterten grauen Anzug. Er war stets gut vorbereitet und schaffte es, den Deutschunterricht zum verdrießlichsten und langweiligsten Fach zu machen. Er saß mit Vorliebe auf dem Lehrerpult, leicht vorgebeugt, die Arme seitwärts abgestützt und verbreitete Halbwissen. Eine Zeit lang musste ich in der ersten Reihe sitzen und litt heftig unter den Speisepartikeln und Wortkaskaden, die unaufhörlich seinem Pädagogenschlund entströmten. Girkes Aussprache war ebenso feucht wie sein Gedankengut. Er hatte sein Herz nicht in Heidelberg verloren, sondern irgendwo in Schlesien. Deutschlands Gaue waren ihm heilig und dass Pommerland längst abgebrannt war, konnte und wollte er nicht glauben. Bei ihm hieß es immer noch „Maikäfer flieg!" Meine Deutschnoten waren so lange gut, bis ich begann, die falschen Bücher zu lesen, Brecht, Tucholsky, Hermann Hesses Steppenwolf. Als es dann so weit war, Besinnungsaufsätze zu schreiben, kam mir Girkes Wohlwollen abhanden. Im Abituraufsatz attestierte er mir gedankliche Verblasenheit und ich musste mich im Abizeugnis mit einem schäbigen ‚befriedigend' zufriedengeben. Ich musste ins Mündliche. Ausgerechnet im Fach Deutsch, das immer meine Stärke war, hatte ich Mist gebaut. Das heißt, Schuld war natürlich Girke, der mich nicht verstand und mir Knüppel zwischen die Beine warf. Ich hatte zu viel Hermann Hesse gelesen, hatte dem Dichter sogar einen Brief geschrieben, in welchem ich ihm von meiner Seelenverwandtschaft berichtete. Der Deutsch-Besinnungsaufsatz im Abi kam mir da gerade recht, um der bornierten deutschen Gesellschaft den Spiegel vorzuhalten, der nackten Wahrheit gegen alle spießige Verlogenheit den Vorzug zu geben. Nur, wer nahm von meinen Ausführungen Kenntnis außer diesem verknöcherten Lehrkörper und der teilte mir hinter vorgehaltener Hand mit, ich hätte leider das Thema völlig verfehlt und er, Oberstudienrat Girke, sei sehr enttäuscht. Er hätte Besseres erwartet oder wenigstens erhofft.

Meine schulische Bildung lag nicht zuletzt auch in Händen promovierter Herren. Obgleich Dr. Süß, Dr. Reimert und Dr. Horn auch nur Pauker waren, war zumindest unseren Eltern der Doktorgrad ein Gütezeichen.

Oberstudienrat Dr. Süß unterrichtete uns in Latein und das tat er mit einer unglaublichen Effizienz. Magister Dulcus war nie gut, aber auch nie schlecht gelaunt. Er war immer gleich, gleich streng und mit dem immer gleichen Lächeln. Sein Auftritt war von lässiger Eleganz, die Fliege unter dem glattrasierten Kinn passte zum grauen Anzug und zum blassen Gesicht, dessen Ungerührtheit noch verstärkt wurde durch die glänzende Pomade, die die Haare in schöner Exaktheit an den Kopf klebte. Dr. Süß verlangte uns alles ab. Nach seinen Stunden waren wir geschafft und nur in der Anspruchslosigkeit einer sich anschließenden, faden Geschichtsstunde bei Herrn Schreeb konnten unsere Lebensgeister wieder aufleben. Dr. Süß war jenseits von Gut und Böse. Keiner mochte ihn, aber jeder achtete ihn. Ihm verdanke ich ordentliche Lateinkenntnisse und ein gute Portion Allgemeinwissen.

Zu erwähnen wäre noch der Französischlehrer, Herr Urban, der so sehr in seiner Vergangenheit lebte, dass er meine Französischschwäche kaum mitbekam. Herr Urban liebte es, mit übereinandergeschlagenen Beinen mit seinen Zöglingen auf gleicher Höhe zu sitzen und mit Vorliebe von den fürchterlichsten Kriegserlebnissen zu berichten. Das Französisch-Lehrbuch in der Rechten, schweiften plötzlich seine Blicke über uns hinweg in die Weiten Russlands, wo er so Schlimmes erlebt hatte und sein Bruder, „das arme Schwein", in Stalingrad gefallen war. Von Herrn Schreeb, erfuhren wir wenig über das tausendjährige Reich und den schändlichen Krieg, dafür lieferte uns Herr Urban umso drastischere Kriegseindrücke.

Wir, die elf Schüler ertrugen und verdauten alles. Man lernte schließlich fürs Leben, lernte, zum rechten Augenblick die Schnauze zu halten und wenn es drauf ankam, das zu sagen, was der Lehrer zu hören wünschte.

Wir schafften alle das Abitur, mehr oder weniger gut. Meine Abitur-Gesamtnote war mit Dreikommaacht nicht berauschend, aber Abi ist Abi. Das Blatt Papier war die Hauptsache, was drin steht, interessiert später keinen mehr, sagte ich mir.

Neben mir saß lange Zeit Flanz, der schöne Winfried. Winfried war schulisch eine Null, aber im wirklichen Leben war er alles, was ich gerne gewesen wäre: Mädchenschwarm vor allem. Winfried war der Älteste der Klasse und kam als erster motorisiert, auf einem Roller, zur Schule. War es eine Vespa oder ein Heinkel? Ein Heinkel passte besser zu ihm, denn darauf war noch Platz für mindestens eine Schöne. Ach, die Mädchen! Ich war froh, in einer Knabenklasse Zuflucht gefunden zu haben. Hier hatten auch die anderen nur wenig Erfahrung mit dem weiblichen Geschlecht. Wie meine Mitschüler absolvierte ich auch die unverzichtbaren Tanzstunden und hatte noch am nächsten Tag Herzklopfen, wenn ich berichtete, wie diese dunkelblonde Inge oder Birgit mich zum langsamen Walzer aufgefordert hatte. Von Blues und körperlicher Nähe wagte kaum einer zu träumen. Außer Flanz: Der war groß und schön und das genügte, um ein weibliches Wesen auf den Roller zu locken. Und charmant war er auch. Aus dem ebenmäßigen, glatten Gesicht unter der sorgfältig frisierten Tolle glänzten die freundlichen Augen, die es selbst einem Dr. Süß unmöglich machten, ihm ob der bodenlosen Ignoranz im Lateinischen böse zu sein. Die Fünfen, die Winfried kassierte, waren jenseits von Häme oder Boshaftigkeit. Flanz besaß die selbstverliebte Einfalt eines Narzissten und er nahm die Nackenschläge mit gleichbleibender Gelassenheit hin. Ich verstand mich gut mit Flanz, bewunderte ihn und suchte seine

Nähe, wo immer das möglich war. Doch Winfried lebte in anderen Sphären. Nachts, wenn ich brav in meinem Bett lag und mich nach hemmungslosen Tändeleien sehnte, war er in irgendwelchen Kellerkneipen der Mainzer Unterwelt zugange oder trieb sich in studentischen Kreisen herum. Flanz war mir um vieles voraus, doch ich lernte von ihm.

In der Mitte der hinteren Schülerreihe saßen Gerd Günther Worth, und Hans Paul Achtel, genannt GG und Eitsch Pie. Beide waren wie die Abkürzungen ihrer Vornamen kurz angebunden und geradeaus. Gerd Günther war wahrscheinlich schon mit Geheimratsecken auf die Welt gekommen, und die Haare begannen ihm an der Schwelle zwischen Kindheit und Adoleszenz auszufallen. Zu Gerd Günther passten die Krawatte und der Matrosenanzug an sonnigen Sonntagen. Selbst, wenn er so gut gebaut gewesen wäre wie der Flanz, wäre ihm nie eine Marianne oder Karin auf den Leim gekrochen. Zappelig, wie er war, wäre er bei ihrem Anblick gegen den nächsten Laternenpfahl gestolpert. Gerd Günther war schon in jungen Jahren fest entschlossen, Lehrer zu werden. In der Tanzstunde absolvierte er die vorgeschriebenen Kreise und Drehungen der Tanzfiguren mit höchster Akkuratesse. Er litt unter all den Unregelmäßigkeiten der Klassenkameraden! Und die wünschten ihm von Herzen ein Weib, das ihm Mutter und Geliebte sein würde und ihm Drillinge von völlig gleichem Aussehen zu schenken imstande wäre.

Vom Körperaufbau her ähnlich und doch so anders war der Banknachbar Eitsch Pie. Hans Peter war der erste in unserem Alphabet und er war das, was man einen begnadeten Schwätzer nannte. Er hätte es fertiggebracht, einem Sozialhilfeempfänger ein goldenes Tafelbesteck zu verkaufen oder einem Wüstenbewohner Trockenwasser. Hans Peter hatte immer das letzte Wort und das sahen auch die Lehrer ein und hielten sich zurück. Besonders in den Naturwissenschaften war Eitsch Pie der Einzige, der den Chemie-Tönnes und Physik-Reimert nicht zur Verzweiflung trieb. Ich fand nie heraus, was diesen von Logik zerfressenen Zahlen- und Formelbold in diese Klasse von naturwissenschaftlichen Dünnbrettbohrern getrieben hatte. Dabei war Eitsch Pie von sonniger Gemütsart, albern und verspielt. Und mutig war er, so mutig, dass er auf der Klassenfahrt gemächlich unter zwei Eisenbahnwaggons kletterte, um ein Brötchen, das ihm entfallen war, unter denselben zu suchen. Hans Peter kam nicht zu Tode und auch Girke überlebte den Fast-Herzinfarkt, der ihn beim Anblick des unter dem abfahrbereiten Zug herumtollenden Hans Peter ereilte. Und die Klasse war glücklich: Blieb ihr doch mit ihrem Eitsch Pie die letzte Rettung in den Wüsteneien der Physik und Chemie erhalten, der rettende Anker vor der drohenden Tiefe der Formelhöllen.

In der Reihe daneben kauerte das Gespann Stammel - Schaal in der Bank und duckte sich vor den Anwürfen allgegenwärtiger Gelehrsamkeit. Die beiden saßen schon seit der Obertertia nebeneinander. Das galt als Rekord und wurde sogar bei der Abiturfeier als denkwürdig befunden. Waren sie deswegen Freunde? Hatte Stammelchen überhaupt einen Freund? Horst Stammel war klein und verwachsen, mit einem Buckel auf dem Rücken und einem ebensolchen auf der Seele. So etwas wie ein Kropf war auch noch dazu vorhanden, meist verdeckt von einem koketten Halstuch. Stammel war Mopedfahrer und ritt sein Gefährt wild und hemmungslos wie eine geländegängige Enduro. Außerdem war er Skatspieler und Badminton-Ass. In dem schmalen vergeistigten Kopf mit den durchdringenden Augen bahnten sich die Null ouverts und Grands mit Vieren ihren Weg und der schmächtige Körper war bei einem Turnier mit dem leichtgefiederten Ball, den unwissende Menschen Federball nennen, jederzeit für Überraschungen gut. Stammelchen war nicht wie seine Mitschüler, passte aber doch in die Klasse. Er war lustig und für manche Stilblüte gut. „Der Protestantismus erwacht auf Seite 108". Da brüllte die ganze Klasse und der Pauker schmunzelte. Als alle Mitschüler ihre Affären hatten und seien es auch nur die harmlosen Tanzstundentechtelmechtel, hatte Horst sein Moped. Als wir von den Eroberungen des letzten Wochenendes schwadronierten, flocht Horst nur leise einen Badmintonerfolg ein. Es gab auch noch den Ulf mit der klugen Brille im schmalen Gesicht, das naive Müllerchen und den Erhardt, der später medizinischer Professor wurde.

Es ist seltsam mit dem Sich-Kennen. Da saß man jahrelang beisammen in einem beengten Raum, quälte sich gemeinsam über die Langeweile der Lehrermonologe hinweg, tauschte Freude über die guten Noten und Frust über die schlechten aus, ließ in den Pausen Dampf ab, verbrachte Nachmittage miteinander und glaubte sich zu kennen. Und dann, Jahre später, sitze ich und grübele, wer denn der gewesen sei und wie jener ausgesehen habe. Vielleicht liegt es an der Schulzeit, die man so schnell wie möglich vergessen möchte, da man sie hinter sich gelassen hat wie das erste Drittel eines Tausendmeterlaufes. Der Blick geht nach vorne auf das Ziel, das da irgendwo jenseits der Berge liegt. Man wirft die Schulzeit fort wie ein Butterbrotpapier, das seinen Zweck erfüllt hat. Das vergangene Gemeinsame vergisst sich in das Neue hinein und die alten Klassenkameraden verstreuen sich in alle Winde. Dann sind auf einmal nur noch Namen vorhanden, Konturen von Gesichtern, hin und wieder eine Episode. Schade!

Alles Theater

Der Vorort Mombach war mir bald zu klein geworden. Mein Zimmer war beinahe nur noch Schlafstatt, aber immerhin verwöhnte Mutter mich weiterhin mit Speis und Trank. Vater ging seiner Arbeit bei Schott nach. Seine Toleranz gegenüber meinen Unternehmungen war fast schon beunruhigend groß: „Lass den Jungen nur machen. Er soll sich ruhig der Hörner abstoßen." Was mein Vater für Hörner meinte, sagte er nicht. Ein wenig mehr Strenge und Zurechtweisung hätten mir damals gutgetan. Mutter war immer nur lieb. „Hast du denn auch genug gegessen?" „Wo gehst du denn heute schon wieder hin?" Aber eigentlich wollte sie das gar nicht wissen. Dass ich nicht genug Schlaf bekäme, machte ihr weit größere Sorgen. Ich war läufig, immer unterwegs und auf Touren. Hin und wieder durfte ich Vaters Auto benutzen. Er war irgendwann an einen der seltenen Tourensportwagen der Bayrischen Motorenwerke, einen BMW 327 Cabriolet gekommen. Ich hatte bewundernd zugeguckt, wie Fritz, der Bastler, nach dem Kauf das etwas heruntergekommene Fahrzeug auf Vordermann brachte. Danach bekam das Schmuckstück sogar eine Garage. Es war ein echtes Hingucker-Auto, das mit einem Sechs-Zylinder-Reihenmotor und 55 PS bei Rückenwind 125 Stundenkilometer schaffte. Ich hatte den Führerschein einen Monat nach meinem 18. Geburtstag noch in Zwiesel gemacht. Papi ließ mich oft und gerne fahren, sodass ich ein recht geübter Fahrer war. Mir lag nie daran, besonders schnell zu fahren. Wenn ich, bei gutem Wetter und offenem Verdeck, den linken Arm locker auf den Türholm gestützt, durch Mombach nach Mainz fuhr, wollte ich gesehen werden und Eindruck machen. Ich durfte sogar manchmal mit dem BMW zur Schule fahren. Natürlich parkte ich einige Straßen entfernt, aber erst, nachdem ich vorher eine Runde ums Kuschlo gedreht hatte und gebührend bewundert worden war. Vielleicht war mein zweiter Spitzname ‚Schnösel' doch nicht ganz unangebracht.

Meine Fertigkeiten im Schwimmen fanden auch sehr bald in Mainz geeignetes Wasser. Ich wurde Mitglied im Schwimmverein S.S.V Undine 08. Man erkannte meine Begabung und sehr schnell wurde ich in einen festen Trainingsplan eingebunden. Ich trainierte fleißig zu den feststehenden Zeiten. Bald stellten sich Erfolge ein und ich entdeckte, dass ich es in meiner Speziallage, dem Rückenschwimmen, durchaus weit bringen konnte. Im September 1959 errang ich im Klubkampf im 200 Meter Rücken der Herren mit 3.09.4 Minuten sogar den zweiten Platz. Brust lag mir gar nicht, kraulen schon eher. Ich fuhr mit zu Wettkämpfen und beim Abschwimmen zum Ende der Sommersaison bekam ich etliche Urkunden. Einmal war ich bei den Deutschen Meisterschaften dabei. Wir starteten unter den Vereinen ohne Winterbad und errangen den dritten Platz in der Lagenstaffel, in der ich die Rückenstrecke schwamm.

Trotz des Schwimmtrainings blieben immer noch genügend freie Abende, an denen ich mich vor allem in der Altstadt herumtrieb. Die Weinstube Hottum war die bevorzugte Anlaufstelle. Dort fand sich an großen Tischen immer ein Platz zwischen Studenten, trinkfreudigen Mainzern oder älteren Schülern. Der herbe Rheinhessenwein wurde in schlanken Wassergläsern serviert und wenn man Appetit hatte, gab es deftigen Handkäs mit Musik.

Irgendwann las ich in einer Anzeige des Städtischen Theaters Mainz, dass man Statisten suchte. Ich bewarb mich und wurde genommen. Es war in meinem neunzehnten Lebensjahr, als ich mit der Statisterie anfing. War es das Weiße Rössl oder etwas von Lehár? Jedenfalls spielte ich meine erste Statistenrolle in einer Operette, in einer prachtvollen, muffig riechenden Uniform, schwarzhaarig und mit stolzem Schnurrbart. Wenig später erfolgte mein Aufstieg zum Sprechtheater. In den ,Eingeschlossenen von Altona' von Jean Paul Sartre durfte ich mich sogar in einer Sprechrolle bewähren. Meine drei Sätze schaffte ich mit Bravour. Ich trug die Uniform eines SS-Mannes und war trotzdem stolz darauf, im Scheinwerferlicht zu stehen. Die bunte, leichtlebige und verführerische Welt des Theaters hatte mich eingefangen. Der Nimbus der Bretter, die die Welt bedeuten, trug einen nicht geringen Teil dazu bei, mein Renommee in der Klasse zu heben. Ich war etwas Besonderes, ein wenig versponnen, den Kopf voller Flausen und mit einem unergründlichen Sinn nach Höherem. Um diese Zeit begannen auch meine Deutschnoten schlechter zu werden. Zuvor war mir die Zwei immer sicher gewesen. Ich hatte meine Aufsätze nach den Vorstellungen des guten Girke geschrieben, war auf dem Teppich der Deutschlehrererwartungen geblieben und, da die Rechtschreibung in Ordnung und ich der Himmelstürmerei noch abhold gewesen war, waren die Ergebnisse rechtschaffen, bieder und gut. Mit dem Beginn der Statisterei aber und meinem Eintritt in die Welt der Gaukler und Fahrensleute drang etwas Unordentliches, Unberechenbares und Verwegenes in meine Schullaufbahn ein. Ich begann, in Maßen zwar, wie es meinem Naturell entsprach, aber dennoch, aufzubegehren und wider den Stachel zu löcken. Es gab Größeres als das kleinkarierte Leben und Treiben um mich und das öde Lernpensum der Penne. Zwar war das Theater auch nur eine Scheinwelt, doch ich fühlte mich denen verwandt, vor denen man warnte, vor denen man seine gute Wäsche in Acht zu nehmen hatte. „Hängt die Wäsche weg, die Zigeuner kommen!" Das Völkchen der Schauspieler, der Fahrensleute und zigeunerhaften brotlosen Künstler hatte mich infiziert mit dem Mütchen der Unbotmäßigkeit. Ich begann Gedichte zu schreiben und Ungereimtes, und in den Deutschaufsätzen fanden sich unerhörte Provokationen und Widersetzlichkeiten. Ich wagte es, den Sinn von Besinnungsaufsätzen in Frage zu stellen, ja, den Zwang zur Besinnung innerhalb der schulisch festgesetzten Dreistundenfrist gar als gedankliche Dressur zu bezeichnen. Ich verfehlte das Thema und Girke malte viel Rot an den Rand meiner Arbeiten. Er scheute sich nicht, mir „gedankliche Ungereimtheiten" vorzuwerfen. Immer häufiger mußte ich ein „Gerade noch ausreichend" entgegennehmen. Ich errang bleibende Einsichten in Lehrermacht und Schülerohnmacht und wies es, auf spätere Berufsvorstellungen angesprochen, weit von mir, jemals Pädagoge zu werden. Stattdessen erinnerte ich mich daran, dass ich mir in frühen Kindertagen fest vorgenommen hatte, Zirkusdirektor zu werden. Als einmal ein Zirkus in Zwiesel gastierte, hatte ich sogar die Schule geschwänzt, um beim Zeltaufbau mit Hand anzulegen, und war überglücklich gewesen, dafür mit Freikarten belohnt zu werden. Mich hatte der Geruch von Sägespänen, Pferdeäpfeln und Artistenschweiß fasziniert und ich hatte mir allen Ernstes gewünscht, mit dem Zirkus von Stadt zu Stadt zu ziehen. Doch vielleicht zu meinem Glück war damals die väterliche Autorität unüberwindlich gewesen und so war ich statt mit dem Zirkus nur mit dem elterlichen Sack und Pack aus der bayerischen Kleinstadt ins großstädtische Mainz gezogen und hatte wenigstens fürs erste einem brotlosen Zigeunerleben entsagt.

Doch nun gegen Ende der Schulzeit wurde das Theater mein Ein und alles. Der Künstlereingang war mir wichtiger und vertrauter als das spießige akademische Schulportal. Dort stand ich oft eine Stunde vor der Abendvorstellung und wartete auf die bestellten Freikarten. Die gab es für Statisten immer dann, wenn die Vorstellung nicht ausverkauft war.

Seitlich vom Bühneneingang befanden sich die Fenster der Künstlerkantine und die standen meist halb offen. Gemurmel drang nach außen und wenn es keine Freikarte gab, mischte ich mich dort unter das Künstlervolk. Neben den Schauspielern und Sängern trafen sich dort auch die Statisten. Unter denen gab es auch einen Edelkomparsen, den dicken Ihl, der in fast allen Stücken in stattlicher Körperlichkeit zugegen war. Ich bewunderte ihn zunächst ein wenig, doch als ich ihn näher kennenlernte und feststellte, dass dieser Ihl nicht nur schwul, sondern auch entsetzlich dumm und eingebildet war, nahm ich Abstand davon, so werden zu wollen wie er. Ich fand in den Schauspielern bessere Vorbilder. Mit diesen saß ich nun häufig in der Kantine und feierte Feste. Zwar fand ich ihre Selbstverliebtheit und manchmal eigenartigen Manieren übertrieben und anmaßend, aber andererseits auch anziehend und nachahmenswert. Damals wohl war es, als ich beschloss, wenn schon nicht

Schauspieler, so doch wenigstens Regisseur zu werden. Eigentlich schien mir Letzteres nicht nur anspruchsvoller, sondern auch meiner Persönlichkeit angemessener.

Als ich mehr als drei Jahre nach bestandenem Abitur, dem Wehrdienst und einem Umweg über ein vom Theater dominiertes Wiener Jahr wieder nach Mainz zurückkehrte, zog ich sofort wieder in den Tempel der städtischen Theatermusen ein. Doch die Statisterei machte keinen Spaß mehr. Um das Gymnasium am Kurfürstlichen Schloss machte ich einen großen Bogen und die ehemaligen Mitschüler waren mir, falls sie überhaupt noch im goldenen Mainz weilten, eher fremd geworden und in jedem Falle herzlich gleichgültig. Aber das war, wie gesagt, Jahre später.

Abgesehen von den negativen schulischen Folgen meiner theatralischen Affinität brachte mir die Nähe zur darstellenden Kunst durchaus menschliche Vorteile. Mein Verhältnis zum anderen Geschlecht wurde lockerer und zumindest in der Oberprima erwarb ich mir kurzzeitig den Ruf eines Schwerenöters und Weiberhelden, eines Schlawiners, der wie man heute sagen würde, nichts anbrennen ließ. So findet sich in der Abizeitung „Unser Krampf" die folgende Anekdote. *„Bei einem Klassenfest wurde plötzlich Rüdiger Neukäter und eine Dame vermißt. Nach längerem Suchen entdeckte man die beiden in einer Ecke, als sie gerade die letzten Judogriffe ausprobierten."* Was sicher ein Irrtum war, denn Judo habe ich keinesfalls betrieben.

Meine erste echte Mainzer Flamme war ausgerechnet eine Oberstufenschülerin der Maria Ward Schule, einem katholischen Gymnasium für Mädchen, das in Mainz allgemein „Schule der Englischen Fräulein" hieß. Heidrun Schöffel war allerdings weit entfernt davon, sich brav wie ein englisches Fräulein in züchtig-katholischer Zurückhaltung zu verhalten. Sie reichte mir zwar nur bis an die Schultern, glich aber diesen Höhenunterschied locker durch Temperament und Selbstbewusstsein aus. Sie trug gern den Kopf gesenkt und verschränkte die Hände vor dem beachtenswerten Busen, was ihr ein leicht frommes Aussehen verlieh. Die herausfordernden, großen Augen unter kräftigen Brauen standen aber dazu in heftigem Widerspruch. Ein dichter, fast schwarzer Bubikopf reichte weit über die kleinen Ohren. Das Entzückendste aber war die Stupsnase, von der aus nach beiden Seiten zwei Falten zwischen den vollen Backen und dem zierlichen Mund verliefen. Heidruns Gesicht war eine einzige offenherzige Einladung und wäre ich ihr nicht gefolgt, wäre ich ein Idiot gewesen. Ich lernte sie im August 1960 bei einem der letzten Feste kennen, die ich noch mit den Klassenkameraden gemeinsam feierte. Wir hatten ja alle das Abi in der Tasche und unsere Lebenswege begannen auseinanderzudriften. Heidrun war mit einer Freundin gekommen, die Winfried Flanz' Einladung gefolgt war. Im Partykeller von Ulfs Eltern waren ein Plattenspieler und Boxen installiert. Getränke waren ausreichend vorhanden, nur die Stimmung war eher verhalten. Da alle Sitzmöbel zur Seite geräumt waren, um eine eventuelle Tanzfläche zu vergrößern, saßen wir zunächst schüchtern nebeneinander auf dem Boden, mit dem Rücken an die großflächig mit Jazzmusikszenen bunt bemalte Wand gelehnt. Zufällig hatte Heidrun neben mir in züchtigem Abstand einen Platz gefunden. Ulf war bekennender Peter Kraus-Fan. Ich fand dessen Songs langweilig, aber als das Lied ‚Mit siebzehn fängt das Leben an' gespielt wurde, lächelte mich meine Nachbarin zum ersten Mal an und ich lächelte zurück. Wir rückten ein wenig näher zueinander. Als Peter Kraus dann „Alle Mädchen wollen küssen" sang, nahm sie plötzlich meine Hand. Ich drückte sie und fand auf einmal die Party ganz toll. Nach Peter Kraus kam Elvis Presley auf den Plattenteller, was mir weitaus besser gefiel. Bei „Jailhouse rock" übten wir uns in Rock'n roll und als dann „Are you lonesome tonight" ertönte, waren wir uns schon ziemlich nahe. „It's now or never" gab uns dann den Rest.

Wir verabredeten uns und gingen in den folgenden Tagen einige Male Hand in Hand am Rhein entlang spazieren. Über die Kellerparty verloren wir kein Wort mehr. Die ersten echten Küsse wagten wir erst wieder beim dritten Treffen und beim fünften traute ich mich einen Schritt weiter. Der Erfolg machte mich mutiger. An einem besonders schönen Tag gelang es mir, meinen Vater zu überzeugen, dass ich unbedingt den BMW brauchte. Ich holte Heidrun ab und wir fuhren mit offenem Verdeck ins Grüne. Wir kamen nicht sehr weit. Schon bei Ingelheim parkte ich Vaters Auto, schloss das Verdeck und wir begannen uns hingebungsvoll zu befummeln. Da es im Auto eindeutig zu eng und unbequem war, begaben wir uns händchenhaltend auf einen idyllischen Wanderweg durch die Rheinauen. Die Felder dufteten sommerlich, Bienen summten durch das hohe Gras und die Lerchen zwitscherten. Mutig legte ich meinen Arm um ihre Schulter, glitt etwas tiefer und erreichte die Wölbung ihrer Brust. Sie ließ erkennen, dass ihr das nicht unangenehm war. Wir ließen uns ins Gras sinken. Zwischen Margeriten und Löwenzahn breitete ich eine Decke aus und wir schauten in den Himmel und schwiegen, weil wir nicht so recht wussten, wie es weitergehen sollte. Bis Heidrun sich sinnlich streckte und ich mich, all meinen Mut zusammennehmend, über sie beugte und nun besitzergreifend halbwegs auf ihr lag. Wir küssten uns ungestüm und aufgeregt. Plötzlich befand sich meine Hand zwischen ihren Schenkeln und es gab immer noch keinen Widerstand. Das machte mich noch entschlossener. Mein Herz klopfte, als ich ihre Schamhaare unter dem Höschen spürte. „Warte!", flüsterte sie. Sie zog sich aus, ruhig und zielstrebig. Das störte mich. Ich hätte mehr Nervosität, Beklommenheit, Sich-Zieren erwartet. Trotzdem fühlte ich mich stark genug, spürte die Erektion, als ich sie so liegen sah, auf dem Rücken, nackt, die Brüste hügelig, leicht nach außen hin abgeflacht, die dunklen Noppen der Brustwarzen, die Scham zwischen den leicht geöffneten Schenkeln. Ich fuhr mit rauen Lippen über ihre Brüste, küsste ihren Mund, ihren Bauch, die Schenkel und dann drang ich in sie ein. Ihr leichtes Stöhnen und ein plötzlicher spitzer Schrei machten mich für einen Moment betroffen und unsicher, doch dann fand ich es herrlich. Als es vorbei war, fragte ich sie, ob es schön gewesen sei.

So verlor ich meine Unschuld.

Es war eine gute Zeit. Für beide. Wir gingen noch fast drei Monate miteinander, trafen uns aber immer seltener. Ich bekam Briefe von ihr, warum ich denn so wenig Zeit hätte. Eines Tages wurde mir klar, dass es nichts fürs Leben war. Letztlich war aber das Kreisersatzamt Mainz dafür verantwortlich, dass die Beziehung ein Ende fand. Am 19. September erhielt ich die Ladung zur Musterung. Als im Jahre 1940 geborener Wehrpflichtiger hätte ich mich am 1. Oktober 1960, um 7.45 Uhr zur Musterung vorzustellen. Besonders interessant an dem Schrei-

200

ben fand ich den grellrot gestempelten Hinweis: *„Am Tage der Musterung ist der Alkoholgenuss bis zur Beendigung des Musterungsvorganges verboten"*. Hielt man mich etwa für einen Säufer, der auf seine frühmorgendliche Schnapszufuhr verzichten musste? Ich konnte also nicht einmal meinen Kummer über den Verlust meiner Freiheit und meiner Liebe in Alkohol betäuben.

Ich wurde für tauglich befunden.

12. Soldat Soldat

Die allgemeine Wehrpflicht gab es seit 1956 und der Wehrdienst betrug zwölf Monate. 1962 wurde sie als Reaktion auf den Mauerbau auf achtzehn Monate erhöht. Natürlich gab es, als ich an der Reihe war, auch schon die Möglichkeit einer Wehrdienstverweigerung. *„Wer sich aus Gewissensgründen der Beteiligung an jeder Waffenanwendung zwischen den Staaten widersetzt und deshalb den Kriegsdienst mit der Waffe verweigert, hat statt des Wehrdienstes einen zivilen Ersatzdienst außerhalb der Bundeswehr zu leisten."* Wehrdienst oder Kriegsdienst, wie ich es damals nannte, zu leisten, passte nicht in mein Weltbild. Meine Eltern waren nie politisch gewesen, aber etwas anderes als die SPD zu wählen kam für meinen Vater nicht infrage, und meine Mutter richtete sich nach ihm. Seitdem ich halbwegs eigenständig denken konnte, schlug mein Herz ebenfalls links. Ich fand es schlimm, dass immer noch alte Nazis in der Bundespolitik mitmischten. Ein Beleg dafür war mal wieder aktuell, dass der Bundesvertriebenenminister Theodor Oberländer wegen der Vorwürfe, er sei an Kriegsverbrechen im 2. Weltkrieg beteiligt gewesen, zurücktreten musste. „Nie wieder Krieg", diese Parole hatte ich mir zu eigen gemacht und als Willy Brandt im November zum Kanzlerkandidaten der SPD gekürt wurde, freute ich mich und hoffte auf einen Politikwechsel.

Wie kam es dann, dass ich trotzdem den Kriegsdienst nicht verweigerte? Zwei Gründe waren es und auf keinen kann ich besonders stolz sein. Nach dem Abitur hing ich in der Luft, wusste nicht, was und wohin mit mir. Studieren ja, aber was?

Ich konnte nichts wirklich gut. In den Naturwissenschaften war ich ein Versager, im sprachlichen Bereich so lala. Englisch gut, Deutsch befriedigend. Was ließ sich damit anfangen? Germanistik oder Anglistik? Aber Lehrer wollte ich ja auf keinen Fall werden. Ich hing herum, jobbte hier und da, genoss mein Leben, ohne es zu genießen, und fiel meinen Eltern auf den Wecker. Die hatten zwar kein Verständnis für mein Suchen nach Lebenssinn und Inhalten, aber sie sprachen auch kein Machtwort. Was wahrscheinlich auch nichts bewirkt hätte. Vater ließ mich laufen, immer noch nach dem Motto: „Der Junge wird schon seinen Weg machen" und Mutter strich mir mit liebevoller Hand über den Kopf und seufzte „Ach, Junge!" Und manchmal weinte sie auch. Unter diesen Umständen schien mir ein Jahr Bundeswehr gar nicht so unangebracht. Wenigstens hätte ich genug Zeit, meine Entscheidungsunfähigkeit zu kultivieren. Zwölf Monate lang würde man für mich denken und mir sagen, was zu tun wäre. Dafür ließen sich Stress und Bevormundung vielleicht in Kauf nehmen.

Kriegsdienstverweigerung war 1961 eine recht komplizierte Angelegenheit. Meine Faulheit und die Neigung, Schwierigkeiten weitgehend aus dem Weg zu gehen, waren der zweite Grund, warum ich den Dienst am Vaterland dem Ersatzdienst vorzog. Ohne ‚Dienst', das war mir klar, kam ich ja nicht davon. Als Verweigerer hätte ich *„den Ernst meiner Gewissensentscheidung sowohl in schriftlicher Begründung als auch in mündlicher Anhörung und Befragung vor einem Prüfungsausschuss glaubhaft zu machen."* Von Prüfungen hatte ich aber nach dreizehn Jahren Schule erst einmal genug. Außerdem bereitete mir dieses komplizierte Verfahren mehr Angst als zwölf

Monate Kaserne, unter der ich mir ja noch nichts vorstellen konnte. Es gab Beratungsstellen für Kriegsdienstverweigerer, die trainierten, auf die Fragen des Prüfungsausschusses die richtigen Antworten zu geben. „Was tun Sie, wenn Sie Zugriff zu einer Waffe haben und jemand versucht, Ihre Schwester zu vergewaltigen?" Die richtige Antwort entschied über Krieg oder Frieden, Wehr- oder Ersatzdienst. Es war klar, dass Verweigerung Arbeit und Überwindung des postabiturialen Phlegmas bedeutete. Alles in allem blieb so die Bundeswehr das kleinere Übel.

Das Übel kam recht schnell. In einem Schreiben vom 20. Februar wurde mir mitgeteilt, dass der Wehrpflichtige Neukäter, Horst Rüdiger, sich am 4. April 1961 in Ingolstadt beim Pi.Btl.10, Pionierkaserne zum Dienstantritt zu stellen habe.

Ingolstadt? Ich hatte bestenfalls eine unklare Vorstellung, wo sich Ingolstadt befand und Pi. Btl. identifizierte ich als Pionierbataillon. Waren Pioniere nicht Vorkämpfer im weitesten Sinne und als Soldaten Angehörige einer technischen Einheit? Brückenbauer oder Wegbereiter? Für beides war ich als Technikmuffel und Drückeberger denkbar ungeeignet. Was hatte ich bei den Ingolstädter Pionieren verloren?

Am Montag, den 20. Februar kam ich am Ingolstädter Bahnhof an und fand tatsächlich auch den Weg zur Kaserne in der Manchinger Straße. Von einer freundlichen Begrüßung konnte dort nicht die Rede sein. Alles ging schnell: Identitätsüberprüfung, Materialzuweisung, Stubenzugehörigkeit und dann war ich Soldat, „ohne Rücksicht auf den Tag der Inmarschsetzung bis zum 31.05.62". Mein Dienstgrad war Gefreiter und der blieb ich bis zum Ende meiner Dienstzeit, ein ganzes wenig denkwürdiges und eigentlich verlorenes Jahr lang. Ob meine Weigerung, wenigstens Leutnant der Reserve zu werden, meinen Vorgesetzten imponierte oder sie sogar von meiner antimilitaristischen Grundeinstellung überzeugte, weiß ich nicht. Obwohl ich dank Schwimmtraining recht kräftig war, tat die Grundausbildung bisweilen weh. Die sogenannte Formalausbildung fand ich albern mit den von einem rotgesichtigen, heiseren Feldwebel gebrüllten Befehlen „Alles hört auf mein Kommando! Stillgestanden! Richt euch! Augen geradeaus!" Die blödsinnige Schleiferei im Gelände ermüdete zwar, hielt sich aber in erträglichen Grenzen. Alles in allem mauschelte ich mich so durch die ersten drei Monate hindurch. Meine sowieso schon schlechte Meinung von Militär und innerer Führung verschlechterte sich aber noch weiter wegen der Häufigkeit unsinniger und schikanöser Aktionen. So geschah es zum Beispiel einmal, dass wir in unserer Stube eine Zeltbahn auslegen mussten. Darauf wurden unsere kompletten, vorher ordentlich eingeräumten Ausrüstungsgegenstände, sicher zweihundert an der Zahl, auf einen Haufen geworfen. Dieses Sammelsurium hatten wir auf den Hof zu tragen, damit unsere Herren Ausbilder überprüfen konnten, ob noch alles vorhanden war. Als man gerade mal vielleicht zwei Dutzend Gegenstände überprüft hatte, begannen die ersten Regentropfen zu fallen. Kurz darauf prasselte ein saftiger Schauer auf unsere sauberen Klamotten. Mit dem ganzen Packen, der sicherlich sechzig Kilo schwer war, ging es wieder hoch in den ersten Stock. Jemand brüllte: „Der Appell wird auf den Stuben fortgesetzt." Wurde er aber nicht. Als wir oben ankamen, waren Flure und Treppen übersät mit verlorenen Schuhen, Hemden, Socken.

Und wieder schrie irgendein Vorgesetzter völlig sinnlos: „Die Sachen können eingeräumt werden!" Ich war nicht der Einzige, der sich reichlich angeschmiert vorkam. Je mehr Zeit verging, umso häufiger hing mir der ganze Kram zum Hals heraus und ich hatte gute Lust, zum Deserteur zu werden.

Da ich lesen und schreiben konnte und mich auch sonst wohl nicht ganz ungeschickt verhielt, fand man mich irgendwann geeignet für die Schreibstube. Außerdem traute man mir aus unerfindlichen Gründen zu, als Bereitschaftsfahrer für kleinere Touren tätig zu sein. So entstand nach einigen Monaten ein halbwegs geregelter Wochenablauf. Montags und dienstags saß ich in der Schreibstube herum, wo schon vier andere Leute nichts zu tun hatten und mir als Fünftem auch nichts anderes blieb, als Zeitung zu lesen. Chef in dieser Schreibstube war ein Stabsunteroffizier Sturm. Jeden Morgen schob er seine vierschrötige Körperfülle zur Tür hinein, grummelte den vier auf seine Anweisungen wartenden Untergebenen einen undefinierbaren Gruß entgegen und sackte wie von dieser Anstrengung unglaublich erschöpft auf einen breiten Sessel am Schreibtisch. Er holte einen Stapel Zeitungen aus seiner Aktentasche, guckte uns an und fragte: „Habt's nix zum tun?" Er sagte das in einem solch vorwurfsvollen Ton, dass wir uns schämten, zuzugeben, dass wir tatsächlich nicht wussten, was wir machen sollten. „Da habt's was zum Lesen", und damit warf er uns jeweils ein Exemplar der Tageszeitungen zu. Ich wurde im Laufe der Monate zum Leser des Donaukurier, des Ingolstädter Anzeiger, der mittelbayrischen Zeitung, des Münchner Merkur, der Süddeutschen Zeitung, des Spiegel, des Kicker-Sportmagazins, der Weltbild, Hör Zu, Quick und Stern, des Bayrischen landwirtschaftlichen Wochenblatts und der Frankfurter Allgemeinen Zeitung. Sicher hat mir die intensive Lektüre der Tageszeitungen geholfen, mein Bild von der Welt zu erweitern und das Studium der unterhaltsamen Illustrierten ergänzte meine Kenntnisse der Film, Musik- und Prominentenszene. Aber für einen ganzen Tag war das Programm denn doch zu dürftig. Nur, Stuffz. Sturm mochte mich von allen Anwesenden am allerwenigsten leiden und er bewies seine Abneigung dem zugereisten, preußischen ‚Toagaff‘ gegenüber mit totaler Nichtachtung und Verweigerung jedweder Auftragserteilung. Ich verstand erst nach einer Weile, dass ich ‚Toagaff‘, ein Teigaffe war, ein begriffsstutziger Lahmarsch. Es kam allerdings schon mal vor, dass ich bei seltenen Gelegenheiten meine Anfängerkenntnisse in Maschinenschreiben beweisen durfte.

Nach einem solchen Wochenanfang war es eine abwechslungsreiche Erholung, dass ich mittwochs den mir zugewiesenen Jeep reinigen und abschmieren durfte und dass am Freitag unterschiedlicher Kompaniedienst anstand. Der Donnerstag war so wie der Montag und am Samstag gab es das übliche Revierreinigen, wenn ich nicht gerade bereitschaftsfrei hatte.

Einen Vorteil allerdings brachte mir mein Schreibstubendasein: Ich hatte eine begrenzte Verfügung über die Urlaubsscheine. Wenn ich Glück hatte und Sturm anderweitig beschäftigt war, konnte ich dem einen oder anderen Kameraden vorzeitig einen Urlaubsschein zuschanzen. Eine Hand wusch natürlich die andere. Für den Urlaubsschein bekam ich eine Extra-Autowäsche oder sogar eine Rundum-Lackierung für mein Fahrzeug. Im Laufe meiner Gefreitenzeit wurde der mir zugeteilte DKW-Jeep Munga insgesamt dreimal neu lackiert.

Abgesehen von den Wochenendurlauben, an denen ich manchmal nach Mainz fuhr oder auch schon mal ins nahe München, blieb mein Privatleben auf der Strecke. Wir waren sechs junge Männer auf der sogenannten Stube. In der Hierarchie war der Stubenälteste die Nummer eins und ich zu Beginn natürlich das Küken, derjenige, der den meisten Ärger abbekam. Notgedrungen lernte ich schnell, wie man dank zurechtgeschnittener Pappstreifen alle Hemden im Spind so schichten konnte, dass sie eine saubere Kante ergaben. Meine angeborene Neigung zu kreativer Unordnung wurde auf eine harte Probe gestellt. Aber wenn zur angeordneten Schlafenszeit gegen 22.00 Uhr die Stube inspiziert wurde und noch ein Hauch von Staub den kontrollierenden Finger des Unteroffiziers trübte, oder die Wäsche nicht akkurat geschichtet lag, ging die Stubenreinigung von vorne los. Wehe, wenn im Spind Unordnung herrschte oder das Bett nicht ordnungsmäßig gemacht war, dann fand sich im Nu der ganze Krempel auf dem Boden und alles musste neu sortiert werden.

Aber es gab auch so etwas wie geselliges Budenleben. Einmal veranstalteten wir einen Saufabend. Ein Neuzugang, Jahrgang 1941, hatte einen Kasten Bier springen lassen. Wir besorgten uns ein Tonband, um Stimmung in den Laden zu bekommen. Es wurde eine ungenierte Sauferei, bei der wir schon um 22.00 Uhr alle den Überblick verloren hatten. Unser Stubenältester verwandelte sich zu einer Rauschkugel, der schließlich mit vereinten Kräften ins Bett geholfen werden musste. Vorher verwechselte er noch seinen Schlafanzug mit dem Arbeitsanzug und wollte damit ins Bett steigen.

Hin und wieder gab es von Freitag bis Sonntag Mitternacht ein langes dienstfreies Wochenende, das natürlich für einen Heimatbesuch geeignet war. Nach einem solchen unternahm ich die Rückreise einmal per Anhalter. Anfangs, bei Darmstadt verjagte mich die Polizei gleich zweimal von der Autobahnauffahrt. Aber dann hielt nach zwanzigminütigem Warten ein Mercedes 190 D aus Kleve an. Der Fahrer hatte seinen Wagen bereits mit drei anderen Anhaltern beladen, fand aber auch für mich noch Platz. Von der Abzweigung Karlsruhe fuhr ich dann allein mit ihm weiter und bis Ulm, wo er mich entließ, unterhielten wir uns prächtig. Danach ging es in kleinen Etappen, aber mit großen Autos weiter, bis ich am Nachmittag in München ankam. Als ich am Stachus in die Straßenbahn einstieg, fiel mir ein Mädchen auf, das mir irgendwie bekannt vorkam. Die langen Haare, das Profil, die Figur, das alles kannte ich doch irgendwoher. Ich schlich hinter der unbekannten Bekannten her und überlegte, wo in meiner Erinnerung ich sie hintun sollte. Da drehte sie sich plötzlich um, wir sahen einander an und erkannten uns. Es war eine gewisse Rosemarie Ertl aus Zwiesel, die ich damals nur als Susi kannte. Von meinen Eltern wusste ich, dass Susis Mutter einen etwas zweifelhaften Ruf genoss. Erstaunlicherweise fiel Susi sogar mein Name ein. Wir erinnerten uns an gemeinsame Bekannte, unterhielten uns prächtig und stellten fest, dass wir uns vor Jahren auf dem Faschingsball der Zwieseler Realschule sogar etwas intensiver kennengelernt hatten. Susi oder Rosemarie wohnte inzwischen in Ingolstadt und so unternahmen wir die Heimreise von München mit dem Zug gemeinsam und verabschiedeten uns in

Ingolstadt mit einem zaghaften Kuss. Immerhin hatte ich ab jetzt für die freien Wochenenden eine angenehme Anlaufstelle.

Der darauffolgende Montag hatte es allerdings in sich. Ich hatte gleich von 12.00 Uhr bis Dienstag 12.00 Uhr Dienst als Pionier vom Dienst. Das bedeutete Telefon bedienen, Leute suchen und ausrufen lassen etc. Der Schlaf kam in dieser Nacht zu kurz. Am Mittwochmorgen wurde mir dann auch noch ein LKW, ein Borgward Pritschenwagen, übergeben und zugleich erfuhr ich, dass ich ab 14.00 Uhr für 24 Stunden Wache am Munitionslager hatte. Alles Schlechte kam auf einmal und nur die hoffnungsvollen Gedanken an Rosemarie-Susi hielten mich am Leben.

Ingolstadt mit seinen etwa 50.000 Einwohnern bot trotz seiner bemerkenswerten historischen Altstadt nicht viel an den Wochenenden: Zwei Tanzlokale, in denen es immer mehr dienstfreie Soldaten als weibliche Gäste gab, zwei Kinos, ein noch im Bau befindliches Stadttheater und einige Restaurants. Das war's. Die neunzig Mark Sold, die ich monatlich als Gefreiter erhielt, erlaubten aber auch keine großen Sprünge.

Zum Glück hatte ich ja nun Susi. Sie war drei Jahre älter als ich, hatte in Zwiesel die Volksschule beendet und danach dort ein paar Jahre als Kellnerin gearbeitet. Ihren Verlobten hatte sie bei der Arbeit kennengelernt und war ihm nach Ingolstadt gefolgt, wo er bei Audi arbeitete. Sie lebten in einer Zweizimmerwohnung so lange, bis sie feststellten, dass sie nicht zusammenpassten, und hatten sich ohne böse Worte getrennt. Seitdem lebte Susi alleine, verdiente als Kellnerin nicht schlecht, weil sie hübsch und geschickt genug war, gute Trinkgelder zu bekommen. Ab und zu, wenn sie Zeit und Lust auf mich hatte, trafen wir uns und schliefen miteinander. Wir hatten uns nicht viel zu sagen. Sie las, wenn überhaupt, die Bildzeitung und ihr gefielen deutsche Schlager. Ich stand auf Elvis, begann Jazz zu lieben, las Bücher und regelmäßig den Spiegel. Im Bett aber passten wir gut zusammen. Sie hatte einen weichen, anschmiegsamen Körper und da sie trotz einer gewissen niederbayrischen Deppertheit beim Sex wenig Hemmungen hatte, war ich allzu gerne ihr lernbegieriger Lehrbub. Nach drei Monaten eröffnete mir Rosemarie, dass sie jemanden kennengelernt habe und es mit uns nun aus sein müsse. Ich war betrübt, aber nicht wirklich traurig. Wir gaben uns die Hand und wünschten einander viel Glück.

Drei Monate später war dann auch meine Militärzeit zu Ende. Ich hatte bereits im März 62 einen Antrag auf vorzeitige Entlassung aus der Bundeswehr gestellt. Ende April erhielt ich ein Schreiben, in dem mir mitgeteilt wurde, dass meinem Antrag nicht stattgegeben werden könne. *„Durch die Verlängerung des Grundwehrdienstes verzögert sich Ihr Studium um ein halbes Jahr. Der Verlust eines Semesters ist nicht als besondere Härte im Sinne des § 29 Abs.4 Nr.1 des Wehrpflichtgesetzes anzusehen.“* Dem konnte ich nicht einmal widersprechen, denn der Grund meines Antrags war ja in Wirklichkeit nur gewesen, dass ich die Schnauze voll hatte. So blieb bis zum 31. Mai noch gut ein Monat, um mich auf die zurück zu gewinnende Freiheit zu freuen. Einen fragwürdigen Höhepunkt meiner Soldatenzeit gab es noch. Die ganze Kaserne wurde zu dem etwa sechzig Kilometer von Regensburg entfernten amerikanischen Truppenübungsplatz Hohenfels in Marsch gesetzt. Einhundertsechzig Fahrzeuge setzten sich in einer langen Reihe in Bewegung.

Bei der Fahrt schnitt ich mir beim Essen gehörig in den Finger, kam also schon lädiert am Ziel an. Es regnete in Strömen und innerhalb von zehn Minuten hatten die Zelte zu stehen. Danach mussten wir etwa zwei Stunden im Regen herumstehen, ehe der Nachmittagsdienst begann. Als der hinter uns lag und wir nass bis auf die Knochen waren, durften wir zur Belohnung die Zelte wieder abbauen und in die heruntergekommenen amerikanischen Baracken einziehen. Es ging das Gerücht, dass es in ihnen sogar Läuse gäbe. Der Juckreiz, der mich darauf befiel, rührte aber wohl eher von dem Dreck her, der überall in Hohenfels herrschte. Die Übung dauerte eine Woche und in der Zeit bekamen wir nur wenig Schlaf. Meistens wurden wir schon um 3.15 Uhr geweckt, nachdem wir erst um 22.00 Uhr ins Bett gekommen waren.

Das einzig Interessante war das Schießen mit scharfer Munition. Wir schossen sieben Mal, einmal sogar fünfzig Schuss an einem Tag, jedes Mal auf stehende oder bewegliche Pappkameraden in den unterschiedlichsten Stellungen. Ich stellte mir vor, dass sich hinter den gesichtslosen Figuren Walter Ulbricht und Nikita Chruschtschow verbargen, die ich beide sehr verabscheute, und so schaffte ich tatsächlich Schießergebnisse, die einige Male sogar gut waren. Allerdings frage ich mich heute, wie sich meine Schussfreudigkeit damals mit meiner grundsätzlich pazifistischen Einstellung vertrug.

Hohenfels war mit viel Dreck, Strapazen und schlechtem Essen der krönende Abschluss meiner militärischen Karriere.

Am 1. Juni war ich mit zweihundert Mark Abfindungsgeld wieder in Mainz und kroch zurück ins warme Nest des elterlichen Horts.

Es ist an der Zeit, eine Pause einzulegen. Wieder einmal war ein Abschnitt in meinem Leben zu Ende gegangen und ein neuer stand bevor.

Oftmals ist es hilfreich, anzuhalten und Atem zu holen, bevor man sich auf die nächste Etappe begibt. Der Begriff ‚entschleunigen' legt nahe, das Tempo zu reduzieren. Es tut gut, abzubremsen und wenigstens für kurze Zeit alles Bedrängende hintanzustellen, sich gewissermaßen auf einen Nebenschauplatz zu begeben.

Das Alltägliche zurücklassen, in die Welt gehen, war mir zeitlebens ein Bedürfnis. Aus der Distanz wurde mir das Leben fassbarer.

Eine meiner Reisen führte mich nach Bali. Dort erlebten meine Frau Ildiko und ich Menschen in ekstatischer Entäußerung, erregende Geisterbeschwörung und -vertreibung und die Erfahrung absoluter Ruhe. Wir erfuhren eindrucksvoll, was Entschleunigung und Stillhalten bedeuten können.

Am 7. März 2008 erlebten wir Nyepi. Davon möchte ich jetzt erzählen.

13.‚Nyepi‘ - Ein Tag der Stille

Im Zwielicht der letzten Nachtstunden sammeln die bösen Geister sich über den dunklen Wassern der Balisee. Auf grimmigen Ozeanwellen reiten sie uferwärts, krallen gischtige Spinnenfinger ins Land, geifern und lechzen nach Rache. Die Vertriebenen wollen zurück, die Verbrannten sind wiedererstanden, das Böse giert nach Taten. Die Sonne steigt orangerot aus dem Meer, schüttet ihre Strahlen über eine friedliche, stumme, menschenleere Insel. Unter klarem Himmel dämmert der heilige Berg Gunung Agung. Kein Gamelanlaut, kein Singen, kein Lärm stört die Stille. Bali schweigt. Die Dämonen drehen ab. Es ist Nyepi.

Das Leben der Menschen auf Bali folgt eigenen Regeln. Trotz der unununterbrochenen Touristenflut in das vermeintliche Tropenparadies hat die Insel ihre Eigenständigkeit bewahrt.

Gleich nach unserer Ankunft in Denpasar erfahren wir, dass bald ‚Nyepi‘, der Tag der Stille, der heiligste Tag im balinesischen Kalender sein wird. Nyepi errechnet sich nach dem Mondkalender und in diesem Jahr ist der Neumondtag des 7. März der Beginn eines neuen Jahres. Für die Balinesen ist es das Jahr 1930.

Aus dem nahen Tempel vernehmen wir die Klänge des Gamelan. Mit Sarong und Schärpe angemessen bekleidet betreten wir das Tempelinnere. Kinder vergnügen sich auf den Stufen damit, Räucherstäbchen zu entzünden, Frauen lächeln uns an. Auf den Schreinen liegen Körbe voller Opfergaben für den folgenden Tag, an dem die Mekiyis oder Melis genannten Reinigungszeremonien stattfinden werden.

Ein Fußmarsch vom Hotel entfernt steht der Petitenget-Tempel. Eine Holzbrücke führt über ein Flussrinnsal zum breiten Strand. Am Morgen des 4. März, drei Tage vor Nyepi, beginnen die Reinigungszeremonien. Überall auf Bali pilgern Prozessionen zu Stränden, Flüssen, Seen und Quellen. Mit sich tragen die Menschen Bildnisse und Symbole der Götter ihrer Dorf- und Haustempel, um sie im Wasser zu reinigen. Der Petitenget-Tempel ist ein Ziel dieser Festlichkeiten. Weißgekleidete Männer, Frauen und Kinder drängen sich am Strand. Fahnen mit aufgemalten Drachen und bunte Penjors ragen empor. Viele junge Männer tragen schwarz-weiß-karierte, die Dualität von Gut und Böse symbolisierende Sarongs, die älteren haben weiße Hemden über den farbigen Wickelröcken. Alle haben Destars, die typischen balinesischen Kopfbedeckungen auf. Die Mädchen und Frauen sehen anmutig aus in ihren Sarongs mit den farbigen Schärpen und den leichten Blusen. Viele tragen freihändig und aufrechten Ganges geflochtene Körbe voller Opfergaben auf den Köpfen. Manch einem Mädchen verleiht eine rote oder gelbe Tempelblume im tiefschwarzen Haar einen zusätzlichen Farbtupfer. Der Farbenreichtum und das heitere Durcheinander der festlich gekleideten Menschen werden noch überboten von den ausgeschmückten Schreinen, in denen Statuen und Götterbilder auf ihre Reinigung warten. Großfamilien und Dorfgemeinschaften rollen die Nachbildungen ihrer Tempel auf Wagen zum Strand. Von dort tragen kräftige Männer sie auf den Schultern zum Meeresufer. Tänzer und Musiker begleiten die Prozessionen. Trotz der großen Anzahl der Schreine herrscht Ordnung in dem Durcheinander. Männer in schwarz-rot karierten Sarongs sorgen dafür, dass die Grup-

pen ihre Schreine diszipliniert zum Ufer und nach der priester-
lichen Reinigung zurück an festgelegte Plätze tragen. In kras-
sem Gegensatz zu dieser Ordnung wirkt der Zustand religiöser
Verzückung, die immer wieder Gläubige erfasst. Zum Medium
einer Gottheit geworden, verlieren sie jegliche Kontrolle. Es
sind vor allem Männer, deren entrücktes Verhalten schockiert.
Ihre Körper zucken wie von Krämpfen geschüttelt, die Augen
sind geschlossen, Stirn und Kopf von Schweiß überströmt.
Manche müssen gestützt werden, würden ohne Beistand zu-
sammenbrechen. Priester reichen ihnen geweihte Krise, jene
wellenförmigen, spirituellen Dolche. Sie greifen danach und
drücken sich die Waffe unter unartikulierten Schreien und mit
verdrehten Augen ins Fleisch.

Im Kontrast dazu steht die Unbekümmertheit, mit der sich
die Gruppen nach der Reinigung in weitem Kreis am Strand
um ihre Schreine lagern. Priester segnen, man betet, trinkt und
lacht. Die friedliche Menge ist beseelt von dem alle verbin-
denden Glauben an Götter und Geister. Zwei Stunden später ist
der Strand leer. Nur noch die Reste von Opfergaben, Blumen
und Körbchen erinnern an die Feierlichkeiten.

An den folgenden beiden Tagen geht das Leben seinen
normalen Gang, bis am Vorabend von Nyepi die Pergerupuk-
Zeremonie stattfindet, die Austreibung der bösen Geister. Ganz
Bali nimmt an diesen Ogoh Ogoh-Umzügen teil. Nach Einbruch der Dunkelheit ziehen Gruppen junger Männer mit Fa-
ckeln, von Trommlern begleitet, unter ohrenbetäubendem Lärm
durch die Straßen der Dörfer und Städte. Auf ihren Schultern
tragen sie Ogoh Ogohs, Furcht erregende Monster, Dämonen,
Ausgeburten der Phantasie. Diese, böse Geister symboli-

sierenden, kunstvoll bemalten, bis zu drei Meter hohen Papp-
figuren sind in monatelanger Arbeit angefertigt worden. Es
sind monströse Gestalten mit fürchterlichen Krallen, gefletsch-
ten Zähnen und furchterregendem Augenrollen. Unter dem
Jungvolk ist es ein Wettkampf, wem das schrecklichste Monster gelungen ist.

Fast alle Geschäfte und Restaurants sind geschlossen.
Mitten auf der Straße sitzt eine Gamelankapelle, die Musiker
schlagen ihre Gongs, Zimbeln und xylophonartigen Instru-
mente. Trommeln dröhnen. Ein rhythmischer Klangteppich
liegt über den festlich gekleideten Menschen. Die schwarzen
Haare der Frauen bilden einen starken Kontrast zu den hellen,
hüftlangen Blusen. Die Männer haben weiße Bänder um die
Köpfe geschlungen. Vom eintönig hämmernden Dröhnen der
Gongs umfangen, wogt die Menschenmenge um eine Gruppe
von Priestern, in deren Mitte sich eine Barongfigur erhebt. Der
Barong repräsentiert die guten Kräfte, hat aber auch dämoni-
sche Züge. Das Zusammenspiel dreier Faktoren, die magisch-
mystische Figur, die Worte der Priester und das monotone
Trommeln, bewirkt, dass immer mehr Gläubige in Ekstase geraten. Neben mir gestikuliert ein Mädchen in tiefster Verzückung, schreit und bäumt sich auf. Ich weiß um die hysteri-
schen Schreiorgien von Teenagern angesichts ihrer Popstars,
doch das hier ist anders. Es ist eine rätselhafte, beängstigende
Art menschlicher Entrückung. Einzig und allein die mystisch
aufgeladene, elektrisierende Atmosphäre und die Zugehörigkeit
zu einer im Glauben vereinten Gruppe lässt junge und alte
Menschen, Männer und Frauen zu Medien werden und in einen
religiösen Taumel fallen. Unaufhörlich dröhnen Trommeln,

gellen Schreie, ragen Hände empor und winden sich Körper. Die von einem Gott oder Dämon Besessenen werden von Freunden und Verwandten gehalten. Man wischt ihnen den Schweiß ab, achtet darauf, dass sie sich nicht selbst etwas antun, schiebt ihnen Stöckchen zwischen die Zähne, damit sie sich nicht die Zunge abbeißen und gibt ihnen zu trinken, wenn sie wieder zu sich gekommen sind. Die Wiedererwachten sind ermattet, verwirrt und können sich an nichts erinnern. Eine Massenhysterie hat die Menschen ergriffen. Als Zuschauer schwanken wir zwischen Neugier, Sensationslust, Entsetzen und dem Gefühl, fehl am Platze zu sein. Nach einiger Zeit zieht die Menge unter der Führung der Priester weiter zum Tempel.

In einer Cafeteria erwarten wir den Einbruch der Dunkelheit. Ein junger Mann führt uns zu einem Platz, an welchem sich Ogoh Ogohs ein Stelldichein geben. Hier ist Raum genug für die Träger, die monströsen Figuren herumzuschwenken und ihnen die Orientierung zu nehmen. Es geht darum, die Geister zu verwirren. Bei Fackelschein und Trommelmusik vollführen ein Dutzend Ogoh Ogohs ihre entfesselten Tänze. Dieses Ritual ist ein lokales, spontanes Spektakel und die Selbstdarstellung einzelner Gemeinden und Gruppen, die wetteifern, wer das Schrecken erregendste Monster hergestellt hat. Überall auf Bali ist es an diesem Abend das Schicksal der Ogoh Ogohs, verbrannt und ins Meer als dem Sitz des Bösen vertrieben zu werden. Das alte Jahr geht zu Ende, die Götterstatuen und Hausgeister wurden gereinigt, nun müssen nur noch die Repräsentanten des Bösen vertrieben werden. Ist das geschehen, kann das neue Jahr mit dem Tag der Stille anfangen.

Früher begann Nyepi um Mitternacht und dauerte vierundzwanzig Stunden. Heute fängt er um 6.00 Uhr am Morgen an und endet um 6.00 Uhr am folgenden Tag. Wie Menschen sind auch Geister bestrebt, den gewohnten Orten treu zu bleiben. Da die Dämonen nach ihrer nächtlichen Vertreibung zurück in die vertraute Heimat streben, muss sich ihnen die Insel menschenleer und ausgestorben präsentieren. Nur dann wird sie den bösen Geistern fremd erscheinen und sie werden sich abwenden und anderswo eine Bleibe suchen.

Gegen Mitternacht sind wir wieder im Hotel. Die Fenster aller Zimmer waren schon am Vormittag mit dunkelblauem Karton abgedeckt worden, sodass bis zum frühen Morgen des 8. März ein Lichtschein nach außen dringen kann. Alles ist für den Tag der Stille vorbereitet.

Vom Tag der Tage im balinesischen Kalender selbst gibt es wenig Spektakuläres und Aufregendes zu berichten. Es ist ein Tag der Besinnung, der Andacht und des Schweigens. Alles Geschehen ist spiritueller Art und spielt sich in den Gedanken und Vorstellungen der Menschen ab. Für die Balinesen bedeutet Nyepi, still zu halten, auf Feuer und jegliche Beleuchtung zu verzichten, zu fasten, keinerlei Arbeiten zu verrichten und das Haus nicht zu verlassen. Damit auch jeder sich an diese Regeln hält, überprüfen priesterliche Beamte in den Gemeinden die Einhaltung. Für vierundzwanzig Stunden kehrt Stille auf ganz Bali ein. Es gibt keinen Straßenverkehr und nicht einmal der für den balinesischen Tourismus so wichtige Flugverkehr wird aufrecht erhalten. Straßen und Strände sind menschenleer, Geschäfte und Restaurants geschlossen. Die Insel hält den Atem an.

In den Hotels werden die Nyepi-Regeln nicht ganz so streng gehandhabt. Doch auch die Fremden sind aufgefordert, sich an die Gepflogenheiten zu halten. Für die Gäste wird ein bescheidener Service aufrechterhalten. Es gibt zu essen und zu trinken. Dass es auch uns verwehrt ist, an diesem Tag das Hotel zu verlassen, ist zu verschmerzen. Vom Balkon im dritten Stockwerk blicke ich am frühen Abend über die Dächer und die weite Landschaft mit den schemenhaften Konturen des Vulkanberges Batukaru in der Ferne. Kein Lichtschein ist zu sehen, kein Rauch quillt aus Schornsteinen, kein Autohupen, kein Stimmengewirr, kein Gamelan aus dem nahen Tempel ist zu vernehmen. Die sonst vollen Parkplätze sind leer. Keine Menschenseele weit und breit. Ich bin fasziniert von der Tatsache, dass die drei Millionen Bewohner dieser sonst von Betriebsamkeit und Hektik erfüllten und von lärmendem Verkehr fast berstenden Insel sich vierundzwanzig lange Stunden lang jeglicher Aktivität enthalten. Die Menschen fasten, meditieren, beten und ruhen. Sie verbringen den Tag der Stille ohne irgendwelche weltliche Ablenkungen.

Wäre in unserer westlich-rationalen Welt ein solcher ‚Nyepi-Tag‘ denkbar oder gar realisierbar? Ich kann es mir nicht vorstellen. Wir bringen kaum einen verkehrsberuhigten, handy- oder fernsehfreien Tag zustande. Vielleicht sollten auch wir aufgeklärten Europäer hin und wieder unsere Dämonen vertreiben und unsere guten Geister bitten, uns die Kraft zu geben, über uns und unser Leben nachzudenken.

Ich wäre an diesem 7. März auf Bali gerne als ein Mäuschen durch die leeren Straßen der stillen Ortschaften gehuscht, hätte hinter die Fassaden der Häuser geblickt und meine Freude daran gehabt, keiner Menschenseele zu begegnen und von keinem Lärm erschreckt zu werden.

Wir verbringen diesen sonnigen Tag bequem auf den Liegen im Hotelgarten. Wir ruhen, lesen, betrachten den leeren Strand und das Meer, auf dem sich weder Surfer noch Schwimmer tummeln. Am Abend dieses Nyepi, der sich mit einem glutroten Sonnenuntergang verabschiedet, begeben wir uns in unser Zimmer, zünden die Kerzen an und schlafen, seltsamerweise mehr müde als sonst, sehr früh ein.

Der 8. März beginnt als ein ganz normaler Tag.

Als ich an diesem ersten Tag des neuen balinesischen Jahres aufwachte, befand ich mich in meinen 68. Lebensjahr und wünschte mir, etwas von der Ruhe dieses denkwürdigen Tages mit nach Hause nehmen zu können.

Während ich dies schreibe, bin ich zehn Jahre älter, immer noch unruhig und rastlos. Ich frage mich, wann denn endlich dieser Zustand kontemplativer Entschleunigung eintreten wird. Wann endlich stellt sich so etwas wie Altersweisheit ein? Wann spielt es endlich keine Rolle mehr, welcher Wochentag es ist, welche politischen Entscheidungen die Menschen beunruhigen, wie das Wetter ausfällt und wo die nächste Katastrophe stattfindet. Ich rege mich immer noch über so vieles auf, nehme Anteil, mische mich ein. Aber dann frage ich mich auch, ob denn ein Zustand altersangemessener Behaglich- und Behäbigkeit überhaupt wünschenswert ist. Ich fahre mir mit der Hand durch das dünne Haupthaar, rümpfe die Nase, werfe die Stirn in Falten und komme zu dem Schluss, dass mir jegliche Form von Weisheit gestohlen bleiben kann.

Zurück zu den frühen Jahren.

In jenem Juni 1962, am Ende meiner Militärzeit hatte ich das unbestimmte Gefühl, dass etwas Neues beginnen müsste, etwas gänzlich Anderes, Großartiges oder wenigstens Bemerkens-wertes. Ich fühlte mich mordsmäßig jung und ziemlich unsterb-lich. Wo war die Welt, die ich aus den Angeln zu heben bereit und imstande war?

14. Mainzer Intermezzo

Frohen Herzens verließ ich Ingolstadt. Fast ein Jahr lang hatte ich dem Vaterland gedient, doch ob mein Dienen diesem etwa genützt hat, sei dahingestellt. Ich saß im Zug über München, Frankfurt nach Mainz, fühlte mich frei und bereit zu allerlei Tätigkeiten. Doch zu welchen? Da fiel mir nichts ein. Wo lagen meine Fähigkeiten, was konnte ich gut? Während der Zug über die Schienen ratterte, schlummerte ich ein und im Halbschlaf vernahm ich meine innere Stimme, die mir raunend, aber unüberhörbar mitteilte, dass ich eigentlich gar nichts gut konnte. Der Schrecken darüber weckte mich auf. Gerade noch rechtzeitig, denn der Zug hatte fast schon Mainz erreicht. Schlagartig wurde mir klar, dass ich erstens aussteigen und zweitens sehr schnell eine Entscheidung treffen musste. Wenig später, als mich meine Eltern in Empfang nahmen, teilte ich ihnen mit, dass ich nun in Mainz studieren würde. Was genau, würde sich finden. Theaterwissenschaft vielleicht oder so etwas Ähnliches. Ich musste ja nicht sofort, es war Juni, der Sommer fing gerade an und bis zum Semesterbeginn blieb noch viel Zeit.

Meine Eltern freuten sich, den von der Schule der Nation zurechtgebogenen Sohn wiederzuhaben, stellten aber bald fest, dass der Filius nichts dazu gelernt hatte, sondern alles tat, um das elterliche Missfallen zu erregen. Ich ging nachts spät zu Bett, schlief morgens lange, frühstückte zu unmöglichen Zeiten, benutzte Vaters BMW zu überflüssigen Ausflügen und überhaupt: Ich vergeudete Zeit und Geld.

Aber immerhin besorgte ich mir das Vorlesungsverzeichnis für das Wintersemester an der Johannes Gutenberg Universität. Ich immatrikulierte und war ab sofort Student der Germanistik und Theaterwissenschaft. In den Altstadtkneipen saß ich nun nicht mehr an den Tischen, wo die Pennäler hockten. Ich gab mich akademisch und genoss voller Freude alle Vergünstigungen des neu erworbenen Studentenausweises.

Das Studienbuch meines ersten Fachsemesters im Sommerhalbjahr 1962 dokumentiert durchaus ernsthafte Bemühungen. Ich erwarb Kenntnisse über ‚Gerhardt Hauptmann und das Theater seiner Zeit‘, lernte ‚Romangestalten des 19. Jahrhunderts‘ kennen, setzte mich sogar mit so trockenen Themen wie einer ‚Einführung in das Mittelhochdeutsche‘ und der ‚Stilistik der Dichtung‘ auseinander. Doch irgendwie war der Sommer zu schön und zu heiß, um ihn auf den harten Sitzen halbdunkler Hörsäle zu vertrödeln. Nicht mal einen Kilometer von der Alma Mater und den Quellen des Wissens entfernt befand sich das Taubertsberg-Bad, das Mainzer Freibad, das bei Studenten allgemein als Professor Taubertsberg bekannt und beliebt war. Vorsorglich, um für alle Fälle gerüstet zu sein, packte ich morgens gleich Badehose und Handtuch in meine Studientasche, sagte meinen Eltern Lebewohl und begab mich, sofern der Tag warm und sonnig war, zur Vorlesung bei Professor Taubertsberg. Obwohl meine Eltern trotz gewisser Vorbehalte immer noch so etwas wie ein Urvertrauen in die Fähigkeiten ihres Erstgeborenen hatten, kam ihnen doch nach einigen Studienwochen meine gesunde Bräune verdächtig vor und sie äußerten erste Zweifel an der Ernsthaftigkeit meines Studiums. Was mich einigermaßen erboste. Mein Vater störte sich auch daran, dass ich so häufig seinen BMW zu benötigen vorgab. Als ich ihm erklärte, dass nach Mitternacht keine Straßenbahn mehr nach Mombach fahre und ich deswegen sein Auto brauchte, erwiderte er, ich müsse ja nicht jeden Abend und jede Nacht in

Weinkneipen herumhängen. Er sei auf Dauer nicht bereit, mein Faulenzerleben zu finanzieren. Ich fand dergleichen Einlassungen kleinkariert und spießbürgerlich. Meine Mutter hielt zwar brav zu mir und murmelte, dass ich ja noch jung sei und aus mir schon noch etwas werden würde, aber insgesamt wurde mir das Leben im Elternhaus zunehmend unangenehmer. Allmählich wurde mir klar, dass eine grundlegende Veränderung anstehen müsste. Auch das Studieren an der Mainzer Uni fand ich unbefriedigend. Die Vorlesungen waren trocken und langweilig, die Professoren vergreist und wenig inspirierend. Außerdem fühlte ich mich unwohl und fremd in Mainz. Vielleicht lag das daran, dass die meisten Klassenkameraden nicht mehr in der Stadt waren, ich ehemaligen Freundinnen besser aus dem Weg gehen sollte und das Theater eine viel zu lange Sommerpause machte.

Eines Tages teilte ich meinen Eltern mit, dass ich beabsichtigte, zu Beginn des Wintersemesters ab Oktober in Wien mein Studium fortzusetzen. Wie und warum ich auf Wien kam, ist mir heute nicht mehr klar. Sicherlich spielte meine Begeisterung für das Theater eine Rolle. Dort traten Schauspieler mit Rang und Namen auf und Kabarettisten, die ich toll fand, gehörten zu Wien. Ich schwärmte für den anarchistischen Helmut Qualtinger, den ‚Herrn Karl‘, der mich mit seinem abgründigen Zynismus begeisterte und dessen Kabarettstücke mit Gerhard Bronner und Fritz Muliar ich fast auswendig kannte. Ich wollte die Kaffeehäuser kennenlernen, in denen Künstler wie Karl Kraus, Alfred Polgar und Robert Musil, um nur einige zu nennen, Stammgäste gewesen waren. Zu Wien gehörte auch Georg Kreisler, dessen böse Lieder ich genial fand. Und dann war da die Menge und Vielfalt der Theater und Bühnen, auf denen die berühmten Schauspieler wie Maximilian Schell, Attila und Paul Hörbiger, Veit Relin, Paula Wessely, Charles Regnier und viele andere, deren Namen heute fast vergessen sind, auftraten. Wien war für mich so etwas wie ein Zentrum deutscher Kultur und Theaterkunst. Bücher und Autoren, die mir etwas bedeuteten, hatten auch mit Wien zu tun: Arthur Schnitzler, Ödön von Horvath, die Lyrik Erich Frieds und Ernst Jandls. Dazu kam auch noch, dass es Ausland war, weg aus dem Gewohnten und Alltäglichen. Wien war mir so etwas wie die Flucht nach vorne.

Ich hatte herausgefunden, dass das Institut für Theater und Filmwissenschaft das größte derartige Universitätsinstitut im deutschsprachigen Raum war. Dort wollte ich hin, dort wollte ich studieren.

Möglicherweise waren meine Eltern nicht unglücklich darüber, mich loszuwerden. Ich brachte ihren Tagesablauf durcheinander und sorgte für unnötige Aufregungen. Mit einigen Überredungskünsten gelang es mir letztlich, meinen Vater zu überzeugen, dass ein Studium der Theaterwissenschaft in Wien weitaus sinnvoller und zielführender war, als das uneffektive Studieren an der Johannes Gutenberg Uni. Er ließ sich zu einem monatlichen Studienbeitrag erweichen, der mir ein Überleben ermöglichen würde. Mutter war traurig und versprach, mir jede Woche ein Paket zu schicken, sobald ich einen festen Wohnsitz in dieser ach so fernen und fremden Großstadt gefunden hätte. Wenigstens beruhigte es sie, dass man in Wien eine Sprache ähnlich dem Deutschen sprach.

Am 10. Oktober 1962 wurde ich an der Philosophischen Fakultät der Universität Wien aufgenommen.

15. An der schönen blauen Donau

Wien, Wien, nur du allein ...!

Nicht, dass mich das Gedächtnis ganz und gar im Stich lässt, doch ich finde nur Bruchstücke, Erinnerungsfetzen, Puzzleteile, die ich zu keinem Gesamtbild zusammenfügen kann. Wie kam ich in Wien an? Wo verbrachte ich die ersten Tage? Gab es jemand, der mir half, mich in der fremden Stadt zurechtzufinden? Ich suche in meinen Unterlagen und finde das Studienbuch des ordentlichen Hörers Rüdiger Neukäter, eingeschrieben an der Philosophischen Fakultät der Universität zu Wien. Diesem zufolge immatrikulierte ich am 2. Oktober 1962. Die Studiengebühr von 837 Schilling für das Wintersemester bezahlte ich bar am 3.12.1962. Das ist nachweisbar. Für das Sommersemester berappte ich noch einmal 729 Schilling im April 1963. Ich blieb ein Jahr lang in der Stadt an der schönen blauen Donau.

Was geschah in diesem einen Jahr und wie begann die Wiener Zeit? Vermutlich stieg ich in Wien am Westbahnhof aus dem Zug, lief mit spärlichem Gepäck die Mariahilfer Straße entlang, erreichte irgendwann den Ring, entdeckte das Burgtheater, den Stephansdom und das Café Hawelka in der Dorotheergasse. Café Leopold Hawelka war Tradition und zeremonieller Kulturtempel! Über das Hawelka hatte ich gelesen, dass es einer der wichtigsten Treffpunkte für Schriftsteller, Kritiker und die Wiener Kunstszene war. So illustre Menschen wie H. C. Artmann, Ernst Fuchs, Friedensreich Hundertwasser, Rudolf Hausner oder Oskar Werner sollten hier ein- und ausgehen. Mutig und im sicheren Gefühl, genau hier, an diesem berühmten Ort, einen neuen, erfolgreichen Lebensabschnitt zu beginnen, betrat ich das berühmte Kaffeehaus. Ich empfand es wie ein Zeichen, dass die ersten Schritte in der unbekannten Stadt mich gleich zu dieser bedeutungsvollen Adresse geführt hatten. Tatsächlich war das Hawelka so, wie ich es mir vorgestellt hatte. Schummriges Halbdunkel, kleine runde Tische, von unbequemen Wiener Stühlen umgeben, Sofas mit rotweißen Plüschbezügen, eine große runde Uhr an der Wand über vielen Plakaten und Schwarzweiß-Fotos berühmter Gäste. Ich bestellte bei dem schwarz-befrackten Kellner meinen ersten kleinen Braunen mit Schlag, las die ausliegenden Zeitungen und fühlte mich angekommen in dieser Atmosphäre unkonventionell lockeren Künstlertums. Zwar waren weder Qualtinger noch Kreisler anwesend, aber das wäre ja auch zu viel der Begrüßung für den neu Angekommenen gewesen.

Später fand ich in der Hofburg das Institut für Theaterwissenschaft und war beeindruckt davon, dass meine zukünftige Wirkungsstätte sich in einem solch herrlichen historischen Gebäude befand. Nach dieser ersten Euphorie aber begann ich mich fremd zu fühlen in dieser großen Stadt und die Fremdheit blieb noch eine ganze Weile.

Ich fand eine erste Bleibe in einer schäbigen Wohnung im 3. Bezirk, in St. Marx, eigentlich nur ein kleines Zimmer neben zwei anderen, die ebenfalls vermietet waren, grundmöbliert mit fließend kaltem Wasser und Klo im Treppenhaus. In der Nähe gab es ein Kino, in dem künstlerisch wertvolle Filme liefen. Dort sah ich zum ersten Mal den ‚Panzerkreuzer Potemkin‘, den ‚Andalusischen Hund‘ und auch den ‚Dritten Mann‘. Zur Donau war es nicht weit und der Prater war auch zu Fuß gut erreichbar. Nachdem ich Joseph Cotten und Orson Welles, alias Harry Lime im Dritten Mann gesehen hatte, war es unumgänglich, dort wenigstens einmal mit dem Riesenrad fahren. Der Blick aus der Gondel über die Stadt war gigantisch.

Von meinem Zimmer aus erreichte ich schnell mit der Straßenbahn den Kärntner Ring und war auch schon in der Inneren Stadt. Von der Hofburg über den Heldenplatz zum Burgring, am Burgtheater und Café Landmann vorbei kam ich zur Uni. Außer der Anmeldung, Einschreibung und Einzahlung der Semestergebühren hatte ich dort nicht viel zu tun, denn die meisten meiner Vorlesungen und Seminare fanden im Institut in der Hofburg statt.

Wenn man in Wien Theaterwissenschaft studierte, führte kein Weg an dem damals berühmtesten Dozenten Professor Heinz Kindermann und dessen Alter Ego Margaret Dietrich vorbei. Kindermann war für die Historie zuständig, Dietrich für das moderne Theater. „Geist und Gestalt des europäischen Theaters der Gotik", „Das europäische Theater der Romantik", das war Kindermanns Thema, und Dietrich lehrte „Dramaturgie und Darstellungsform im europäischen Theater der zwanziger Jahre" und „Europäisches Theater der Gegenwart." Ich war fest entschlossen, ein strebsamer Student zu sein, war pünktlich in den Vorlesungen und aufmerksam in den Seminaren. Ich hörte von ‚französischem Film in der nordischen Forschung', machte mich vertraut mit ‚praktischer Bühnenkunde und Arbeitstechniken des Theaters', stieg ein in die ‚Wiener Theatergeschichte und ihre Quellen in der zweiten Hälfte des 19. Jahrhunderts'. Alles, was mit Theater zu tun hatte, sog ich auf wie ein Schwamm. Ich war lernbegierig wie nie zuvor. Im Proseminar bei Professor Kindermann übernahm ich ein Referat über die ‚Playwrights im elisabethanischen Theater'. Es war ein Thema, das mich enorm faszinierte. Für einige Wochen gab es nichts Spannenderes als das Theater zu Zeiten der großen Elisabeth. Shakespeare und seine Zeitgenossen Thomas Kyd, Christopher Marlowe, Ben Johnson, das Globe-Theatre und die lebhafte Theaterszene der Renaissance faszinierten mich und ließen mich zu einer Hochleistung auflaufen. Zum ersten Mal machte mir Lernen Spaß und ich genoss es, zu entdecken und Zusammenhänge zu begreifen.

Neben dieser intensiven Beschäftigung mit der Theaterhistorie gab es natürlich in Wien auch das lebendige, alltäglich praktizierte Theater. Auf den mehr als dreißig Bühnen in der Stadt lief immer irgendwo ein Stück, das interessant und sehenswert war. Ich führte Buch und war stolz, es in einem Rekordmonat auf achtundzwanzig Theaterbesuche gebracht zu haben. Natürlich war das Burgtheater, die Burg, die Königin der Bühnen. Dort konnte man, wenn man sich früh genug anstellte, günstige Stehplätze ergattern. Zwar stand man da relativ weit entfernt vom Bühnengeschehen, bekam aber trotzdem genug mit, um Schauspielkunst und die Regieleistungen zu würdigen. In der Burg fand überwiegend klassisches Theater statt. Im Akademietheater war eher die Moderne zuhause. Stücke von Schnitzler, Ödön von Horvath, aber auch Dürrenmatt und Frisch sah ich dort zum ersten Mal. Die Preise waren erschwinglich und lieber sparte ich am Essen und Trinken, als aufs Theater zu verzichten. Im Volkstheater lernte ich Ferdinand Raimund und Johann Nepomuk Nestroy kennen. Besonders Nestroy fand ich toll. ‚Lumpazivagabundus' und ‚der

Talisman' waren umwerfend. Mein liebstes Theater war eine Zeitlang das Ateliertheater am Naschmarkt, das von Veit Relin geleitet wurde. Dort beeindruckte mich besonders die Inszenierung von Pablo Picassos 1941 entstandenem einzigen Theaterstück ‚Wie man Wünsche am Schwanz packt'. Ich habe diese absurde Collage zwar nicht verstanden, fand es aber fantastisch, bei der Premiere dabei gewesen zu sein.

Neben Studium und Theater entdeckte ich allmählich auch die Weinlokale, Kaffeehäuser und Kneipen, in denen es preiswertes Studentenessen gab. Ich lernte Leute kennen und Wien kam mir immer mehr vor wie eine verruchte, faltige alte Dame in einem verblichenen Pelzmantel, deren Charme man sich unmöglich entziehen konnte.

Überleben in Wien

Doch nicht nur Theaterbesuche kosteten Geld. Selbst die anspruchsloseste Lebensweise fraß sich in meine Ersparnisse, das erbärmliche Zimmer war zu teuer und auch bei Hawelka konnte ich nicht einen halben Tag bei einem Kleinen Braunen sitzen, um das pulsierende Künstlerleben zu studieren. Mein Dasein glich dem des darbenden Künstlers, nur dass ich eben keinerlei Kunst schuf.

Der väterliche monatliche Unterhaltsbeitrag reichte gerade mal zum Lebensnotwendigsten. Ich musste irgendwie zu Geld kommen oder ich wäre gezwungen, aufzugeben und reumütig an den elterlichen Herd zurückzukriechen. Doch das wollte ich auf keinen Fall.

Der Zufall kam mir zur Hilfe. Auf dem Weg von der Hofburg durch den Park zur Straßenbahnhaltestelle machte ich einen Umweg an der Votivkirche vorbei. Ich durchquerte eine Gasse und dort an einem schönen Jugendstilhaus fiel mir ein seidenmatt gebürstetes und im Sonnenlicht glänzendes Messingschild auf. In kunstvoller Sütterlinschrift stand darauf: *Maudrich, Fachbuchverlag für Medizin, Psychologie und entsprechende Grenzgebiete.* Darunter war sehr profan mit Tesafilm ein einfacher Zettel befestigt, auf dem in Handschrift zu lesen war, dass man kurzfristig einen Lektor suche. Ich hatte nur eine ungenaue Vorstellung davon, was die Aufgaben eines Lektors waren, wusste aber immerhin, dass er irgendwie mit der Korrektur und Bewertung von Manuskripten zu tun hatte. Ich hatte Hunger, auf Essbares, auf Theater und Kultur und dafür brauchte ich Geld. Hier bot sich vielleicht eine Chance, mein spärliches Budget aufzubessern. Warum sollte ich es nicht als Lektor versuchen? War ich nicht im Fach Deutsch immer ein guter Schüler gewesen? Meine Kenntnisse in deutscher Grammatik und Syntax waren zumindest achtbar und meine Rechtschreibung hatte bei keinem meiner Lehrer Anlass zur Kritik geboten. Was also sollte mich davon abhalten, mich um den Job eines Lektors bei Maudrich zu bewerben? Schließlich hatte ich nichts zu verlieren. Ich betrat wagemutig das ehrwürdige Gebäude, klopfte an die Glasscheibe einer Tür, an der Anmeldung und Sekretariat geschrieben stand und trat ein. Eine ältliche, grauhaarige und sehr blasse Dame hinter einem altmodischen, dunklen Schreibtisch sah von ihren Papieren auf und blickte mich durch matte, randlose Brillengläser an. Ihre Augen konnte ich dahinter nur ahnen. „Warten's bittschön a

Momenterl." Sie schloss ein vor ihr liegendes Manuskript, nahm die Brille ab und musterte mich eindringlich. Was ich denn wolle? Ich käme auf ihre Anzeige draußen am Schild und sei als Student der Germanistik und als Deutscher des Hochdeutschen mächtig und durchaus imstande, in einem renommierten Verlagshaus als Lektor zu arbeiten. Ob ich denn schon einmal als Lektor gearbeitet hätte und als Student überhaupt die nötige Zeit aufbrächte? Ich antwortete mit einem doppelten Ja. Die Dame blickte mich bedeutungsvoll und eher skeptisch an, sagte dann aber, dass die Arbeit sowieso nur vorübergehend sei, da eine Hauptkraft wegen Schwangerschaft ausgefallen sei. Wenn ich damit zurechtkäme und mir die Tätigkeit tatsächlich zutraue, könne ich probeweise gleich anfangen. Man würde mir schon in ein paar Stunden die Grundzüge des Korrekturwesens beibringen. Lektor sei ja kein akademischer Beruf. Von der Bezahlung dürfe ich allerdings keine Wunder erwarten. Ich antwortete, dass ich keinesfalls Wunder erwarte und gerne gleich beginnen könne. Wenig später saß ich in einem kleinen Raum an einem ausladenden Tisch vor Bergen von Papier und einem Duden. Ein glatzköpfiger, freundlicher Mensch, der sich offensichtlich über die Abwechslung freute, die in meiner Person bestand, nannte mir die Seiten, auf denen die einzelnen Korrekturzeichen zu finden seien. Meine Aufgabe sei es nun, den vorliegenden Text nach Orthografie- und Zeichenfehlern zu untersuchen, die entsprechenden Stellen zu markieren und Korrekturzeichen an den Seitenrand zu setzen. Bei Maudrich handele es sich überwiegend um medizinische Texte. Es sei also normal und nicht schlimm, wenn ich inhaltlich nicht alles kapieren würde. Selbst er verstehe vieles von dem Schmarren nicht, den er täglich lesen müsse. Solchermaßen motiviert, begann ich meine Arbeit, fühlte mich zwar nach vier Stunden müde, glaubte aber doch, der Sache gewachsen zu sein.

Drei Monate lang hielt ich das Korrekturlesen durch, bis die schwangere Hauptkraft ihr Kind auf die Welt gebracht hatte und man mich nicht mehr brauchte. Ich durfte meine Arbeitszeit selbst bestimmen und wurde genau für die Stunden bezahlt, die ich ableistete. Ich verdiente nicht viel, lernte aber eine Menge fürs Leben und für meine spätere Tätigkeit als Lehrer und Literat. Vor aber allem konnte ich mir nun bessere Theaterkarten, gepflegteres Essen und eine schönere Wohnung leisten.

Inzwischen hatte ich auch schon Anette kennengelernt und war dank ihrer Vermittlung nach Pötzleinsdorf gezogen.

Pötzleinsdorf liegt am Rande der Donaumetropole, fast schon im Wienerwald. Meine neue Bleibe befand sich in einer Villa am Ende einer Straße, von der es geradewegs in den dichtesten Wald ging. So schön meine neue Wohnung war, bereitete sie mir doch gewisse Schwierigkeiten, von denen ich kurz erzählen will. Ich stieg, wenn ich heimfuhr, am Schottentor in die Linie 41 ein und an der Endstation aus. Von dort hatte ich noch ein gutes Stück zu laufen und wenn ich, was oft geschah, spätabends die letzte Bahn genommen hatte, führte mich mein Weg durch schlecht oder gar nicht beleuchtete Straßen. Ich hatte Angst in der Dunkelheit und dieses Gefühl passte ganz und gar nicht zu meinem Selbstbild eines entschlossenen, furchtlosen, sportlichen Recken, der imstande war, mit allen Unbilden des Lebens fertig zu werden. Erinnerungen an die nach Essensverweigerungen verordnete Dunkelkammer der frühen Kindheit kamen wieder, Furcht vor der undurchdringlichen Dunkelheit des Knabenzimmers, der ängstliche Blick unters Bett, ob sich dort auch niemand verborgen hätte. Ich fühlte mich zurückgeworfen in meine frühesten Lebensjahre und das gefiel mir gar nicht. Ich hatte gelesen, dass ein Reiter, der vom Pferd fällt, es sofort wieder besteigen muss, dass jemand, der unter Höhenangst leidet, auf den höchsten Turm klettern soll, um seiner Furcht ein Ende zu bereiten. Wäre so etwas nicht auch für mich eine heilsame Therapie? Wie wäre es, wenn ich meine Angst vor der Dunkelheit damit bekämpfte, mich ihr einmal vollständig auszusetzen! Gedacht, getan! Die Nächte erschienen mir schon mild genug, um sie im Freien zu verbringen. So nahm ich denn eines späten Abends einen Schlafsack, eine Taschenlampe, etwas zu trinken und essen und suchte mir einen geeigneten Ort im nahen Wald. Die Nacht war klar, der Sternenhimmel leicht verschleiert von den Lichtern der nahen Großstadt. Ein halber Mond beschien die Lichtung, die ich mir als Schlafplatz gewählt hatte. Ich legte eine Folie unter meinen Schlafsack, breitete ein paar Zweige und etwas Laub als Kopfkissen aus und versuchte, es mir so bequem wie möglich zu machen. Doch ich hatte nicht nur die Nachtkühle unterschätzt, die mir sehr bald bis auf die Haut kroch, sondern auch die beängstigende Dunkelheit. Außerdem kniff die Hose und der Pullover war zu eng. Fast war ich schon nach kurzer Zeit drauf und dran, mein Vorhaben aufzugeben. Die Geräusche der Nacht taten ein Übriges, mein Unwohlsein zu verstärken: das Knacken von Zweigen, die Geräusche des Windes in den Baumkronen, ein plötzliches Scharren in unmittelbarer Nähe, ein undefinierbarer Laut. Ich schreckte auf, fuhr mit den

Strahl der Taschenlampe die Umgebung ab, entdeckte nichts und schloss wieder die Augen. Irgendwann war es zu spät, um aufzugeben. Es war weit nach Mitternacht, als ich einschlief.

Als ich aufwachte, fielen die ersten Sonnenstrahlen in das feuchte Gras neben mir. Ich fror entsetzlich, packte meine Sachen zusammen und war eine Viertelstunde später im warmen Bett. Ich schlief bis zum Nachmittag und als ich endlich ‚gespätstückt‘ hatte, überkam mich ein Gefühl von warmer Zufriedenheit. Ich hatte es geschafft, hatte die Nacht im dunklen Wald verbracht und den Gespenstern der Dämmerung und der Kindheit getrotzt. Ich war stolz auf mich.

Anette

Die Geschichte meiner Wiener Liebe erzähle ich in der dritten Person. Ich werde auch im Folgenden ab und zu das ‚Er‘ dem ‚Ich‘ vorziehen.

Rüdiger hatte sie schon einige Male im Institut gesehen, die eckige junge Frau, dünn und auffällig flach, die ihm, obwohl er auf vollen Brüsten stand, irgendwie gefiel. Sie war blass, das schmale Gesicht war von einer breitrandigen, die Augen verbergenden dunklen Brille halb verdeckt und alles an ihr sah lang und kantig aus. Sie war anders als alle Mädchen, die er zuvor gekannt hatte. Obwohl sie kaum älter war als er, gab sie ihm das Gefühl, er sei ihr gegenüber ein unreifer Schnösel. Er fand sie auf eine seltsame Art anziehend und schreckte zugleich davor zurück, ihre Bekanntschaft zu machen. Eine solche Schüchternheit gegenüber dem anderen Geschlecht war ihm bisher ungewohnt gewesen.

Als sie auf ihn zukam, er stand am schwarzen Brett und bemühte sich, Desinteresse zu zeigen, erschrak er. Ihre gesamte Erscheinung machte ihn unsicher: Die großen Augen unter dünnen Wimpern, die blasse, fast durchsichtige Haut, das brünette Haar, das sich wie ein Wasserfall über das Gesicht ergoss. Am liebsten hätte er sich abgewendet, doch das ging nicht mehr, als sie ihn ansprach. „Du bist neu?" Ihre Stimme klang rau und wienerisch gedehnt. „Ja." „Bist a Deitscher". Sie stellte keinen Fragen, sie stellte fest. „Ja., warum?" Sie schaute an ihm vorbei, studierte das schwarze Brett. „Warum bist hier?" Er begann sich zu ärgern. Was sollte diese Fragerei? Das war fast wie ein Verhör. Trotzdem wandte er sich ihr zu. „Wegen dem Theater und weil ich halt hier studieren will und warum interessiert Sie das?" „Kannst mich ruhig duzen. Ich bin die Anette und ich hab dich schon ein paar Mal hier gesehen. Ich finde dich interessant. Macht dir das was aus?" Er schluckte. Was war das denn? Die Direktheit schockierte ihn. Trotzdem antwortete er. „Ich heiße Rüdiger, bin seit drei Wochen in Wien, habe eine miserable Wohnung im 3. Bezirk, meine Finanzen sind fast am Ende und wenn du Lust hast, lade ich dich trotzdem zu einem Kaffee ein." Er fand sich sehr mutig und freute sich über das Lächeln, das ihre schmalen Lippen kräuselte. „Gerne", sagte sie, „Gehn ma halt an Brauen im Hawelka trinken. Aber zahlen tu ich schon selber." Sie brauchten zwei Stunden für den Kaffee und wussten danach mehr von einander. Anette war ihm in der Theaterwissenschaft ein paar Semester voraus, kannte Hinz und Kunz im Institut, war unglaublich beschlagen in der Wiener Theaterlandschaft. Sie beeindruckte ihn mit ihrer aggressiven Offenheit. Sie schien immer zu sagen, was sie meinte. Er gefalle ihr, sagte sie und sie wolle gerne mit ihm befreundet sein. Ob es ihn störe, dass sie einen festen Freund habe? Er wusste nicht, was er darauf antworten sollte. Natürlich würde es ihn stören, wenn er etwas mit ihr haben würde, aber er hatte ja nichts mit ihr. Anette imponierte und verunsicherte ihn gleichzeitig. Vielleicht war das auch ihre Absicht. Wenn sie ihn so ganz offen anblickte, als erwarte sie etwas von ihm, musste er wegschauen. Er vermochte nicht einzuschätzen, was sie von ihm wollte und er war sich auch nicht im Klaren darüber, was er von ihr wollte. Sie war alles andere als der Frauentyp, der ihn bisher angemacht hatte. Anette war spröde und kurz angebunden. Es gefiel ihm auch nicht, wie sie sich kleidete. Er fand die langen, einfarbigen Röcke und weiten Pullover, die am Körper herabflossen und zu viel verhüllten, langweilig. Alles an ihr war spröde, ein wenig fad und scharfkantig. Sie war schlaksig, dürr wie eine Bohnenstange und dennoch ging für ihn ein enormer Reiz von ihr aus. Er konnte es sich nicht erklären, ob das an den Augen lag, die ihr Gegenüber mit einer erwartungsvollen Geradlinigkeit anblickten, als sei er der einzige auf der Welt oder ob es an ihrer Authentizität lag. Rüdiger fand Anette schön und anziehend, auf eine rätselhafte Art. Er hatte Herzklopfen in ihrer Gegenwart und wusste nicht, ob es ihr ähnlich erging. „Ich bin gern mit dir zusammen", das war alles, was sie ihm an Zuneigung offenbarte. Von ihrem Freund sprach sie nie und er lernte ihn auch nie kennen.

Rüdiger und Anette verbrachten viel Zeit miteinander. Sie war die einzige Tochter einer alteingesessenen Wiener Familie, in der alle mit dem Theater zu tun hatten. Die Mutter war Schauspielerin, der Vater Inspizient, der Bruder schrieb Stücke, die, wie sie hoffte, irgendwann aufgeführt werden würden. Sie selbst, da war sie völlig sicher, würde eine namhafte Regisseurin werden. Rüdiger lernte niemand aus der Familie kennen. Gemeinsam arbeiteten sie sich durch die Wiener Theater hindurch. Sie standen Schlange vor dem Burgtheater, um Stehplätze zu ergattern, kauften sich die billigsten Karten im Akademie- und Ateliertheater, beklatschten Nestroy und Raimund im Volkstheater und bewunderten Qualtinger im Simpl. Durch und mit Anette wurde Rüdiger ein Kenner der Wiener Theaterszene und dank ihrer Beziehungen öffneten sich auch für ihn viele Türen. Er lernte Schauspieler kennen, blickte hinter Kulissen und machte die Bekanntschaft mit weit älteren Semestern im Institut, die drauf und dran waren, Karriere auf deutschsprachigen Bühnen zu machen.

Ein Theaterbesuch blieb Rüdiger in besonderer Erinnerung. Am 23. Februar 1962 sahen sie die Premiere von Bertolt Brechts „Mutter Courage und ihre Kinder" am Wiener Volkstheater. Die Aufführung, die die österreichische Presse eine „Blockadebrecher-Premiere" nannte, war mehrmals verschoben worden, unter anderem auch wegen des Mauerbaus in Berlin. Für Rüdiger war es ein fantastisches Stück in einer fantastischen Umsetzung des Regisseurs Gustav Manker mit so bekannten Darstellern wie Dorothea Neff, Fritz Muliar, Ulrich Wildgruber. Nach der Aufführung stritten sich Anette und Rüdiger. Obwohl auch sie die Inszenierung gut fand, war sie doch der Meinung, dass der österreichische Brecht-Boykott richtig war und dass auf Wiener Bühnen kein Platz für Stücke eines kommunistischen Autors sein sollte. Rüdiger fand die Diskussion darüber, ob Brecht Anhänger einer kommunistischen Diktatur sei, überflüssig. Er meinte, man müsse das Werk und die Person trennen. Als Anette ihm vorwarf, dass in seinem Kopf zu viel kommunistisches Gedankengut herumschwimme und er als Piefke doch vielleicht besser in der DDR als in Österreich leben sollte, ließ er sie einfach stehen. Besonders das Wort Piefke, mit dem man in Wien abwertend Deutsche bezeichnete, hatte ihn getroffen.

Es dauerte eine Weile, bis sie wieder miteinander sprachen. Wenn er sie im Institut sah, schaute er in eine andere Richtung und machte einen großen Bogen um sie. Nach zwei Wochen gingen sie endlich wieder aufeinander zu und es war, als sei nichts geschehen. Er hauchte einen Kuss auf ihre Wange und war überrascht, als sie ihn ganz unverhofft auf den Mund küsste. Danach war alles wieder wie zuvor. Sie berührten einander, zaghaft, ohne sich zu nahe zu kommen. Wenn sie sich trafen, küssten sie sich auf die Wangen, manchmal gingen sie auch Händchen haltend durch die abendlichen Straßen. Sie schliefen nicht miteinander. Er litt darunter, einerseits, genoss aber auch andererseits diesen Zustand des Schwebens, des Sich-nahe-Seins ohne eine endgültige Intimität. Es war wie das Balancieren auf einem Drahtseil.

Einmal sah er Anette in der Kärntnerstraße mit einem älteren Mann. So, wie sie entlang schlenderten, konnte es keinen Zweifel geben, dass sie vertraut miteinander waren. Er hatte die Hand um ihre Schulter gelegt und sie die ihre um seine

Hüfte. Rüdiger vermied es, gesehen zu werden. Der Anblick der beiden tat ihm weh. Als er sie Tage später darauf ansprach, blickte sie ihn befremdet an und fragte, ob er ihr etwa nachspioniere. Er wisse doch, dass sie einen festen Freund habe und außerdem ginge ihn ihr Leben nichts an. „Warum suchst du dir nicht eine Freundin? Ich mag nicht, dass du immer mit mir herumhängst. Lass mich halt in Ruhe, wenn du es nicht aushältst, dass ich einen anderen hab". Er war beleidigt, zeigte ihr das sehr deutlich und versuchte, ihr aus dem Weg zu gehen. Was nicht ganz einfach war, denn bestimmte Vorlesungen und ein Seminar hatten sie beide belegt. Er bemühte sich um eine junge Kommilitonin, blond und ziemlich hübsch, die erst kurze Zeit in Wien war. Nach zwei Monaten war er schon imstande, ihr einiges von der Stadt zu zeigen. Das Mädchen schien ihn zu mögen und als er ihre Hand ergriff, ließ sie es zu. Anette stellte ihn Tage danach zur Rede: „Hast' jetzt endlich eine aufgerissen! Is sie anschmiegsamer als ich? Ich war dir nicht genug, gell?" „Was soll das?", antwortete er, „Du hast mir doch deutlich genug gezeigt, dass du nichts mit mir zu tun haben willst, oder!" „Geh, komm, gehen wir ein Stück spazieren!" Sie nahm ihn an der Hand und zog ihn fort. Kaum waren sie aus dem Gebäude, schmiegte sie sich an ihn und küsste ihn mit einer Heftigkeit, die ihn überraschte und mit einem Schwall von Wärme überflutete. Für Momente verschmolzen sie ineinander, um kurz darauf wieder auf Distanz zu gehen, als sei ihnen beiden solch eine Absolutheit von Gefühlen inakzeptabel. Nach dem anschließenden Spaziergang änderte sich ihre Beziehung. Sie mieden zwar weiterhin große Nähe und intensive körperliche Kontakte, empfanden sich aber als ein Paar.

Anettes Tante besaß eine herrschaftliche Villa im 18. Bezirk, in Pötzleinsdorf, und vermietete dort Zimmer. Eines war frei geworden und Rüdiger nahm die Chance wahr, aus seinem schäbigen Zimmer in das weitaus schönere in der Villa umzuziehen. Zwar hatte er jetzt weitere Anfahrtswege mit der Straßenbahn, aber das nahm er in Kauf, denn Anette war ein gern gesehener Gast bei ihrer Tante. Pötzleinsdorf war fast schon nicht mehr Wien. Die abgelegene und ruhige Lage machten es eher zu einem Ausflugsziel vieler Wiener. Ein alter Dorfkern, Villen aus der Gründerzeit, ein Schlosspark und der nahe Wienerwald gaben Rüdigers neuem Zuhause einen besonderen Reiz. Sein Zimmer war möbliert und er verteilte seine wenigen Siebensachen inmitten der stilvollen alten Möbel so gut es ging. Er stellte ein paar Möbel um und als es ihm gefiel, sollte die neue Bleibe auch richtig eingeweiht werden. Natürlich musste Anette dabei sein. Sie hatten zuvor gemeinsam eine Vorlesung besucht, verließen sie aber vorzeitig, weil sie sie langweilig fanden. Sie gingen zu Fuß Hand in Hand zum Schottentor und nahmen die Straßenbahn nach Pötzleinsdorf. Sie kauften eine Flasche Wein, ein Wiener Hendl und machten es sich in den neuen vier Wänden gemütlich. Nachdem die Flasche geleert war, fand Anette noch eine zweite im Kühlschrank der Tante. Sie schwiegen, redeten und hörten Musik. Gegen Mitternacht legte sie ihre Beine auf seinen Schoß. Er liebkoste erst ihre Zehen, streichelte sich dann von der Wade übers Knie bis zum Oberschenkel empor und als sie wohlig schnurrte, küsste er sie auf den Hals. Sie nahm seinen Kopf zwischen ihre Hände, fand seine Lippen und küsste ihn mit einer Heftigkeit, die ihn fast erschreckte. Ihre Zungen spielten miteinander und er fand, dass es sich gut anfühlte. In dieser Nacht blieb Anette bei ihm. Als sie ihn fragte, ob sie bei ihm schlafen könne, schlug ihm das Herz bis zum Hals. Als er sie fast nackt in Hemd und Höschen ansah, erschrak er darüber, wie dünn sie war. „Ruck halt a Stück zur Seit", hauchte sie und huschte unter das Laken. Das schmale Bett reichte für zwei und sie lagen Bauch an Rücken eng aneinander gekuschelt. Er berührte ihre Brust und sie ließ es zu. Als seine Hand sich an ihren Oberschenkeln entlang bewegte, schob sie sie zurück und ihr „Nein" war eindeutig. Er lag noch eine Weile wach, hörte ihre gleichmäßiger werdenden Atemzüge und schlief schließlich auch ein. Als er am Morgen aufwachte, war das Bett neben ihm leer. Von seiner Wirtin hörte er, dass Anette schon früh gegangen sei und er solle ihr nicht böse sein. Außerdem sei sie jetzt ein paar Wochen nicht in Wien.

Rüdiger sah und hörte sechs Wochen nichts mehr von Anette. Anfang April brach ein plötzlicher Frühling über Wien herein. Blätter und Blüten explodierten förmlich und er nutzte die Nähe zum Park in Pötzleinsdorf zu langen Spaziergängen. Er war nie ein richtiger Spaziergänger gewesen, aber vielleicht war es die laue Frühlingsluft, die ihm das plötzliche Gefühl vermittelte, dass er Anette furchtbar vermisste. Er stellte sich vor, mit ihr über die besonnten Wege zu schlendern, auf einer Parkbank zu sitzen, ihre Hand zu halten und sie zu küssen. Erst zaghaft, dann wild und verlangend. Ihm war klar, wie kitschig das alles war.

Gegen Ende des Wintersemesters war sie auf einmal wieder da und begrüßte ihn fast wie einen Fremden. Sie gaben sich die Hand. „Wie geht's dir?" „Gut. Und dir?" „Auch gut. Ich habs eilig. Servus", sprach sie und eilte davon. Rüdiger kam sich reichlich bekloppt vor. Doch dann wuchs ein gesunder Ärger in ihm. „Was soll's! Es ist, wie es ist"!

Am vorletzten Proseminartreffen bei Professor Kindermann musste Rüdiger sein Referat über die Englischen Playwrights im elisabethanischen Theater vortragen. Es war ein Erfolg und er kassierte ein ‚Ausgezeichnet' dafür. Anette war unter den Zuhörern und gratulierte ihm. Anschließend fuhr sie mit ihm nach Pötzleinsdorf. Sie schmusten miteinander, berührten und küssten sich. Als er mehr wollte, stand sie abrupt auf, ging zum Fenster und blickte hinaus. Sie schwieg und er wusste nicht, was er tun oder sagen sollte. Mit einem Mal drehte sie sich um und schaute ihn an, mit einem Blick, der ihm leer vorkam und zugleich wie ein Vorwurf. „Ich bin schwanger", stieß sie hervor und als sie sein erschrockenes Gesicht sah, ergänzte sie beinahe wütend: „Nein, doch nicht vor dir. Wie denn auch. Hab dir doch erzählt, dass ich fest liiert bin. Aber ich werd's weg-machen lassen. Und jetzt muss ich gehen. Servus." Er war wie vor den Kopf geschlagen. Er schlug die Tür hinter ihr zu, so laut, dass Anettes Tante ihn zur Rede stellte. Danach verließ er das Haus, lief zur nächsten Trafik, kaufte eine Flasche Stroh-Rum und schüttete den Fusel so lange in sich hinein, bis er halb bewusstlos aufs Bett sank. Er wachte erst am nächsten Abend mit einem fürchterlichen Kater auf und versprach sich, dass nun die Anette-Geschichte endgültig beendet sei.

Das war sie auch bis auf ein paar flüchtige Wiedersehen und einen halbherzigen Briefwechsel.

Anette blieb unverheiratet und kinderlos, tingelte als Tour-neetheater-Begleiterin eine Weile durch deutsche Lande, machte irgendwann ihren Doktor phil. und wurde eine halbwegs bekannte Kinderbuchautorin.

Nach dem unerfreulichen Abgang Anettes war mir Wien verleidet. Die Stadt kam mir leer vor. Irgendwie war es wie eine Flucht, als ich kurzentschlossen der Donaumetropole den Rücken kehrte. Ich hatte dort ein gutes Jahr verbracht, hatte einiges erreicht, ohne aber in meinem Leben wirklich einem Ziel nähergekommen zu sein. Wenn ich denn überhaupt ein Ziel hatte! Dazu kam, dass meine Mutter mir schrieb, wie schwer es Vater fiel, jeden Monat das zugesagte Geld zu schicken. Ich schämte mich, meinen Eltern immer noch auf der Tasche zu liegen.

Nach dem Sommersemester 1963 kehrte ich von der Donau an den Rhein zurück.

16. Zurück zu ‚Vater Rhein‘

Im Oktober begann das Wintersemester an der Johannes-Gutenberg Universität in Mainz.

Als ich die schöne blaue Donau hinter mir ließ und zu Vater Rhein zurückkehrte, war es Mitte Juli. Was, außer mich auf meinen Wiener Lorbeeren auszuruhen, blieb mir in der rheinland-pfälzischen Landeshauptstadt zu tun? Nach Wien kam mir die Stadt provinziell und engstirnig vor. Selbst das Theater, so armselig es nach den Erfahrungen des letzten Jahres auch war, machte Sommerpause und die Weinkneipen waren mir nach der langen Abwesenheit fremd geworden. Ich sehnte mich nach Anette, fühlte mich einsam und unglücklich. Die Familie war auf vorsichtige Distanz gegangen und ich konnte nicht erwarten, dass jemand meinen Kummer verstehen und mich gar tröstend in die Arme nehmen würde. Eine neue Beziehung war nicht in Sicht und ich wünschte mir auch keine. Als gebranntes Kind wollte ich bis auf weiteres einen Bogen um das weibliche Geschlecht machen.

Ich suchte eine Wohnung, fand auch schnell eine in der Greiffenklaustraße, nahe am Rhein, der Innenstadt und nur wenige hundert Meter entfernt von der alten Penne, dem Gymnasium am Kurfürstlichen Schloss. Selbst zur elterlichen Wohnung war es nicht weit, sodass ich, wann immer mir danach war, ich dort einfallen konnte, um Mutter meine Schmutzwäsche zu bringen und von ihren Kochkünsten zu profitieren. Meine Eltern zeigten sich unbegreiflicherweise immer noch bereit, mit einem kleinen finanziellen Beitrag zu meiner Selbstfindung beizutragen. Allerdings war dieser Beitrag so gering, dass mir nichts übrig bleib, als nach einer bezahlten Arbeit zu suchen. Das war damals nicht schwer. Meist genügte ein früher Besuch im Studentenwerk, bei der ASTA-Jobvermittlung, und ich konnte mir eine kurz- oder längerfristige Tätigkeit aussuchen.

Ich lud Bierkisten in der Bindingbrauerei aus, machte das ein paar Tage mehrere Stunden lang, fand aber die Bezahlung für die Knochenarbeit zu gering und ließ es bleiben. Ich mochte kein Bier, bewunderte aber die Brauereiarbeiter, die es im Laufe eines halben Tages locker auf fünf Flaschen brachten und dabei immer noch aufrecht und zuverlässig ihre Tätigkeiten verrichteten.

Die Arbeit in einer Fabrik für Säcke und Planen hielt ich auch nicht lange durch. Ich fühlte mich nicht kräftig genug, die schweren, mehrere Quadratmeter großen Planen zusammenzulegen oder die kratzigen Säcke zu stapeln. Ich war nicht zum Malocher geboren. Der Job in einem Speditionsunternehmen war auch nicht besser, aber er warf wenigstens etwas an flüssiger Nahrung ab. Wir waren meist mehrere Studenten, die am frühen Morgen angeheuert worden waren, um einen LKW voller Kisten mit einem Getränk namens Picon zu entladen. Picon war ein aus Frankreich stammender, sehr beliebter karamellfarbener, leicht bitterer Aperitif. Spätestens um 12.00 Uhr musste der LKW leer sein und danach gab es den Lohn bar auf die Hand. Da die Arbeit also schnell gehen musste, konnte es schon mal passieren, dass eine der sechs Flaschen enthaltenden Kisten herunterfiel und die eine oder andere Flasche zu Bruch ging. Manchmal halfen wir auch nach und die heil gebliebenen Flaschen wanderten in die eigene Tasche. Da die Laster zweibis dreimal wöchentlich kamen, hatte ich wochenlang ausreichend Alkoholvorräte. Ich hielt mich an den Picon-Werbeslogan „Erst mal entspannen, erst mal Picon!" Immerhin hatte der Stoff über dreißig Umdrehungen. Ich weiß nicht mehr genau, wie der Job endete, ob man unseren Mundraub entdeckte oder ob ich keinen Picon mehr riechen und schon gar nicht mehr schmecken konnte. Es war auch egal, denn irgendwann im August hatte ich genug Geld zusammen, um über einen Urlaub nachzudenken.

Ich beschloss, nach Griechenland zu reisen.

Die erste Griechenlandreise

Ich weiß nicht mehr, warum es Griechenland sein musste. Vielleicht, weil ich gelesen hatte, dass in diesem Land die Sonne außerordentlich hell strahlte und Himmel und Meer besonders blau waren. Auch erschien mir Griechenland wie das Synonym für ein anderes, weniger zwanghaftes und festgefahrenes Leben. Ich hatte auch gerade Heinrich Bölls „Anekdote zur Senkung der Arbeitsmoral" gelesen, die er recht provokant zur Hochphase des deutschen Wirtschaftswunders just am 1. Mai, dem Tag der Arbeit, öffentlich gemacht hatte. Darin begegnet ein schicker deutscher Tourist einem ärmlich gekleideten Fischer, der mit dem kläglichen Fang des Tages zufrieden ist. Gönnerhaft malt ihm der Deutsche die vielfältigen Gewinnmöglichkeiten seines Gewerbes aus, wenn er denn von seiner Faulenzerei Abstand nähme. So wie dieser Fischer wollte ich auch leben, von der Hand in den Mund, aber glücklich und zufrieden. Ich musste Deutschland und das schnöde Gewinnstreben hinter mir lassen, wenigstens für eine kurze Zeit. Hellas voraus! Henri Millers Buch „Der Koloss von Maroussi" spielte ebenfalls eine Rolle bei meiner Entscheidung. In seinem enthusiastischen Reisebericht plädiert Miller, dessen obszöne Romane mir durchaus gefielen, mit entwaffnender Bravour für Griechenland und die Griechen. Dank der Lektüre einiger Bücher Jack Kerouaks und meiner Vorliebe für Road-Movies wie Bonnie and Clyde und vor allem Easy Rider fühlte ich in mir die Begabung zum Bohemien und Weltenbummler mit der dazugehörigen Verachtung alles Dumpf-Bürgerlichen. Deutschland erschien mir eng, sein ewig grauer Himmel drückte aufs Gemüt. Ich befürchtete, in mir zu ersticken. Millers Reisebuch öffnete mir die Augen und wies mir den Weg. Ich entdeckte Seelenverwandtschaften und dieses Land, das der alte Faun da beschrieb, schien auch mein Land zu sein, mein Fluchtpunkt.

Ich verabschiedete mich von meinen sprach- und ratlosen Eltern und nahm den erstbesten Zug nach Athen. Nach einer fast dreitägigen, beschwerlichen Reise kam ich verschwitzt und dreckig auf dem staubigen Bahnhof Athens an. Dort schien tatsächlich die Sonne so hell an einem knallblauen Himmel, wie ich es noch nie erlebt hatte. Das Hotel, das ich nach längerem Suchen in Piräus fand, war auf solche Traveller wie mich eingestellt. Ich teilte das Mehrbettzimmer mit zwei anderen Gästen und einer Vielzahl von Wanzen, deren quaddelige Stiche meinen jugendlichen Körper noch eine Weile verunzierten. Nach zwei Tagen floh ich aus der Stadt mit ihren verkehrsverstopften Straßen und der von Touristen durchtrampelten Plaka. Die Akropolis nahm ich noch mit, fürs Museum fühlte ich mich zu jung und lebendig. Mir war nicht nach Altertümern zumute. Ich wollte das echte, ursprüngliche Leben kennenlernen, also nahm ich - Deckklasse natürlich - die Fähre nach Syros. Dort befand ich mich in Gesellschaft derer, die wie ich, zivilisationsflüchtig, nach dem Geschmack des Unverfälschten lechzten. Hippies nannte man damals diese Spezies Mensch. Und wir sahen auch alle so aus: unverfälscht, heruntergekommen, andersartig. Auf Deck des Schiffes unter sternenklarem Himmel verwöhnten mich sonnenverbrannte, stämmige Seeleute auf ihrer Heimfahrt zur Insel. Ich verstand zwar keines ihrer Worte, doch ihr wundervoll-ansteckendes Lachen sagte mir, dass sie mich verstanden. Ich fühlte mich ihnen und ihrer unverfälschten Natürlichkeit sehr nahe. Die Männer fütterten mich wie ein aus dem Nest gefallenes Vögelchen mit Brot und Oliven und ich bekam so viel Ouzo und Wein eingeflößt, dass ich mich wie im Olymp fühlte. Göttergleich. Am nächsten Morgen hing ich am Hafenkai von Syros, fühlte mich kotzelend und fand das Land und seine Menschen herrlich.

Dann begann ich mit dem ‚Inselspringen': Santorini, Ios, Mykonos, Kreta. Auf Santorin schlief ich auf kratzigen Strohsäcken in der Jugendherberge von Thira, mit Blick auf die steilen Treppen und den Mulipfad. Am späten Nachmittag genoss ich das gute Gefühl, wieder allein auf der Insel zu sein, wenn die Horden der Kreuzfahrtschiff-Touristen die Sehenswürdigkeiten abgeklappert hatten und auf den Rücken der Maulesel wieder abwärts zu ihren Luxuskabinen schaukelten. Das war nicht meine Welt. Ich hatte nur Verachtung für sie. Unsereins, die kleine Schar Gleichgesinnter, hauste im Schlafsack am Strand. Wir waren zwar jung, hatten aber grenzenlose Aussichten und einzigartige Erfahrungen. Wir wussten, was wichtig im

Leben war und worauf es ankam. Die Inselgriechen sahen unserem Treiben mit nachsichtigem Misstrauen zu.

Mykonos war damals noch griechisch. Dort machte ich die Bekanntschaft mit einem anderen Deutschen. Gemeinsam nächtigten wir am schönsten Strand der Insel, bevor ich weiter nach Kreta schipperte. Ich kam in Heraklion an, besuchte das Museum und schaute mir danach auch noch Knossos an, das ich fade, künstlich und übertrieben fand. Überall trieben sich in Scharen die Neckermann-Touristen herum. Ich lernte zwei Deutsche kennen, Vater und Sohn, die mit dem Auto, einem knallroten Opel Rekord auf Griechenlandreise waren und nach Vai wollten. Dort sollte es Europas einzigen Palmenhain geben. In dem geräumigen Caravan war noch Platz genug für mich und meinen großen Rucksack. Bis Aghios Nikolaos war die Insel dicht besiedelt, laut und touristisch. Ich erblickte kaum glücklich und zufrieden aussehenden Menschen wie Heinrich Bölls Fischer. Doch weiter im Osten gab es endlich richtige Griechen. Bärtige, schwarzlockige alte Männer mit dunklen Stirnbinden, verzehrenden Augen und faltiger Haut: lauter Zorbasse. Je weiter wir kamen, umso miserabeler wurde die einzige Straße und schließlich quälten wir uns an Baumaschinen vorbei, über frisch aufgeschütteten Schotter und eine schlaglöchrige Piste zum Ziel. Vai war wirklich wunderschön und sehr einsam. Wir schliefen zwei Nächte am Strand. Am späten Vormittag kam ein alter Mann auf einem Muli, öffnete einen Kiosk und bis zum Nachmittag konnte man bei ihm kaufen, was man brauchte. Er stellte vier blaue Stühle um einen wackligen Tisch und verkaufte Neskaffee und Tiropittes, Blätterteig-Käsetaschen, selbstgebrannten Schnaps und geharzten Wein.

Wenn er sich nach ein paar Stunden wieder auf sein Reittier geschwungen und Jassas gebrummelt hatte, saßen wir fast wieder allein unter den Palmen und betrachteten am Abend den Sonnenuntergang. Als wir genug von der Einsamkeit hatten, fuhren wir den langen Weg zurück. In Heraklion verabschiedete ich mich von Sohn und Vater. Sie wollten zur Fähre nach Chania, ich zu den minoischen Ruinen von Phaistos. Tatsächlich traf ich dort den Fremdenführer, den Henry Miller in seinem Buch so sympathisch dargestellt hatte. Er sah genauso aus wie im Buch beschrieben und ich machte ein Foto von ihm.

Bis zum Hippieparadies Matala war es nicht weit. Hier war der Sage nach Zeus in Stiergestalt mit der geraubten Europa an Land gegangen und hatte sich in einen Adler verwandelt. Als unter dem Sternzeichen Stier geborener, fühlte mich in Matala wie zu Hause, machte es mir in einer der Höhlen bequem und genoss die griechische Gastfreundschaft. Der Wirt des nahen Restaurants ernannte mich nach zweimaligem Besuch zu seinem Freund und bot mir kostenlos Speis und Trank. Damals herrschte unter den Griechen noch eine entgegenkommende Sympathie gegenüber den seltsamen Vögeln, die sich hier aus der ganzen Welt eingefunden hatten und die Tage mit Nichtstun verbrachten. Ich teilte meine Höhle mit einem älteren Traveller, das heißt, er teilte sie mit mir, denn er war vor mir da und schon ein Jahr lang unterwegs. Paul nahm mich unter seine Fittiche und brachte mir bei, was es hieß, sich vom Mainstream entfernt zu haben und in der Einfachheit sein Glück zu suchen.

Doch auch die erfüllendste Glückseligkeit hatte einmal ein Ende, jedenfalls für mich. Ich hatte eine Rückfahrkarte mit der Fähre und ein Bahnticket ab Athen. Das Wintersemester an der

Uni Mainz stand bevor. Eine Woche vor dem Fährtermin teilte ich Paul mit, dass der Moment des Abschiednehmens gekommen sei. Doch davon wollte der nichts wissen, sondern er schlug vor, mich zu begleiten. Zu Fuß über das Gebirge, am höchsten Berg, dem Psiloritis vorbei und wieder ins Tal hinunter bis ans Meer. Etwa 120 Kilometer Wanderwege, aber in drei Tagen sei das leicht zu schaffen. Paul war erfahren, in jeder Beziehung, und ich war verrückt genug, mitzumachen. Am zweiten Tag erschreckte uns auf einer Hochebene ein Schafhirte, der plötzlich hinter einem Baum hervorgesprungen kam. Er sprach leidlich Deutsch, schwärmte von seiner schönen Zeit in Rüsselsheim und beköstigte uns mit Schafskäse und Wein. Er sagte uns, dass wir auf dem richtigen Weg seien und wünschte uns eine gute Reise. Nachts war es sehr kalt und tagsüber heiß, doch wir hatten Glück, verliefen uns nur einmal und fanden am vierten Tag tatsächlich ins Tal.

Ich erreichte meine Fähre zur rechten Zeit und in Athen fuhr auch der Zug pünktlich ab. Mit einem Tag Verspätung kam ich in Mainz an. Meine Eltern waren zufrieden, mich wiederzusehen, und ich hörte nicht auf, davon zu schwärmen, dass ich so viel wahres und unverfälschtes Leben kennengelernt hatte.

Am 5. Oktober nahm ich mein Studium auf. Die Studiengebühren von 172,25 Deutsche Mark zahlte mein Vater.

Probieren geht über Studieren

Ein Großteil meines studentischen Elans war in Wien geblieben und die verbliebenen Reste hatte ich gegen eine vermeintliche griechische Lebensweise eingetauscht. So war ich denn auch bei meinem zweiten Mainzer Studentenleben wieder mehr ein Ausprobierender als ein Studierender. Ich belegte zwar Seminare, besuchte Vorlesungen und achtete auch auf eine gewisse Anwesenheitspflicht, aber das geschah eher halbherzig und beinahe nebenbei. Ich fand zwar vieles durchaus interessant, schnupperte an der Literatur des Barock, las die Bekenntnisse des Augustinus, ließ mich sogar ins Althochdeutsche einführen und in die Grundbegriffe der Psychologie. Ich war drauf und dran, mir ein allumfassendes Halbwissen anzueignen, mit dem absolut nichts anzufangen war. Doch das störte mich wenig, denn meine Lebensplanung verlor sich ja auch im Ungewissen. Eigentlich wollte ich ja zum Theater, doch da Theaterwissenschaft an der Uni Mainz nur ein Schattendasein führte, hatte ich immer wieder einen Entschuldigungsgrund, nichts zu tun. Das heißt, ich tat ja eigentlich nicht nichts: Immerhin hatte ich am Mainzer Stadttheater Fuß gefasst und darüber hinaus gab es ausreichend Jobs, die es mir ermöglichten, einen meinen bescheidenen Ansprüchen angemessenen Lebensstil zu führen.

Ganz in der Nähe des Markts, noch im Angesicht des gewaltigen Doms gab es ein modernes, renommiertes Fachgeschäft für Haushaltstechnik. Neben Waschmaschinen, Kühlgeräten und Elektroherden führte man auch Fernseher und war stolz auf eine große Schallplattenabteilung. Als, wie ich meinte, Kenner aktueller Popmusik, bewarb ich mich erfolgreich um die Stelle eines Aushilfsverkäufers in dieser Abteilung. Neben der fest angestellten Hauptkraft, Fräulein Schubert, einer molligen und ungemein warmherzigen Dame, deren Kenntnisse in klassischer Musik über jeden Zweifel erhaben waren, war ich, hauptsächlich zu den Stoßzeiten, für die U-Musik zuständig. Nach einiger Zeit saß ich so fest im Sattel, dass ich bei den Repräsentanten der Elektrola, Deutschen Grammophon, Ariola, Telefunken-Decca selbst ordern und in die Regale stellen durfte, was gerade die Hitlisten anführte. Verkaufsrenner waren immer noch die Größen des Rock`n Roll, Elvis Presley, Chuck Berry, Little Richard, natürlich auch die Beatles und Rolling Stones, aber dank meiner Einkäufe gab es auch Peter Paul and Mary, die Beach Boys und Roy Orbison. Da ich Jazz mochte, hatten wir im Laden auch bald eine beachtliche Auswahl von Scheiben ausgesuchter Jazzer wie Thelonious Monk, Charlie Mingus, Chet Baker und selbstverständlich auch vom Stan Getz Quartet. Gegen die Flut deutscher Schlager und den schlechten Geschmack vieler Käufer war ich aber machtlos und ich gab es auf, mich gegen Siv Malmqvist, Peggy March oder Peter Alexander zu wehren. Nur als alle zur Määnzer Fassenacht ständig nach Liedgut wie „Das kommt vom Rudern, das kommt vom Segeln" und „Schaffe, schaffe, Häusle baue" fragten, wurde es mir zu viel und ich bat um ein paar Tage Urlaub.

Meine Arbeitszeit konnte ich im Großen und Ganzen selbst bestimmen. Ich verdiente nicht schlecht und fand sogar noch genug Zeit, meinen Studentenstatus aufrecht zu erhalten und ab und zu mal in der Universität vorbeizuschauen.

Im Herbst 1964 kaufte ich mir ein Auto, einen gebrauchten Mercedes Benz 219 Ponton, Baujahr 1956. Der war nicht nur elegant, schwarz und geräumig, sondern hatte auch den Vorteil, ein Diesel zu sein. Das war besonders praktisch, denn man konnte ihn auch mit dem damals noch sehr preiswerten Heizöl fahren, was natürlich nicht erlaubt war. Aber meine Eltern hatten dank ihrer Heizung genug davon im Keller und ich war so frei, mich zu bedienen. Unangenehm war nur, dass ich meist, nachdem ich einige Kannen in den Tank meines Wagens gefüllt hatte, den Geruch nur schwer loswurde.

Dass ich mir ein solches Fahrzeug leisten konnte, war einem anderen Nebenjob zu verdanken. Ich hatte in der Nachbarschaft meiner Eltern in Mainz-Mombach eine alte Dame kennengelernt, die mit zwei weiteren ebenso alten und rüstigen Gefährtinnen jeden Abend in die Dörfer und Kleinstädte der näheren Umgebung ausschwärmte, um jungen Familien für den Nachwuchs eine Aussteuerversicherung der Firma Iduna zu verkaufen. Um zu den jeweiligen Orten zu gelangen, brauchten die Drei ein Fahrzeug einschließlich Fahrer. Und das war ich mit meinem Mercedes. Dreimal in der Woche stand ich parat und kutschierte das Vertreterinnentrio durch die rheinland-pfälzische und südhessische Provinz. Während die Damen auf Tour waren, lernte ich manch eine Weinkneipe in den idyllischen Gemeinden meiner heimatlichen Umgebung kennen. Um 18.00 Uhr fuhren wir los und um 22.00 Uhr war ich wieder in Mainz. Je nachdem, was das Iduna-Team verdiente, war mein Lohn mal mehr und mal weniger. Den Fahrdienst und die Transportkosten rechnete ich aber gewissenhaft ab.

Wie das Leben so spielt, empfahl man mich weiter und ich kam in den durchaus lukrativen Genuss, einen 82 Jahre alten, liebenswürdigen, doch nur noch leidlich rüstigen Senior in seiner Villa abzuholen und ihn zu den Orten seiner Vergangenheit zu fahren. Dort angekommen, klappte ich den zusammengelegten Rollstuhl auseinander und schob den alten Herrn auf kleinen Spaziergängen durch die Natur. Meist kehrten wir danach in einem Café zu Kaffee und Kuchen ein, bevor ich ihn nach drei Stunden unversehrt wieder ablieferte und meinen Lohn kassierte.

Da diese Beschäftigungen immer nur Stunden dauerten, standen sie meiner Freizeit und dem lahmen Studium nur geringfügig im Wege. Allerdings gab es einmal eine vierzehntägige Unterbrechung, als ich meine Fähigkeiten in den Dienst eines Ingelheimer Filmproduzenten stellte. Der hatte den Auftrag erhalten, in Bad Reichenhall einen Lehrfilm über das Bronchialsyndrom zu drehen und brauchte eine Hilfskraft. Regie und Produktion lagen in seiner Hand, die Kamera wurde von einem Assistenten geführt. Ich bekam den Job und wurde zuständig für Transport, Unterbringung und Versorgung. Mit einem VW-Bus T1, dem berühmten Bulli, brachte ich das Material nach Bad Reichenhall, besorgte notwendig gewordenen Ersatz, fuhr nach München, um Filmrollen zum Entwickeln zu bringen, und war während der zwei Wochen Mädchen für alles. Wir wohnten in einem schicken Hotel inmitten der Kurstadt, ich hatte ein eigenes Zimmer, genoss das hervorragende Essen und das elegante Ambiente und verdiente dabei auch noch gutes Geld. Nur die manchmal nicht zu vermeidende Anwesenheit während der Filmdrehs im Sanatorium war weniger angenehm. Ich rauchte selbst intensiv und die Folgen dieser Nikotinsucht zu sehen, war ganz schön abschreckend. Mitzuerleben und auf Zelluloid zu bannen, wie sich morgens müde Männer in die Toilette quälten und unter Röcheln und krächzendem Räuspern gelbgrünes Sputum von sich gaben, konnte einem schon arg das Rauchen vermiesen. Nach zwei Wochen war der Film gedreht und ich meinen Job wieder los. Von da an konnte ich wieder ohne unangenehme Hemmungen qualmen.

Ich hatte im Schallplattengeschäft schon des Öfteren das Vergnügen gehabt, eine gute Kundin zu bedienen. Sie kam etwa alle zwei Wochen und ich merkte, dass sie sich gerne von mir beraten ließ. Mit ihren etwa fünfzig Jahren sah sie gut aus, eine Frau, die zwar das Beste hinter sich, aber vielleicht doch noch etwas vor sich hatte. Jedenfalls war das damals die Betrachtungsweise meines jugendlichen Hirns, dem es unvorstellbar war, dass jenseits der Fünfzig noch Leben möglich war. Karin war die Besitzerin einer Diskothek mit dem albernen Namen Disko-Tenne in der nahen Kleinstadt Ingelheim. Sie suchte jeweils die neuesten Hits und ich stellte ihr eine Auswahl der gerade gängigen Singles zusammen. Eines Tages fragte sie mich, ob ich nicht Lust hätte, einmal in der Woche, am besten zum Wochenende, als Diskjockey in der Tenne Platten aufzulegen. Ich fühlte mich geschmeichelt und schaute mir ein paar Tage danach den dörflichen Tanzschuppen an. Karin zeigte mir alles, den großen Saal, die Bar und den Pferdewagen, ohne Räder, aber mit angewinkelter Deichsel, auf dessen Pritsche das Mischpult und die Plattenteller untergebracht waren. Die vier voluminösen Lautsprecher waren im Raum verteilt und als ich probeweise eine Scheibe auflegte, war ich überrascht von der dröhnenden Klangfülle. Karin bat mich, da, wie sie sagte, ihr Gatte an diesem Tage nicht da sei, in die gute Stube. Warum sie die Abwesenheit des Gatten erwähnte, verstand ich erst, als sie mir einen Whisky eingoss und mich bat, es mir doch etwas bequemer zu machen. „Wir wollen uns doch ein wenig besser kennenlernen und uns beschnuppern, gell", säuselte sie. Was sie mit Beschnuppern meinte, wurde mir sehr bald klar. Sie kam mir noch näher, als sie es schon war, begann in meinen Haaren zu kraulen, öffnete mein Hemd und schob ihre feuchtwarme Hand über meine Brust. Falls ich bis dahin noch Widerstände in mir gefühlt hatte, schmolzen diese dahin und als sie dann auch noch ihre üppige Fülle auf meine Schoß hob, gab es kein Halten mehr. Karin war zielstrebig und ich war Wachs in ihren erfahrenen Händen. Was hatte ich ihr entgegenzusetzen! Sie war scharf und sinnlich, wohlproportioniert und warm, so etwas nannte man wohl ein Vollweib. Ich hatte schon monatelang keine Freundin mehr gehabt und ließ geschehen, was denn geschehen musste, wobei ich, das sei der Ehrlichkeit geschuldet, durchaus meine Freude an der Zweisamkeit hatte.

Ich nahm den Job als Diskjockey an und legte jeden Freitag, nachdem Karin und ich am Nachmittag Whisky getrunken hatten, die gängigsten Scheiben auf. Ein Jahr lang hielt ich diese aufreibende, aber durchaus lukrative Tätigkeit durch und hörte erst auf, als mein Gehör aufgrund der enormen Lautstärke der Freitagabende schlechter wurde und der HNO-Arzt einen Hörsturz mit möglicherweise bleibendem Tinnitus konstatierte. Dieser Tinnitus ist mir auch noch heute eine beständige Erinnerung an die Whisky-Nachmittage mit Karin.

Anzuführen ist hier auch noch meine Tätigkeit als Regie-
assistent am Stadttheater Mainz. Werner Küffe, ein Charakter-
schauspieler und gefragter Regisseur hatte sich bereit erklärt,
mich bei der Produktion der Shakespearekomödie ‚Maß für
Maß‘ unter seine Fittiche zu nehmen. Bei den sechswöchigen
Proben durfte ich im Zuschauerraum in der fünften Reihe
sitzen, Protokoll führen, Schauspieler aus der Kantine zur
Probe herbeizitieren, Kaffee kochen und belegte Brötchen
holen. Ich durfte die gestrichenen Stellen im Regiebuch markieren und wenn ich eine Idee zum Stückablauf hatte, sagte
Küffe „Jau, Junge, machen wir!“ Dabei blieb's denn auch. Als
die Premiere ein mittelmäßiger Erfolg wurde, war ich mir relativ sicher, dass meine Zukunft nicht dem Theater gehörte. Als
Regisseur nicht und als Schauspieler schon gar nicht. Immerhin
lernte ich durch diese Assistenztätigkeit Schauspieler und vor
allem Schauspielerinnen kennen und fand, dass sie ein lustiges
Völkchen waren. Ich fühlte mich in der Kantine wie zu Hause,
war auf Partys und Faschingsfesten dabei und glücklich, wenn
ich von der hübschen Gisela, die im Shakespearestück eine
Hauptrolle spielte, ein Küsschen auf die Wange bekam oder
mit der schlanken Marita eng umschlungen einen Blues tanzte.
So gesehen war ich für das Theater doch noch geeignet.

Ich schildere alle diese Tätigkeiten so ausführlich, um ver-
ständlich zu machen, warum ich drei Jahre brauchte, um das
Philosophikum zu schaffen, und vierzehn Semester bis zum
ersten Staatsexamen, das ich endlich im Mai 1971 mit mäßi-
gem Erfolg erlangte. Im fünften Semester hörte ich die Vorlesung ‚Gefühl und Wille, Gemüt und Gewissen‘. Aber auch
diese und auch die ‚Übungen über Kants Prolegomena‘ brach-

ten mich dem, von meinen Eltern ersehnten Ziel, dem erfolgreichen Abschluss eines langen Studienganges nicht näher. Immerhin hatte ich gegen Ende dieses Semesters eingesehen, dass das Studium der Theaterwissenschaft nicht nur an der Mainzer Uni, sondern insgesamt für die Katz war.

Ich wechselte in die Anglistik und Amerikanistik, obwohl mir klar war, dass die Wahl dieser beiden Fächer verdammt geradlinig auf den Lehrerberuf zulief, was ich eigentlich überhaupt nicht wollte.

Im Gegensatz zur behäbigen und vergreisten Mainzer Germanistik, die ich schon zur Genüge genossen hatte, war das anglistische Institut relativ klein und dank zweier um Effektivität bemühter Professoren streng. Ich fühlte mich auf einmal wieder wie auf der Schulbank. Man erwartete etwas von mir. Friss oder stirb! Weder zum einen noch zum anderen hatte ich Lust. Unter der kleinen Schar strebsamer Studenten war ich ein unbedarfter Außenseiter, und, was ganz besonders ärgerlich war, ich stellte fest, dass mein Schulenglisch miserabel war. Ich mauschelte mich eine Weile recht und schlecht durch, doch irgendwann kam mir der Gedanke, dass ja vielleicht gerade dieses sprachliche Defizit eine Möglichkeit bot, vor der Ernsthaftigkeit des Studierens zu kneifen und trotzdem das Gesicht zu wahren. Warum sollte mir der Studienfachwechsel nicht einen Fluchtgrund liefern? Was wäre gegen in Urlaubssemester in London zu landeskundlichen Studien und der Verbesserung der Sprachkenntnisse einzuwenden!

Abhauen! Das Weite suchen und beweisen, dass man imstande war, sich in der Welt durchzusetzen. Es war es an der Zeit, mich zu irgendeiner sanften Art von Rebellion durchzuringen. Ich war immer weit entfernt davon, Revolutionär zu sein. Ich war Mitläufer, nicht gerade ‚Ohnemichel‘, aber auch nicht weit davon entfernt. Genug Gelegenheiten zum Protest hätte es gegeben. Als Kurt Georg Kiesinger am 1. Dezember 1966 zum Bundeskanzler der großen Koalition gewählt wurde, hätte ich empört sein müssen. Oder schon vorher, als die USA erstmals Napalm-Brandbomben in Vietnam einsetzten oder als in Frankfurt die Studenten gegen die Intervention in Vietnam protestierten, da hätte ich mich einreihen müssen. Doch ich hatte zu viel mit mir zu tun. Meine wilden Jahre waren Jahre der Selbstbeschäftigung.

Doch im Januar 1967 knallte ich die elterliche Tür hinter mir zu und wagte mich an einen erneuten Aufbruch. Ich hatte die Faxen dicke, hatte das Herumwursteln in einem Studium satt, bei dem mich die Vorlesungen langweilten und die Seminare kaum interessierten. Ich wollte nicht Lehrer werden und lernunwilligen Kindern Englisch beibringen oder sie mit Rechtschreibung und Lyrikinterpretationen nerven. Ich hatte die Nase voll von diesem Herumhängen, von Mainz mit seinen immergleichen Weinlokalen, in denen die immergleichen Leute vorkarnevalistische Fröhlichkeit zelebrierten. Ich hatte genug von Deutschland, den Deutschen und dem ganzen Mief. Ich wollte raus in die Welt, aus der Enge in die Weite. Am liebsten nach Amerika. Als ich das meinen Eltern mitteilte, zeigten die keinerlei Verständnis. Ich hatte auch nichts anderes erwartet. Ich jobbte, kratzte mein Geld zusammen und stellte schnell fest, dass es für einen Flug nach Amerika nie reichen würde und für einen Aufenthalt schon gar nicht. London war eine Alternative, die ich sogar meinem Vater schmackhaft machen konnte: ein Urlaubssemester, um richtig Englisch zu lernen. Für einen Anglistikstudenten war das wohl unerlässlich. Vater griff noch einmal tief in die Tasche.

Heinrich Lübke befand sich in seiner zweiten Amtszeit als Bundespräsident. Lübke als Präsident und Wilhelmine als First Lady! Das war zu viel. Ich nahm mir Lübkes geflügeltes Wort „Equal goes it loose" zu Herzen, packte meine Siebensachen in eine handliche Reisetasche, verabschiedete mich von den Eltern und ließ das ‚goldische Määnz' hinter mir.

London war zwar nicht Amerika, aber leichter erreichbar. London klang gut. In England gab es die bessere Popmusik und vor allem die Beatles. Paul McCartney war in meinem Alter und John Lennon nur ein bisschen älter. 'Sgt. Peppers lonely Hearts Club Band' kam 1967 heraus, die Rolling Stones rockten höllisch und „All is nothing" von den Small Faces passte zu meinem Lebensgefühl. The Kinks und alle diese Gruppen fand ich klasse. Das war etwas anderes als das deutsche Schlagereinerlei.

England würde auf jeden Fall anders sein und London meinem Leben eine neue Richtung geben.

17. London und die Hudson's Bay Company

Meine Eltern bestanden darauf, mich trotz später Stunde Zeit zum Bahnhof zu bringen. Wenn der unverbesserliche und eigensinnige Sohn schon wieder meinte, in die weite Welt aufbrechen zu müssen, wollten sie ihm wenigstens den Abschied erschweren.

Der Express nach Ostende, fahrplanmässige Abfahrt um 2.09 Uhr, hatte eineinhalb Stunden Verspätung. Das war ärgerlich, erwies sich aber auch als vorteilhaft, denn so lernte ich Kevin Kent kennen, einen jungen Engländer, der aufgrund erhöhten Alkoholgenusses mit der Bahnpolizei in Konflikt geraten war. Wir warteten gemeinsam und vertrieben uns die Zeit bei einer heißen Diskussion über die Bahnpolizei, Deutschland, Gott und die Welt als Ganzes. Als der Zug endlich kam, teilten wir uns ein freies Abteil. In Aachen betrug die Verspätung bereits zwei und eine halbe Stunde und bis Ostende kam noch eine hinzu. Die Fähre war fort und die nächste fuhr erst Stunden später. Nach fast vierstündiger Fahrt über eine wild bewegte See betrat ich endlich in Dover englischen Boden. Es war kalt, windig und dunkel, sodass ich nicht einmal die weißen Klippen zu Gesicht bekam. Die Passformalitäten und der Empfang in God's own Country erwiesen sich als streng: „Wie lange wollen Sie in England bleiben?" „Was wollen Sie in England?" „Wovon wollen Sie leben?" „Wie viel Geld haben Sie bei sich?" „Haben Sie Fotoapparate, Radios dabei?" Die ganze Prozedur fand in drei Reihen statt: Touristen, Commonwealth People und Menschen aus dem United Kingdom. Als ich endlich alles hinter mir hatte, brachte uns ein gemütlicher, warmer Zug nach St. Pancreas in London. Kevin hatte mich zuvor schon eingeladen, bei ihm zu wohnen, und ich hatte natürlich dankend angenommen. Kevins Freund Michael, Mitte dreißig, Besitzer einer chemischen Fabrik, Jude, 1930 aus Berlin geflohen, holte ihn und damit auch mich ab und brachte uns in seinem Volvo nach Highgate, wo Kevin wohnte. Er war Neuseeländer, arbeitete als Fußpfleger, lebte aber schon seit sieben Jahren in London und hatte gerade seinen Weihnachtsurlaub in Deutschland verbracht. Kevin war lustig, intelligent, manchmal albern, diskussionsfreudig, unglaublich hilfsbereit, unverheiratet und Hausherr in einer Dreizimmerwohnung mit Kamin. Zwei Tage lang erkundeten wir gemeinsam London, streiften durch Pubs, spazierten durch Parks, trafen Michael und tranken viel Bier.

Michael fuhr uns nach Earls Court, um für mich ein Zimmer zu suchen. Earls Court galt als Ausländerviertel, in dem besonders viele Leute aus dem Commonwealth lebten und wo beinahe jeder Zimmer vermietete und es mit den Papieren und der Arbeitserlaubnis auch nicht so genau nahm. Kevin hatte erfahren, dass dort ein Zimmer frei geworden war. Drei Meter lang, drei Meter breit, Bett mit Bettzeug, Badbenutzung, Kochgelegenheit, warmes Wasser, Heizung mit dem Six-Pence-Automaten. Ich zog ein und blieb dort bis zum Ende meiner Londoner Zeit.

Es war ein winziges Zimmer, im zweiten Stock gelegen und über eine enge Treppe, an deren Beginn an der Wand ein Münzfernsprecher angebracht war, zu erreichen. Außer dem Bett gab es einen Schrank, einen quadratischen Tisch, einen Stuhl und die Gasheizung unter dem Fenster. In einen Schlitz musste man Münzen einwerfen und dann hatte man je nach Menge für ein paar Stunden Wärme. Es war Januar und ziemlich kalt. Die Heizung entpuppte sich als ein Geldfresser. Die Miete von vier Pfund, vierundvierzig Deutsche Mark, war wochenweise zu zahlen. Die Zimmer waren alle einzeln vermietet, es war ein ziemliches Kommen und Gehen. Farbige, Asiaten, Europäer. Earls Court war wirklich eine multinationale und multilinguale Anlaufstation. Den einen oder anderen Mitbewohner grüßte ich nach ein paar Tagen. Ein Farbiger erzählte mir, dass er in Mansion Hause arbeite, jede Nacht zwölf Stunden. ‚Fucking job', meinte er und so hörte ich zum ersten Mal von Mansion House und der Hudson Bay Company. Nach einer Woche wurde mir klar, dass ich entweder schon bald nach Hause zurück oder irgendwie versuchen musste, zu Geld zu kommen. Aber noch war ich nicht pleite und hatte noch Zeit, die Stadt kennenzulernen. Von Earls Court waren es sechs Stationen bis Piccadilly Circus, umsteigen in South Kensington. Von Piccadilly Circus aus erschloss sich mir ganz London. Ich streunte umher, war im Tower, überquerte die London Bridge, schaute mir die Beefeaters am Buckingham Palace an, schlenderte durch den Green Park zur Speakers Corner und genoss die Leichtigkeit des Seins. Mit der Tube, der U-Bahn, zu fahren war billig und für die zwei, drei Bitter, randvoll und ohne Schaum am Abend in den Pubs reichte mein Geld auch noch. Wenigstens für kurze Zeit konnte ich die Stadt noch entspannt und sorgenfrei erkunden. London erschien mir herrlich unbeschwert, locker und total anders. Die Pubs, von denen jedes anders war, waren gemütlich und manchmal eingerichtet wie hochherrschaftliche Wohnzimmer. In diesen

Public Houses standen die Leute dicht gedrängt herum, auf bisweilen noblen Teppichen, mit einem randvollen Glas Bier in der Hand, gestikulierend und diskutierend. Ich machte mich mit der Großstadt vertraut, entdeckte auf stundenlangen Spaziergängen Westminster, Big Ben, Charing Cross. Doch interessanter als die Sehenswürdigkeiten war das normale, alltägliche Leben. Anders als in Deutschland schienen die Menschen ungezwungener zu sein, weniger verhuscht und angepasst. Sie benahmen sich auffällig, übertrieben, manchmal verrückt, doch niemand schien daran Anstoß zu nehmen. Die Verbote waren auf ein Minimum herabgesetzt, keiner hinderte einen daran, den gepflegten Rasen zu betreten, in einem Ententeich im Park zu baden oder an der Speakers Corner im Hyde Park die unsinnigsten Thesen von sich zu geben. Wie steif und konventionell waren wir im Vergleich dazu in Deutschland! Wir zelebrierten Kultur, die Engländer lebten sie. Wir flüsterten, benahmen uns sittsam, wollten möglichst nicht auffallen, scheuten uns, ohne Krawatte ein Restaurant zu betreten. Die Engländer schrien, grölten, trugen Bart und Rollkragenpullover in den besten Lokalen und ihre feinsten Anzüge in den miesesten Pinten. Nie war jemand mit dem erhobenen Zeigefinger da. Common Sense, gesunder Menschenverstand, beherrschte das Leben. Dazu gehörte eben auch, dass man sich anstellte, an der Kinokasse, an der Bushaltestelle. Widersprüche, an die ich mich gewöhnen musste. Und erst die Mädchen in Londons Straßen! Welch eine prickelnde Augenweide. Der Minirock war eine englische Erfindung. Ein Mädchen mit einem normalen Rock war beinahe unmöglich. Anfangs fand ich es beunruhigend, dass die Röcke zwei Handbreit über dem

Knie endeten, doch bald hatte ich mich daran gewöhnt und schaute nicht mehr so aufdringlich hin. Viele Herren der Schöpfung trugen die Haare lang bis auf die Schultern und die Frauen häufig sehr kurz. Ich begann England zu lieben, das Land des Beats, der Miniröcke und der Gammler. Gab es ein anderes Land, wo jeder sich so ungezwungen benehmen konnte. Freiheit war großgeschrieben. Und Disziplin? Der Verkehr lief, die Autofahrer waren rücksichtsvoll und hielten gelassen, wenn ein Fußgänger ihnen ein Zeichen gab. Ich sah sogar Passanten die Straße bei Rot überqueren und der Polizist stand daneben und sagte nichts. Vieles regelte sich so wie von selbst. Ohne Strafzettel, Geschimpfe und böse Worte. Beim Warten auf den Bus bildeten die Leute automatisch eine Schlange. Keiner drängelte. Ein seltsames Volk!

Ich lernte Londoner Theater kennen, wunderte mich, wie formlos und in Alltagsklamotten man sich der Dramatik Shakespeares oder der modernen Stückwelt näherte. Ich ging ins Kino, schaute mir die jeweils zwei Filme einer Vorstellung an, von denen mich eigentlich nur einer interessierte und fand es verrückt, dass sich am Ende der Vorstellung alle erhoben, als die Nationalhymne erklang. London erschien mir wie des Knaben Wunderhorn. Allerdings wurde allmählich meine finanzielle Situation zunehmend problematischer.

Ab und zu traf ich mich mit meiner Reisebekanntschaft Kevin, der mich in seinen Club einführte und mich mit anderen Londonern bekannt machte. Eines Tages lud er mich zu einer Party. Es war verrückt. In einer Zweizimmerwohnung standen fünfzig Leute enggedrängt mit randvoll gefüllten Biergläsern herum und palaverten. Ich fand die ungezwungene Atmosphäre, die Stimmung und überhaupt alles irre. Kevin stellte mich vor. „Rudi, the German, I told you about him. Nice chap". Ich verkleckerte vor Aufregung etwas Bier auf den Boden, aber das störte niemand. ‚Never mind!‘ Als auch mein Geldmangel zur Sprache kam, sagte mir jemand, dass man bei Foyles Aushilfskräfte suche. Foyles war eine der größten Buchhandlungen in London. Ich sagte, dass ich mich gleich am nächsten Tag dort erkundigen würde. Als ich nach Mitternacht die Party verließ, war die letzte Underground schon weg. Ich musste laufen. Von South Kensington bis Earls Court war das zu schaffen und ich fand tatsächlich den Weg ohne mich zu verlaufen. Der nächtliche Spaziergang verschaffte mir Klarheit über meine verfahrene Lage. In meiner Bude war es saukalt. Ich hatte grade noch genügend Münzen für den Gasautomaten, aber ansonsten sah es in meiner Geldbörse beängstigend mies aus.

Am nächsten Morgen fuhr ich nach Charing Cross, fand auch sehr schnell ‚The world's most famous bookstore' und war überwältigt von dem auf fünf Stockwerken präsentierten Angebot an Lesestoff. Ich hatte die größte Mainzer Gutenberg-Buchhandlung immer recht beachtlich gefunden, aber Foyles haute mich um. Irgendwie fragte ich mich zur Personalabteilung durch, offerierte mich als Kenner der deutschen Literatur und bestens geeignet für die Deutsche Abteilung. Aber der grauhaarige Mensch im dunklen Anzug winkte dankend ab: kein Bedarf an Aushilfskräften. Sorry. Das war's. Meine Geldvorräte schrumpften erschreckend schnell. Ein Königreich für einen Job! Ich erwischte Sam, meinen farbigen Mitbewohner am späten Vormittag und klagte ihm mein Leid. „Hudson's Bay!" sagte er. Hudson's Bay Company suche ständig Leute.

Wenn ich wollte, könnte ich am Abend gleich mitkommen. „Five o'clock"? „Okay?" Bis Mansion House waren es neun Stationen auf der gelben Circle Line, ohne umzusteigen. Einfacher ging es kaum. Von Sam, der von der Elfenbeinküste stammte, wusste ich nur, dass es darum ging, Felle zu sortieren. Mehr wusste er und auch ich nicht von der Hudson's Bay Company. Dass es sich dabei um eines der ältesten Unternehmen der Welt handelte, 1670 mit einem Privileg des Königs von England, Schottland und Irland gegründet, und dass diese Company weltweit den Pelzhandel kontrollierte, erfuhr ich erst allmählich. Fürs Erste war mir das auch egal.

Das hohe Backsteingebäude sah düster und abweisend aus. Sam führte mich in ein Büro, eine ältere Lady schrieb, ohne viele Worte zu verlieren, meinen Namen auf, sagte mir, dass ich drei Pfund pro Nacht verdienen würde, Payment once a week, und dass ich sofort anfangen könne. Ich folgte Sam durch ein dunkles Tor, bekam in einer Art Aufenthaltsraum mit vielen Blechspinden einen verschlissenen Kittel gereicht und wurde einem Menschen namens Walley vorgestellt. Walley war Vorarbeiter, Aufseher, Einpeitscher, Quälgeist in einer Person. Seine heisere Stimme sollte mich im Laufe der nächsten Wochen noch im Schlaf verfolgen. An diesem ersten Hudson's Bay-Tag schrie er mir zu, dass er nun die fucking door hinter uns zuschließen werde für zwölf fucking hours, in denen wir außer den fucking tea brakes unsere fucking work zu tun hätten. Sonst würde er uns den Arsch aufreißen. Ich gewöhnte mich schon bald daran, dass jedes dritte Wort von fucking Walley genau dieses war. Aber genaugenommen war Walley ganz fucking in Ordnung.

Die erste Nacht war schlimm. Sam und die anderen Arbeits-
kumpels hatten vorgeschlafen, während ich den ganzen Tag
unterwegs gewesen und müde war. Um 18.00 Uhr wurde die
Tür hinter uns verschlossen und am nächsten Morgen um 6.00
Uhr durften wir gehen. Eingesperrt, und kontrolliert, damit niemand auf den Gedanken käme, einen der wertvollen Pelze zu
klauen. Zwölf Stunden Arbeit, unterbrochen von vier Teepau-
sen. Die Arbeit bestand darin, die abertausende Nerz-, Zobel-
und Hermelinfelle, die an langen Stangen hingen, Schnauze
nach unten, nach Länge und Qualität zu sortieren und mit
einem Etikett zu versehen. Qualität bedeutete Dichte und Farbe
der Felle und nachdem Walley mir nachdrücklich gezeigt hatte,
worauf es ankam, hatte ich das System bald begriffen. Alle drei
Stunden bellte er: „Come on, you fucking bastards, it's fucking
tea time" und genau fünfzehn Minuten später hallte sein
„Come on, you fucking Bastards, do your fucking work" durch
die Hallen. Wir, die Bastards, waren zwanzig bis fünfundzwanzig Arbeiter, das wechselte, mal ein paar weniger, mal ein paar
mehr. Die meisten waren Farbige, aus Ghana, Uganda, der
Elfenbeinküste wie Sam, aber es waren auch Australier, Aus-
siess, darunter und manchmal auch ein Tamile aus Ceylon. Es
war ein wild zusammen gewürfelter Haufen, aber die meisten
waren gute Kumpels. Spätestens in der zweiten Nacht hatte ich
kapiert, dass man alles, außer ein bisschen Kleingeld, zu Hause
lassen musste, weil sonst die Verführung, jemanden zu be-
klauen, zu groß war. Das Kleingeld brauchte man für die
Underground und für das Bier nach Arbeitsende. Tee gab es
umsonst und etwas zu essen musste man selbst mitbringen. Ich
überstand diese erste Nacht, fiel um sieben ins Bett und schlief

bis nachmittags um drei. Dann stand ich auf, kaufte etwas zu essen und fuhr um fünf Uhr zur zweiten Nachtschicht. Nach einer Woche hatte ich den Rhythmus raus und einen Freund, einen Frankokanadier, gefunden, mit dem ich morgens nach Toraufschluss auf Tour gehen konnte. In den Markthallen von Covent Garden, nicht weit entfernt vom königlichen Opernhaus, waren schon am frühen Morgen einige Pubs geöffnet, für die letzten Nachtschwärmer oder für uns, die ersten Feierabend-Gäste. Ich fand es anfangs erstaunlich, dass ein Bier am frühen Morgen schmecken konnte, gewöhnte mich aber schnell daran. Meist waren wir zu zweit, Francois, der Kumpel und ich, manchmal waren aber auch Sam oder andere Typen dabei. Wir hatten unseren Spaß und soffen uns in den Tag hinein, bis es Zeit wurde, ins Bett zu gehen. Dass die Tage bei diesem Leben kurz wurden und meine London-Erkundungen begrenzt, ist klar. Aber immerhin reichte es für Besuche in Wimbledon, einen Trip nach Greenwich, einen Besuch bei Madame Tussauds und immer wieder zur Speakers Corner am Ende des Hyde Park am Marble Arch. Ich war fasziniert von den Rednern auf der Obstkiste, die kein Blatt vor den Mund nahmen und über Gott und die Welt Bescheid wussten. Irgendwo las ich, dass sogar Karl Marx und George Orwell hier geredet hatten.

Ich verdiente drei Pfund pro Nacht. Wie viel war das etwa? Konnte ich davon leben, Miete zahlen und so weiter? Drei englische Pfund, ein Pound waren damals etwa zwölf Deutsche Mark. In der Woche habe ich also achtzehn Pfund verdient, ungefähr 216 Mark. Das Zimmer kostete jede Woche fünf Pfund. Dann kam noch Heizung dazu, U-Bahn-Fahrten, feste und flüssige Nahrung. Blieb also nicht viel übrig. Von der Hand in den

Mund. Zu wenig oder genug, je nachdem, was man für Ansprüche hatte. Das Essen in manchen Pubs war nicht teuer.

Meine Eltern erhielten ab und zu Post von mir. Anfangs waren die Briefe ausführlicher, später zwangsläufig kürzer. Ich schrieb, dass es mir gut ginge und ich froh sei, Mainz hinter mir zu haben. Was ihnen bestimmt keine gute Laune bereitete.

Francois war es, der mich in die Geheimnisse des Wettens einführte. Er fragte mich eines Tages, ob ich Lust hätte, ihn zu einem Hunderennen zu begleiten. Das war an einem Sonntag und an Sonntagen wurde bei Hudson's nicht gearbeitet. Ich ging mit und fand die Atmosphäre sofort fantastisch und spannend. Dieses, mein erstes Rennen war im Walthamstow Stadium. Walthamstow ist ein Distrikt im Nordosten von London, von Charing Cross leicht mit der U-Bahn erreichbar. Francois kannte sich aus. Er kannte sich überhaupt mit allem Möglichen aus, war schon seit acht Wochen in London, noch einen Monat und dann würde er zurück nach Kanada gehen. „Ich fliege", sagte er, „wenn ich genug Geld beim Wetten gewinne". Ich hatte keine Ahnung, wie das mit dem Wetten funktionierte, hatte auch noch nie ein Pferderennen und schon gar nicht ein Hunderennen gesehen. Umso mehr zogen mich die Stimmung und das ganze Drum und Dran in diesem größten und ältesten Stadion für Greyhound Races in ihren Bann. Wir zahlten jeder drei Pfund Eintritt, unter der Woche war es mit nur einem Pfund billiger, fanden einen Platz auf der wenig aufregenden Gegengeraden, den Tribünen gegenüber, aber das Wesentliche bekamen wir trotzdem mit. Francois ließ mir keine Zeit für Fragen, gab auch keine Erklärungen, sondern schleppte mich gleich zu den Ständen der Buchmacher. Er wusste genau, wie es ging, setzte fünf Pfund auf einen Hund namens Holy Boy und riet mir, das Gleiche zu tun. Ich hielt den schäbigen Zettel, den ich für meine Pfundnote erhielt, ziemlich verkrampft in der Hand. Holy Boy kam als Dritter ins Ziel und wir hatten beide fünfzehn Pfund gewonnen. Aber davor blieb mir fast das Herz vor Aufregung stehen. Wir standen weit weg vom Start, aber trotzdem war das Surren zu hören, als der elektrische Hase, der als Köder diente, auf der Außenbahn los zischte. Unmittelbar darauf schoss ein Gitter in die Höhe und sechs Hunde hetzten aus ihren Zwingern so schnell, dass sich ihre Formen verwischten. Ich nahm nur schmale Köpfe, langgestreckte Körper und die Grasbahn peitschende Hinterläufe wahr. Es dauerte nur Sekunden, dann war der Pulk an uns vorbei und ein Hund hatte die vierhundertachtzig Meter als erster zurückgelegt. Nicht länger als eine Minute hatte der Spuk gedauert und in dieser kurzen Zeit herrschte im Stadium ein ohrenbetäubendes Gejohle, das aber sofort nach dem Einlauf in sich zusammenbrach. Ich folgte Francois zu dem Office unseres Buchmachers, schob mit zittriger Hand meinen Coupon durch die Luke und nahm den Gewinn entgegen.

Im Laufe der nächsten Wochen wurde ich ein richtiger Spezialist für Greyhound Rennen. Vierzehn Starts gab es an einem Renntag und die fanden dreimal in der Woche statt. Wir waren nicht immer vor Ort, hatten oft keine Zeit und manchmal auch keine Lust. Man konnte ja genauso gut in einem der vielen Wettbüros wetten, wo man die Rennen live über Lautsprecher verfolgen konnte. Als Francois abgereist war, habe ich alleine weitergemacht.

Wieso rennen die Hunde eigentlich hinter dem Hasen her? Der Hase, manchmal nur ein ausgestopfter Lumpen, regt den Hetztrieb der Hunde an. Windhunde jagen anders als die meisten Hunderassen, für die der Geruch entscheidend ist, auf Sicht und deshalb ist nur die Bewegung des Objekts wichtig.

Hat sich die Wetterei gelohnt? Mal so, mal so. Oft habe ich auch verloren. Aber insgesamt hatte ich ein gutes Gespür, habe nicht schlecht abkassiert und sogar etwas zur Seite gelegt.

Dann habe ich irgendwann auch mit Pferderennen angefangen. Das war schon eine andere Nummer als die Greyhounds. Die Rennen waren länger und spannender, das Publikum war ganz anders und man konnte mehr Geld gewinnen oder auch verlieren. Während bei den Windhundrennen immer so ein Geruch von Armut, Halbwelt und Verruchtheit herrschte, waren die Pferderennen geprägt von der Mittel- und Oberschicht.

Ich blieb fünf Monate in London, von Januar bis Ende Mai. Es war überwiegend eine kalte und nasse Zeit und ich brauchte viel Geld, um den Gasheizer zu füttern. Einmal traf ich Kevin noch und war mit ihm auf einer Party. Aber das gefiel mir nicht mehr, ich fand die Kumpels bei Hudson ehrlicher und weniger snobistisch. Während der ganzen Zeit behielt ich mein Zimmer in Earls Court und arbeitete bis auf die letzten beiden Wochen auch ohne Unterbrechung in der Hudson's Bay Company. Ich war regelmäßiger Gast in einem Pub in Covent Garden, wo ich jeden Morgen gegen sieben Uhr zwei Pint of Bitter trank, oft in Gesellschaft von Farbigen, bevor ich mit der Bahn nach Earl's Court fuhr. Ich schlief bis gegen vierzehn Uhr und erkundete dann London. Vor allem lernte ich immer neue Pubs kennen, hing auch manchmal am Trafalgar Square rum und fand sogar einmal den Weg ins London Museum. An den arbeitsfreien Wochenenden fuhr ich zu Hunde- oder Pferderennen. Einmal war ich sogar in Ascot, fand das aber zu teuer und exzentrisch.

An einem Mittwoch in meiner letzten Londonwoche setzte ich fünfundzwanzig Pfund auf den Sieg eines Pferdes, das als Außenseiter mit einer miesen Quote ins Rennen ging. Der Gaul gewann und ich bekam das Fünfzigfache meines Einsatzes ausbezahlt. Am nächsten Tag buchte ich ein Ticket von Heathrow nach Frankfurt. Mutter Erna und Vater Fritz begrüßten den heimgekehrten Sohn mehr bereitwillig als freudestrahlend.

Im Sommersemester 1967 war ich wieder ordentlicher Student an der Johannes Gutenberg Universität in Mainz in den Fächern Germanistik und Anglistik. In meinem Lebens- und Ausbildungsgang erklärte ich das Londoner Intermezzo zu einem „Urlaubssemester in London zur Verbesserung der englischen Sprachkenntnisse."

18. Cherchez les femmes

Ich stand auf einer der endlos langen Rolltreppen der Londoner Metro und fuhr in die Tiefe. Vor mir Menschen, hinter mir Menschen, an den Wänden großflächige Werbetafeln, aufflackernde Lichter im Halbdunkel, das Dröhnen ankommender und abfahrender Züge. Parallel zu der abwärts gleitenden Treppe transportierte das aufwärts rollende Gegenstück Menschen dicht gedrängt nach oben. Ich sah in erschöpfte Gesichter, lächelnde, junge, alte, bleiche, farbige. Und dann erblickte ich sie: Eine schlanke Gestalt, ein schmales Gesicht, umrahmt von blonden, langen Haaren und Augen, die groß und tief waren und mir voller Erwartung entgegenblickten. Sie kam näher, viel zu schnell, wir schauten einander an, und es war, als ob wir uns schon lange kannten. Unsere Blicke verbanden sich für einen kurzen Moment, sekundenlang waren wir auf gleicher Höhe, dann war sie vorbei. Ich fuhr nach unten, sie nach oben. Ich ahnte es, nein, ich war mir sicher: Ich hatte soeben die Frau meines Lebens gefunden und im selben Augenblick auch schon verloren. Füreinander bestimmt und für alle Zeit getrennt von einem idiotisch-technischen Rolltreppenmechanismus. Es gab keinen Nothaltknopf und meine Suche nach ihr und ihre Suche nach mir war sinnlos und vergebens im Menschengewühl der Untergrundwelt. Vorbei. Was wäre aus uns geworden wenn? Müßige Gedankenspiele.

Danach war ich jahrelang auf der Suche nach ihr, der Frau meines Lebens.

Die Suche nach Liebe

Rüdiger betrachtete sich in dem schmalen Wandspiegel seiner Wohnung mit Toilette und Kochnische in der Greiffenklaustraße. Er war 27 Jahre alt, ein Alter, in dem einige der ehemaligen Klassenkameraden bereits Karriere, Frau und Kinder vorweisen konnten. Er war immer noch Student mit wechselnden Jobs und ein Ende dieser Selbstfindung war nicht in Sicht. Manchmal, wenn er sich einsam fühlte, fuhr er immer noch heim nach Mombach zu Mami und Papi, ließ sich trösten und verwöhnen und freute sich, dass ihn außer ihm selbst doch noch jemand lieb hatte.

Im Spiegel betrachtet, war er dennoch einigermaßen zufrieden mit sich: Einsdreiundachtzig, schlank, nicht muskulös, aber mit ordentlich breiten Schwimmerschultern. Heller Hautton, braune lange Haare bis zu den Schultern, Schnurrbart unter der spitzen Nase, die er gerne adlerhaft nannte. Die Ohren waren leicht abstehend, was aber unter den langen Haaren nicht auffiel. Er trug Jeans, Marke Wrangler, ein Hemd mit spitzem Kragen, bei dem die oberen zwei Knöpfe offen standen und eine dünne Brustbehaarung erkennen ließen. Rüdiger rauchte, manchmal sogar Roth-Händle, obwohl er wusste, wie schädlich das war. Wenn es für ihn so etwas wie eine Stammkneipe gab, dann war es die Weinstube Hottum in der Altstadt. Der Wein war dort gut und billig und er traf oft Gleichgesinnte, die es auch mit dem Leben nicht so ernst nahmen.

Mit sich selbst war Rüdiger im Reinen, nicht aber mit den Umständen seines Seins. Da gab es Defizite. Er vermisste ein weibliches Wesen, das ihn verstand, seine komplizierte Seele streichelte und ihm Wärme gab in diesen ach so kalten und un-wirtlichen Zeiten? Am 2. Juni 1967 wurde in Berlin bei einer Demonstration gegen den Schah von Persien der Student Benno Ohnesorg von einem Polizisten erschossen. Ernesto Che Guevara starb bei einem Gefecht mit bolivianischen Regie-rungstruppen. In West-Berlin ging die Polizei mit Reitern und Wasserwerfern gegen Demonstranten vor. Rüdiger las die Horrormeldungen, nahm Anteil, litt mit, hatte Wut, wusste aber nicht, was man gegen all diese fürchterlichen Ereignisse tun sollte. Er fühlte sich der APO, der außerparlamentarischen Opposition, zugehörig, fand Rudi Dutschke in Ordnung und verfluchte die Polizei, die er Bullen nannte. „Unter den Talaren Muff von tausend Jahren". Genauso empfand er die Uni Mainz. Von Go-ins und Sit-ins hielt er sich fern, bei Teach-ins war er manchmal dabei. Große Demos kamen nicht in Frage. Rüdiger hasste Menschenaufläufe, er litt unter Platzangst. Er wünschte sich, dass es jemand gäbe, der seine Nöte verstände und seine Empörung über die Zustände teilen würde. Er suchte, doch weder in den Kneipen der Mainzer Altstadt, der Uni, noch in der Theaterkantine wurde er fündig.

Eines Tages las er eine Anzeige unter der Rubrik „Weiblich und suche" in der Mainzer Allgemeinen Zeitung und fand den Mut, darauf mit einem, wie er meinte, witzig-ironischem Schreiben zu reagieren. Ein paar Tage später erhielt er tatsäch-lich eine Antwort, einen ganzseitigen, mit Schreibmaschine verfassten Brief. „*Ihr ulkiger Brief*", schrieb eine L. Danielev aus Wiesbaden, „*Antwort an eine ‚jungere Dame' ist von 15 bisher eingegangenen Zuschriften wohl der einzige, der beant-wortet wird.*" Das schmeichelte Rüdiger natürlich. Weiter hieß es in dem Schreiben: *„Also zur Sache: Könnten Sie es über sich bringen, mich mal anzurufen und evtl. zu einem Drink zu treffen?"* Selbstverständlich würde er das über sich bringen können. *„Und dann ist die Frage, ob das, was Sie erwartet, Sie überhaupt interessiert. Die ‚jüngere Dame' ist nämlich fünf Jahre älter als Sie, dipl.rer.pol, dipl.dolm, mit eigener kleiner Public Relations Agentur."* Vielleicht war das doch eine Nummer zu groß für ihn. Andererseits hatte es ihm nie an Selbstbewusstsein gefehlt. Weiter hieß es im Brief; *„Was ich sonst im Sinne habe: Keinen Gruppensex oder Versuche in dieser Richtung, mehr Diskussion mit Leuten, die nichts zu ernst nehmen (vermute Sie! Daher einige Sympathie). ... Bin auch nicht ungeschieden. Suche keinen ‚Freund' oder ‚Gatten' oder oder".* Dann kam eine Frage, die Rüdiger sehr beunruhigte: *„Warum krokeln Sie mit 27 noch so herum? Studium zu miserabel? Also, der nächste Zug ist bei Ihnen."* Was sie mit ‚krokeln' meinte, war ihm klar, nicht aber, was er darauf antworten sollte. Trotzdem rief Rüdiger die ‚jüngere Dame' an. Das Gespräch war zäh. Er fand nicht die richtigen Fragen und sie gab die falschen Antworten. Ihre Stimme war ein wenig schrill und nicht warm genug. Als sie sagte, dass sie nun leider keine Zeit mehr habe, beendeten sie in schöner Übereinstimmung das Gespräch. Rüdiger blieb weiterhin einsam.

Bis er Monika traf.

Monika wohnte bei ihren Eltern in bester Wohngegend in Wiesbaden in einem prachtvollen Gründerzeithaus. Herr und Frau Merten hatten ihre Tochter, den eigenen konservativen Maßstäben gemäß so erzogen, dass Ordnungsliebe, Zielstrebigkeit und Selbstdisziplin wichtigste Maximen auch in ihrem

Leben waren. Diese junge Frau, die, geradlinig auf den Lehrerberuf hinsteuernd, die Fächer Latein und Romanistik an der Mainzer Uni studierte, begegnete Rüdiger eines schönen Tages. Er war so sehr das Gegenteil von ihr, dass sie möglicherweise, gewisse Defizite des eigenen Lebens konstatierend, in eine unkontrollierte Verlebtheit verfiel. Eigentlich war von Anfang an der Wurm in der Verbindung, denn beide ahnten, dass es nicht gut gehen konnte. Doch es dauerte fast vier Jahre, bis auch er einsah, dass aus der Beziehung nichts werden konnte und aufgab. Aber vielleicht gab Rüdiger am Ende auch nur auf, weil er in der Zwischenzeit eine andere Frau kennengelernt hatte, die nicht nur vorgab, ihn besser zu verstehen, sondern tatsächlich die Welt aus einem ähnlichen Blickwinkel betrachtete wie er.

Monika entsprach in mancher Hinsicht jenem Idealbild auf der Londoner Rolltreppe, das sich tief in sein Gedächtnis eingeprägt hatte. Sie war schlank, hatte blonde Haare, die sich, meist in der Kopfmitte gescheitelt, zu beiden Seiten des schmalen Gesichts bis auf die Schultern ergossen. Die graugrünen Augen zeigten leichte Ansätze von Silberblick, was aber den Anschein von kritischer Weltsicht verstärkte. Über die Nase war nichts Besonderes zu sagen, sie war normal, aber das Kinn war spitz und die Lippen waren ausgesprochen schmal. Die hätte sich Rüdiger voller gewünscht. Monika hatte einen ansehnlichen Körper und wenn sie, was selten geschah, gemeinsam im Schwimmbad waren und sie im Bikini, das linke Bein angehoben und den Oberkörper aufgestützt, ihn ansah, fand er ihren Körper geradezu makellos. Rüdiger hielt es für nicht ausgeschlossen, dass er diese Frau liebte. Er wäre gerne häufiger mit ihr zusammen gewesen, aber da war eben ihr strenges

Elternhaus und Monikas Prinzipien, die ihrer schrankenlosen und, wie er sich wünschte, hemmungslosen Liebe im Wege standen. Rüdiger hatte die Eltern kennengelernt, den strengen Vater und die besorgte Mutter. Sie hatten ihn gemustert, sein leicht gammeliges Aussehen, das er auch für diesen Antrittsbesuch nicht zu ändern bereit gewesen war, taxiert und ihn ausgefragt, nach seinem Studium, seinen Plänen, seinem Elternhaus. Rüdiger hatte den Eindruck, als ob man ihn wie eine Ware, die zum Kauf stand, prüfte und endlich für nicht geeignet erachtete. Es war bei diesem einen Besuch geblieben. Er wusste von da an, dass die Eltern der Freundin ihn von Herzen ablehnten. Nie und nimmer käme er als Partner und schon gar nicht als Schwiegersohn in Frage. Monika war traurig und enttäuscht, hielt aber noch eine Weile zu ihm, bis auch sie mehr und mehr auf Distanz ging. Rüdiger war seit einiger Zeit sicher, dass er das Zeug zum Dichter hatte. Er liebte es, mit der Sprache zu jonglieren, schrieb Kurzgeschichten und Gedichte und ließ darüber das Studium noch mehr schleifen. Das wiederum konnte Monika überhaupt nicht gefallen. Wenn sie ihn zur Rede stellte, warf er ihr engstirniges Spießertum und übertrieben angepassten Ehrgeiz vor. Sie tanze nur nach der misstönenden Pfeife ihrer Eltern. Ob sie denn nicht sähe, was in der Welt vorginge und ob es nichts Wichtigeres gäbe, als für eine blödsinnige Lehrerlaufbahn, noch dazu mit Latein als Fach zu pauken und darüber das richtige Leben zu verpassen. Was er denn mit richtigem Leben meine?, fragte sie spitz. „Sich lieben, jeden Tag leben, als sei er der Letzte. Carpe diem eben!" „Du bist ein Spinner", antwortete sie und verschwand. Nicht aus seinem Leben, aber für einige Zeit.

Sie schrieb ihm einen Brief, der ihn zutiefst beunruhigte und für kurze Zeit sein Selbstbild ins Wanken brachte: *„Lieber Rüdiger"* schrieb sie, *„wahrscheinlich bist du erstaunt oder hast es geahnt, diesen Brief zu erhalten. Doch ich will keine großen Umschweife machen! Ich bitte Dich, mich zu verlassen, für immer. Nicht nur der gestrige Abend, sondern vor allem das Wochenende haben mir gezeigt, dass wir überhaupt nicht zueinander passen, dass wir uns nicht verstehen und beide nicht die Kraft haben, daran etwas zu ändern. Es sind die denkbar ungünstigsten Bedingungen, auf diese Art Freundschaft eine Ehe zu gründen."* Als ob Rüdiger je auch nur entfernt an Ehe gedacht hatte. So etwas passte gar nicht in seine Weltsicht. *„Es wäre für beide die Hölle"*, fährt der Brief fort. *„Nicht nur Dein Benehmen, nicht nur Dein Nicht auf etwas verzichten können, nicht nur deine Unstetigkeit und Unentschlossenheit allein sind es, die in mir das Gefühl wach werden lassen, dass wir uns beide nur aus Gewohnheit, aus Angst vor dem Alleinsein sehen wollen., d. h. ich glaube, dass unser gegenseitiges Benehmen einer gewissen Gleichgültigkeit entspringt. Deine sogenannten ‚kleinen' Schwächen sind für mich zu groß und ich habe nicht die Kraft, dagegen anzukämpfen. Rüdiger, das Leben ist kein Spiel und es nützt nichts, die Augen vor der rauen Wirklichkeit zu verschließen."* Rüdiger las den Brief einmal, kämpfte mit den Tränen, las ein zweites Mal, atmete tief durch und nach dem dritten Durchgang waren ihm die beiden Möglichkeiten klar: Einsicht und Sich-Finden in das anscheinend Unvermeidliche oder kämpfen. Wie oft hatte er gelesen und daran geglaubt, dass es sich lohne, für die Liebe zu kämpfen. Er empfand Stolz darüber, dass er so tief romantisch empfinden konnte. Er würde seine ganze Kraft aufbieten, um ihre Liebe zu retten. Doch zunächst ließ er ein paar Tage verstreichen. Dann rief er Monika an, zu Hause bei ihren Eltern. Sie sei nicht da, hieß es. Er rief später wieder an. Sie wolle nicht mit ihm sprechen. Er rief ein drittes Mal an, bestand darauf, mit ihr selbst zu reden, es sei enorm wichtig. Als sie endlich an den Apparat kam, teilte sie ihm kurz und frostig mit, sie wolle ihn nicht mehr sehen, er solle sie in Ruhe lassen und auch nicht mehr telefonieren.

Nein, das konnte er nicht hinnehmen. Das durfte nicht das Ende sein. Da Rüdiger Monikas Seminarzeiten und Orte kannte, versuchte er, sie dort abzupassen. Doch sie kam nicht. Er fuhr mehrmals auf die andere Rheinseite nach Wiesbaden und wartete in der Nähe des Elternhauses stundenlang vergebens auf ihr Erscheinen. Nach endlosen zwei Wochen, er war drauf und dran aufzugeben, traf er sie endlich in der Universität. Sie konnte ihm nicht ausweichen. „Lass uns miteinander reden." „Worüber?" „Über uns. Ich werde mich ändern. Wir könnten es noch einmal versuchen." Sie tranken Kaffee in der Cafeteria, gingen spazieren, redeten viel und als er sie zaghaft fragte, ob sie noch auf ein Glas Wein zu ihm kommen wolle, sagte sie zu seiner Überraschung ja. Sie saßen in seiner trüben Bude einander gegenüber und hatten immer noch reichlich Gesprächsbedarf. Als im Radio der Superhit des Jahres „All you need is love" von den Beatles gespielt wurde, setzte er sich neben sie und schlang seinen Arm um ihre Schulter. Bei einem vorsichtigen Seitenblick sah er, dass sie die Augen geschlossen hatte. Er hörte sie seufzen und als sein Mund ihre Lippen suchte, öffneten sich diese und sie erwiderte seinen Kuss.

Danach schwiegen sie eine Weile. „Und wie geht es jetzt weiter?", fragte sie. „Weiß nicht. Mal sehen". Er fuhr sie nach Hause, hielt aber weit genug entfernt von ihrem Elternhaus. Die könnten sein Auto erkennen.

Von da an war es eine Weile wieder wie zuvor. Monikas Eltern erfuhren nichts von der Versöhnung, er rief nie bei ihr zu Hause an und alle Verabredungen mussten umständlich per Post getroffen werden. Sie trafen sich unregelmäßig, mal in der Uni, mal kam sie bei ihm vorbei. Manchmal fand er ihren Zettel unter dem Scheibenwischer seines Autos, inzwischen eines VW Cabrio Bj. 56, dessen Zwischengas-Geben beim Schalten das Fahren zu einer sportlichen Angelegenheit machte. Der Mercedes konnte er sich nicht mehr leisten, der Iduna-Job war geplatzt und Heizöl war teurer geworden. Monika war nach wie vor spröde und verbissen. Nichts konnte sie davon abhalten, auch bei schönstem Sommerwetter nur eine einzige Vorlesung zu schwänzen. Sie hatte ihre Prinzipien und zu denen gehörte auch „Kein Sex vor der Ehe!" Was er unmöglich fand. In der Kommune 1 in Westberlin war das erste Gegenmodell zur bürgerlichen Kleinfamilie entstanden, bei dem nicht nur Leute wie Kunzelmann, Teufel und Langhans mitmachten, sondern sogar so geschätzte Dichter wie Hans Magnus Enzensberger und Uwe Johnson. Und da wollte ihm seine Monika etwas von Keuschheit, Reinheit und Sakrament der Ehe erzählen. „So eine bürgerliche Scheiße!" Als er ihr das bei einer Auseinandersetzung an den Kopf warf, schnappte sie wütend ihre Sachen und verblüffte ihn mit einem für sie ganz ungewöhnlichen Sprachgebrauch: „Du dämliches Arschloch! Dann hau doch ab nach Berlin und vögel die Uschi Obermeier.

Aber selbst das bringst du ja nicht!" Es dauerte vier Wochen, bis sie danach wieder miteinander reden konnten.

Wenigstens hatte sie nichts gegen Petting. Wenn sie in seiner Bude saßen, hatte sie nach anfänglichem Widerstreben nichts dagegen, wenn er vorsichtig seine Hand unter ihren Pulli schob und es sogar schaffte, den komplizierten Verschluss des BHs zu lösen. Als er den Pulli anhob und ihre Brustwarzen küsste, fand ihre Hand sogar zwischen seine Beine. Rüdiger fand ihre Brüste herrlich und spürte, wie sein Penis schwoll. Ihn verlangte nach mehr. Doch da zuckte ihre Hand zurück, sie stand abrupt auf, zog den Pullover zurecht und erklärte ihm, dass sie jetzt gehen müsse. „Ich habe meinen Eltern versprochen, um zehn zuhause zu sein." Mist! Blieb ihm wieder nur das „Selbst ist der Mann!"

Den 28. Geburtstag feierte er allein. Monikas Brief erreichte ihn zwei Tage vorher. *„Ich liege mit 39,5 Grad im Bett und döse still und leise vor mich hin. Unter anderem denke ich an einen 14. Mai vor einem Jahr zurück, voller Disharmonie, Streit, der Anfang vom Ende."* Streit und Disharmonie gingen weiter. Dennoch schafften beide auch gute Zeiten und schöne Tage. Eines Abends machte Rüdiger beim Petting nicht halt. Es war nicht einmal der Wein, sondern allein seine Geduld und Überredungskunst, die es schaffte, Monika dazu zu bringen, sich ganz und gar ihrer Kleider zu entledigen. Sie stand nackt vor ihm, schlank mit kleinen, festen Brüsten, einem herrlichen Po, schmalen Schenkeln. Er war fasziniert von dem Schopf um ihre Scham. Die blonden Haare fielen ihr wie ein Schleier bis zu den Schultern. Sie blickte ihn mit einer Mischung aus Angst und Neugier an. Rüdiger fand sie unvergleichlich schön. Als sie dann auf dem schmalen Bett lagen, ihre Körper erkundeten und einander immer näher kamen, versagte auf einmal seine Männlichkeit. Sein Schwanz, der vorher noch so brav gestanden hatte, fiel allmählich in sich zusammen, schrumpfte zu einem unansehnlichen Pillermann. Er war ein Versager! Die Scham nahm überhand, ihm war zum Heulen zumute. Was nützte es, dass Monika ihn tröstete, das könne doch passieren, er solle das nicht zu ernst nehmen. „Aber vielleicht ist es auch besser so!", fügte sie hinzu. „Was willst du denn damit wieder sagen!?" Seine Scham wandelte sich in Empörung und Wut. Als sie ihre Kleidungsstücke wieder anzogen, empfanden beide eine ungeheure Peinlichkeit. Der Abschied war kühl.

Es vergingen wieder Monate eines saft- und kraftlosen Hin und Her. Im Winter 1969 verbrachten sie mit einer Jugendgruppe ein paar Tage in den Schweizer Bergen in Saas Fee. Monikas Eltern glaubten ihre Tochter in einer Studentengruppe. Monika hatte keinen blassen Schimmer vom Skifahren und Rüdiger bemühte sich mehr oder weniger vergebens, es ihr beizubringen. Sie hatte nicht das geringste Talent und als er am vierten Tag fünf Stunden mit verzweifeltem Zureden, Schimpfen und vielen Tränen ihrerseits brauchte, um sie heil zu Tal zu bringen, gaben beide auf. Sie redeten nie mehr von diesem Urlaub. Überhaupt redeten sie in der Folgezeit wenig miteinander.

1969 und 1970 wurden die Jahre der Briefkarten, auf denen Monika kurz und bündig immer wieder ihre Absagen erklärte. *„Die Fete findet am Samstag nicht statt, da man mir für nächste Woche zwei Lehrproben aufgebrummt hat".*
„Leider muss ich dir absagen, da ich am Dienstag drei Stunden

zu geben habe und sie erst morgen vorbereiten kann."

„Schon wieder muss ich dir eine Absage erteilen. Aber ich trete meinen Internatsdienst an. "

„Sicherlich hast du am Mittwoch mit etwas Wut auf mich gewartet, aber ich hatte ... "

„Leider habe ich erst heute Nachmittag deine Einladung aus dem Briefkasten gezogen ... So wirst du wieder vergebens auf mich warten, denn ich muss jetzt endlich etwas für mein Examen tun. "

„Da ich kaum glaube, in der nächsten Zeit nach Mainz zu kommen, denn ich bin wieder mal mächtig im Druck ...."

„Es tut mir wirklich leid, dass ich Dir für morgen Abend absagen muß. Aber ich habe so viel zu tun, dass ich kaum weiß, wo mir der Kopf steht. "

Rüdiger hatte die Absagen nicht mehr gezählt. Alle waren wohl begründet, begannen mit „Lieber Rüdiger" und endeten mit „Herzlichst, Deine Monika".

Irgendwann zwischen 1968 und 1969 war es dann wirklich zu Ende. Sie hatte ihr Examen geschafft und eine Stelle bekommen. Zwei Jahre später teilte sie ihm auf einer Ansichtskarte vom Genfer See mit, dass sie geheiratet habe.

Rüdiger hatte inzwischen schon Anne kennen und lieben gelernt. 1969 wurde für ein halbes Jahr die Zeit der Annemarie. Anne spielte in einer ganz anderen Liga als Monika. Wenn Monika solide und bemühte Kreisliga war, war Anne Bundesliga: temperamentvoll, herausfordernd, kompliziert. Sie war wie ein Vulkan, dessen glühende Lava herrlich anzusehen und zugleich bedrohlich war. Anne war unberechenbar emotional.

Neben dem breitschultrigen, mächtigen Rüdiger wirkte sie winzig, er warf viel Schatten auf sie, doch sie klein zu nennen, wäre vermessen. Ihre innere Größe glich die fehlenden Zentimeter hundertprozentig aus, zumal alles an ihrem zierlichen Körper wohlproportioniert war. Die Marie in ihrem Namen fand sie entsetzlich. „Anne, und nichts sonst!" Sie kam aus dem Münsterland an die Mainzer Universität, war froh, dem konservativ-katholischen Elternhaus entronnen zu sein, und warf sich mit einer ungeheuerlichen Energie in ein Studium der Germanistik und Pädagogik. Sie war hungrig nach Wissen und anstrengend in ihrer alles hinterfragenden Neugier.

Die Bekanntschaft begann, als Annemarie eines Mittags neben Rüdiger einen freien Platz in der Mensa gefunden hatte. Sie fanden es lustig, dass sie beide das gleiche Nudelgericht und den gleichen Nachtisch auf ihren Tabletts hatten. Rüdiger fand sie sympathisch und nicht unhübsch. Sie reichte ihm stehend zwar nur bis an die Schultern und er stellte sich vor, wie das wäre, sie zu küssen. Er müsste sich herabbeugen und sie sich auf die Zehenspitzen stellen. Trotzdem war ihm diese Vorstellung gar nicht unangenehm. Sie blieben so lange in der Mensa, bis diese schloss. Es war offensichtlich, dass sie aneinander Gefallen gefunden hatten. Sie stellten fest, dass sie nicht nur Vorlesungen gemeinsam hatten und Griechenland liebten, sondern dass sich auch ihre Ansichten von Politik, Zukunft und Lebenseinstellungen glichen. Natürlich fand sie auch den Vietnamkrieg schändlich, fühlte sich der außerparlamentarischen Opposition zugehörig, freute sich aber trotzdem darüber, dass Willy Brandt im Oktober der erste sozialdemokratische Bundeskanzler wurde. Auch musikalisch hatten Rüdiger und Anne vieles gemeinsam. Nur zu gerne wäre Anne beim Open Air in Woodstock dabei gewesen. Rüdiger und sie waren sich einig, dass Carlos Santana, The Who, Janis Joplin und Jefferson Airplane fantastische Musik machten. Es fehlte auch nicht viel, dass sie Joan Baez' Song „We shall overcome" gemeinsam sangen und als sie Richie Havens „Sometimes I feel like a motherless child" lauschten, fühlten sie sich seelenverwandt. Sie sahen Easy Rider mit Peter Fonda und Dennis Hopper im Kino und malten sich aus, wie es wäre, auf einem Motorrad durch Europa zu brettern. Rüdiger führte sie in die Theaterkantine ein, stellte ihr Schauspieler vor und zeigte ihr seine liebsten Altstadtkneipen. Nach zwei Wochen ihrer Bekanntschaft folgte sie ihm zum ersten Mal auf seine Bude. Zu den psychedelischen Klängen von Pink Floyds LP Ummagumma schliefen sie miteinander. Ihre Körper passten wie maßgeschneidert zusammen und sie waren erstaunt über und hingerissen von der Hemmungslosigkeit ihrer Liebe. Als sich Anne danach an ihn kuschelte, war er entzückt darüber, wie sich der zierliche Körper an ihn schmiegte und ihr Kopf sich in seine Armbeuge wie in ein Nest fügte. Von da an verbrachten sie viel Zeit miteinander. Als Anne für einige Wochen in ihrer Heimat war, um dort ein Schulpraktikum zu absolvieren, schrieben sie sich lange Briefe. Sie teilte ihm mit, wie sie unter dem weihrauchverpesteten Kleinstadtmief und der dumpfen Enge litt und dass nur die Kinder in ihrer Klasse ein Lichtblick seien. Rüdiger litt mit und sie fehlte ihm sehr. Er vermisste es, von ihr vollmundig und liebevoll beschimpft zu werden. Er sei ein dickköpfiger Einigler, neidischer Einsiedler, Kleine-Mädchen-aus-dem-Zimmer-Schmeißer, schnuckeliger Romantiker, zäher Egozentriker. Er hatte das Gefühl, dass ihn keiner so gut kannte wie diese kritische, weltverbessernde kleine Person mit dem übergroßen Herzen.

Anne war stolz darauf, einen schnittigen weißen Fiat 850 Sport Coupé ihr eigen zu nennen, und wann immer sie gemeinsam irgendwohin fuhren, bestand sie darauf, am Steuer zu sitzen. Rüdiger war der Wagen eigentlich zu klein, er musste beim Einsteigen den Kopf einziehen und wenn er auf dem Beifahrersitz saß, berührten seine Knie fast die Brust. Anne aber stand der Flitzer vorzüglich. Sie scherzte, das Autochen sei eine Sonderanfertigung, speziell für sie. Da der Fiat weiß war, bemühte sie sich meist um ein besonders farbiges und blumiges Outfit. Immerhin war sie ja auch ein Kind der Flower-Power-Bewegung.

So gern und oft sie zusammen waren, betonten beide doch ihre Unabhängigkeit. Sie behielten ihre eigenen kleinen Wohnungen, teilten zwar das Bett mal in der einen oder anderen, bemühten sich aber, ohne viel darüber zu reden, um ein eigenständiges Leben. Sie verbrachte Wochenenden bei ihren Eltern oder fuhr auch mal für eine Woche nach Berlin, um eventuell dort weiter zu studieren. Rüdiger kümmerte sich um seine diversen Jobs und war mit Freunden unterwegs. Wenn Anne und er dann wieder zusammen waren, nannte er sie „meine Annespitzmaus", weil er fand, das das zu ihr passte. Alles an ihr war klein und ein wenig spitz. Unter dem aschblonden Bubikopf und der geraden Stirn blitzten freche Augen. Die Nase war so beschaffen, dass er bisweilen meinte, man könne sich an ihr verletzen. Die Lippen waren voll und es war ihm eine Freude, sie zu küssen. Er mochte Anne, ob er sie liebte, wusste er nicht. Liebe, das war ein so schwergewichtiges Wort. Nachdem er sich gerade von Monika entliebt hatte, wollte er nicht in eine neue Beziehungsfalle geraten. Obwohl Anne, daran ließ sie keinen Zweifel, nie und nimmer Ewigkeitsansprüche oder Zukunftserwartungen erkennen ließ. Aber Rüdiger fühlte sich als gebranntes Kind und ließ die Beziehung auf mittlerer Flamme köcheln. Was natürlich auch nicht ohne Risiken war, aber Anne konnte ganz gut damit umgehen. Wenn sie im Münsterland war oder sonst wo unterwegs und sie miteinander korrespondierten, freute er sich über die schlussendlichen Liebesbezeigungen ihrer Briefe. Sie schloss mit „Deine störrische kleine Ziege", oder „Eine etwas bekloppte Anne kitzelt deine Fußsohlen und hofft auf eine baldige Antwort." Besonders berührte es ihn, als sie einmal schrieb: „Ich küsse Dich auf die Bärennase!" Ein Bär, das wollte er gerne für sie sein: beschützend, gutmütig, sogar ein bisschen trottelig, aber immer Einzelgänger und jederzeit zu einem Winterschlaf bereit.

Als die Semesterferien sich näherten, beschlossen sie, den Urlaub gemeinsam zu verbringen. Wo denn sonst, als in Griechenland. Eine Woche vor Reisebeginn sahen sie den Film Z von Costa-Gavras, der den Mord an dem griechischen Oppositionspolitiker Grigoris Lambrakis zum Thema hatte und die Situation in Griechenland vor dem Militärputsch 1967 darstellte. Erschüttert verließen sie das Kino. Die Obristen waren immer noch an der Macht. Durfte man wirklich in ein Land reisen, das von einem Diktator und einer Militärjunta regiert wurde und in welchem Unterdrückung und Unfreiheit herrschten. Rüdiger und Anne diskutierten tage- und nächtelang. Schließlich entschieden sie: Wir fahren nach Griechenland.

Trotzdem und jetzt erst gerade. Wir zeigen den Menschen durch unser Kommen, dass wir sie nicht alleine lassen. Solidarität mit dem griechischen Volk! Blauäugig, naiv, inkonsequent! Rüdiger hatte sich durchgesetzt: Hellas forever! Selbst die Tatsache, dass die Obristen Miniröcke und lange Haare verboten hatten, konnte ihn nicht abhalten. Er trug seine Haare bis zu den Schultern und Anne sah bezaubernd im Minirock aus. Sie zog mit, halbherzig und vielleicht, weil sie Rüdiger wirklich liebte. Sein klappriger VW war nicht reisetauglich, also musste die lange Reise im kleinen Fiat gemacht werden. Ein Zwei-Personen-Zelt, Enders Benzinkocher, ein paar Konserven und jeweils ein Rucksack mit den nötigsten Klamotten passten gerade so in den kleinen Wagen. Sie überquerten die Alpen, zockelten entlang der kroatischen Küste, fanden Kotor herrlich und Dubrovnik beeindruckend, quälten sich über schlimme Straßen Montenegros und des Kosovo, machten Fotos in Skopje und erreichten endlich nach acht Tagen das gelobte Land Hellas. Dort bedrängte sie eine Weile das schlechte Gewissen, als sie an den Berghängen den geflügelten Adler mit dem von Flammen umzüngelten Soldaten, das Symbolbild der Obristen, erblickten. Doch schon bald umgarnte sie die Herzlichkeit und Gastfreundlichkeit der Menschen in den Dörfern, in denen sie hielten, und in den Kafenions spielte sich das Leben wie eh und je ab. Die wenigen Brocken Griechisch, die Rüdiger konnte, reichten nicht, um zu verstehen, was die Menschen beschäftigte. Politik fand sowieso anderswo statt, in Athen oder in den großen Städten.

Rüdiger und Anne bauten ihr kleines Zelt auf, wo es ihnen gefiel und sie genossen griechisches Leben, griechische Sonne und griechischen Wein. Über die Brücke bei Chalkis fuhren sie nach Euböa und kamen bei Dunkelheit in der Hafenstadt Kimi an. Sie fanden einen Platz für ihr Zelt, bauten es in der Dunkelheit auf und stellten am nächsten Morgen halb entsetzt, halb belustigt fest, dass sie auf dem örtlichen Friedhof genächtigt hatten. Von dem kleinen Hafen verkehrten täglich Fähren nach Skiros. Sie blieben eine Woche auf dieser Insel in der Ägäis, ließen ihr Zelt eingepackt und liebten sich in einer Herberge inmitten des schönsten Inseldorfes Chora. Nach zwei Tagen fühlten sie sich zur Familie gehörig. Eleni, die Wirtin, hatte besonders Anne in ihr weites griechisches Herz geschlossen und verwöhnte sie mit Honig und selbstgemachtem Joghurt.

Danach fuhren sie noch zwei Wochen kreuz und quer durch die Peloponnes.

Dann waren sie wieder in Deutschland. Es war kalt und regnerisch. Der Sommer ging zu Ende. Rüdiger trödelte sich ins nächste Semester, Anne ging nach Berlin. Mainz war ihr zu eng und spießig. Sie wollte Leben um sich, Veränderung, etwas Neues. Sie schrieben sich Briefe, in denen sie von der herrlichen Zeit in Griechenland schwärmten und einander allmählich fremder wurden. Die Missverständnisse häuften sich. Rüdiger traf Monika wieder und lernte eine Ingrid kennen, scheute sich nicht davor, Anne von neuer Verliebtheit zu berichten. Annes Antwortbrief traf ihn genau da, wo es wehtat: *„Du bist ein Narzisst, Rüdiger! Deine Verliebtheit ist das Einzige, was dir immer wieder Mut zum Leben gibt. Du suchst die Idealfrau und begreifst nicht, dass es die nicht gibt. Setz Dir Deine rosarote Brille auf die Nase, nagele sie fest und fahre zu deinen neuen Verliebtheiten."* Rüdiger fuhr nach Frankfurt zu seiner neuen Ingrid und ließ Anne hinter sich. Ingrid war weniger anstrengend. Sie studierte Biologie und widmete einen Großteil ihrer Freizeit den Menschenaffen im Frankfurter Zoo. Rüdiger fand das spannend und bewunderte sie. Ingrid wiederum liebte es, von ihm bewundert zu werden. Doch die Beziehung dauerte nicht lange. Sie nahm ein plötzliches Ende, als eine andere Frau in Rüdigers Leben trat.

19. Ildiko und das Ende der Suche

Am 21. Juni 1971 heirateten Rüdiger Neukäter und Ildiko Margit Hajnal und traten damit gemeinsam in den turbulenten Stand der Ehe. Das ungarische Wort Hajnal bedeutet Morgenröte und mit Ildiko, der Ungarin, ging gewissermaßen für mich die Sonne am Morgen eines neuen Lebensabschnitts auf. Wie es dazu kam, ist eine längere Geschichte mit einem folgenreichen Vorspiel und ich drücke mich ein bisschen davor, sie zu erzählen, weiß auch nicht genau, wo ich beginnen soll.

„Mach schon!", mahne ich mich selbst, „Fang einfach mit dem Anfang an."

„Was ist denn der Anfang?"

„Na ja, als ich Ildiko zum ersten Mal sah!"

Nein, ich muss vorher ansetzen. Oder besser, ich überlasse die Geschichte wieder dem allwissenden Erzähler.

Rüdiger ist in seinem 31. Lebensjahr und auf dem besten Wege, ein ewiger Student zu werden. Er jobbt, mal hier mal dort, besucht Vorlesungen, lässt sich in Seminaren blicken, schafft sogar den einen oder anderen Schein mit brauchbarem Ergebnis. Aber ein Ende des Studiums kommt so nicht in Sicht. Seine kleine Bude ist ‚sturmfrei', wie man das damals nannte. Ab und an schaut er bei den Eltern vorbei. Mutter gibt ihm dann immer noch ein kleines Fresspaket mit, damit ihr Junge nicht am Hungertuch nagen muss. Sein Vater missbilligt das zwar kopfschüttelnd, übt aber auch keinen Druck aus.

Rüdiger hatte eine angenehme Form des In-den-Tag-Lebens gefunden und was danach kam, würde sich schon finden. Zukunftsängste hatte er nicht. Er informierte sich, las Zeitung, hielt sich auf dem Laufenden: Als Student hatte man links zu sein, dagegen. Aber wogegen, wusste er nicht genau zu sagen. Protestierend auf die Straße zu gehen, lag ihm nicht. Beim Fastnachtszug mitmachen, ja, aber auch das nur für Geld. In der DDR trat Erich Honecker die Nachfolge Walter Ulbrichts an, die Sowjetunion startete mit Sojus 1 die erste Weltraumstation, ein paar hundert Frauen bekannten im ‚Stern': „Wir haben abgetrieben!" All das riss Rüdiger nicht vom Hocker. Ihm ging es gut. Bei der Arbeitsvermittlung des ASTA fand er jederzeit einen Job. Die Gelegenheitsarbeiten brachten ausreichend Geld, um abends in den Weinstuben die Schoppen zu bezahlen. Und für die Miete und das tägliche Brot reichte es auch.

Wiesbaden liegt Mainz gegenüber auf der anderen Rheinseite. Dort suchte ein kleines Reisebüro einen aufgeschlossenen, sympathischen Mitarbeiter für gelegentliche Mehrtagesfahrten ins Ausland. Rüdiger fand, dass er sowohl aufgeschlossen als auch sympathisch sei, umging eine schriftliche Bewerbung, fuhr nach Wiesbaden, stellte sich im Reisebüro vor und bekam den Job. Bereits drei Tage danach ging es los: Drei Tage Rom mit Zwischenstationen, Donnerstagabend bis Sonntag. Es waren überwiegend Senioren im Reisebus, ein lustiges Völkchen, das herzlich über seine Scherze lachte und sich freute, dass Rüdiger – „ich finde, wir sollten uns während unserer gemeinsamen Reise alle duzen" – ihnen das Spaghetti-Italien so lebhaft erklärte. Rüdiger kam gut an und die Trinkgelder am Sonntagabend waren entsprechend. Der Reisebürochef war auch zufrieden und buchte Rüdiger gleich für die nächste Tour: London in vier Tagen, von Mittwoch bis Sonntag. Am Montag erholte er sich von den Anstrengungen der Romfahrt, am

Dienstag ging er zur Uni und aß in der Mensa, am Mittwoch besuchte er die Eltern, speiste mit ihnen zu Mittag und informierte sie, dass er am Abend für vier Tage nach London müsse. Mutter war stolz auf den weltgewandten Sohn, Vater blickte skeptisch und murmelte: „Und das Studium, Junge, was ist mit dem Studium!"

Rüdiger befand sich in einer halbwegs festen Beziehung. Ingrid und er waren seit einem halben Jahr zusammen. Sie war hingerissen von den Affen, hatte aber auch noch dennoch genügend Zuneigung für Rüdiger übrig. Sie verstanden sich nicht schlecht und die Entfernung zwischen ihren Wohnungen tat ihrer Beziehung durchaus gut. Sie trafen sich nicht regelmäßig, aber häufig genug. Sie zeigte ihm Frankfurt, er ihr Mainz. Wenn er von London zurück war, wollten sie ein paar Tage später nach Italien. Mit dem Zug, Venedig entdecken, in Mailand den Dom anschauen, Italien erkunden. Ingrid besorgte die Fahrkarten, arbeitete die Reiseroute aus und er verdiente eben noch schnell etwas für die Reisekasse.

Am Mittwochmorgen ging es dann los nach London. Der Bus stand eine Stunde vor der geplanten Abfahrt am Treffpunkt in Wiesbaden am Hauptbahnhof bereit. Rüdiger war pünktlich und begrüßte den Busfahrer, der sich als Jochen vorstellte. „Hallo, ich hoffe, wir werden gut zusammenarbeiten. Ich mach die Tour schon zum fünften Mal, kenn' mich aus. Mach keinen Mist, dann gibt's auch ordentliche Trinkgelder. Die Alten muss man nur richtig einseifen, immer freundlich sein und nicht zuviel erklären. Die wollen während der Fahrt auch pennen." Rüdiger mochte diesen Jochen nicht, er redete zuviel und spielte sich überheblich als Chef auf. Er nahm sich vor, auf Distanz zu bleiben. Allmählich trudelten die Fahrgäste ein. Zwei Drittel waren, wie dieser Jochen sich ausdrückte, ,altes Gemüse', Rentnerehepaare, ein paar alte Damen mit Sinn für Höheres. Die würde er mit Baustilen und Ähnlichem beeindrucken müssen. Ein halbes Dutzend waren Alleinreisende, die etwas ratlos herumstanden und ihr Gepäck so lange nicht aus den Augen ließen, bis es im Bauch des Busses verschwunden war. Zwei junge Frauen waren auch unter den Passagieren, die eine ansehnlich und die andere sah richtig gut aus. Rothaarig mit Kurzhaarfrisur wie Jean Seeberg in ,Außer Atem', wache Augen, kritischer Blick, gute Figur. Sie war nicht hübsch im üblichen Sinn. Es war eher ihre Ausstrahlung, ein gewisses Etwas, das einen gleich einnahm. Rüdiger schätzte sie auf Ende zwanzig. Die Ansehnliche war älter, blond, ziemlich blass, mit verschreckten Augen und einem verbitterten Zug um den Mund. Rüdiger ging auf die Rothaarige zu: „Kann ich Ihnen helfen? Ich bin der Reiseleiter. Sie können mich Rüdiger nennen." Sie schenkte ihm ein so strahlendes Lächeln, dass er beinahe rot wurde, und fragte: „Darf man in Bus sitzen iberall? Haisse ich ibrigens Ildiko." Was war das für ein Akzent? Er hatte zunächst auf Tschechien getippt, aber Ildiko, das war doch eindeutig. Sie war tatsächlich Ungarin. Nach den üblichen Rangeleien um die Plätze ging es los. Als kompetenter Reiseleiter hatte er die beiden Frauen nebeneinander platziert, ziemlich weit vorne, sodass er sie gut im Blick hatte. Auf der ersten Etappe bis Würzburg absolvierte er sein Vorstellungsprogramm, wünschte „uns allen" eine erlebnisreiche und harmonische Reise, skizzierte die Stationen und wies auf Getränke hin, die man beim Busfahrer, der übrigens Jochen heiße, erstehen könne. Jochen warf ihm einen nicht gerade freundlichen Seitenblick zu und verlangte nach dem Mikrofon. Er habe, sagte er, ohne das Tempo zu reduzieren, diese Fahrt schon mehrmals gemacht, habe sie auch mit großem Erfolg ohne Reiseleiter durchgezogen und er könne mit Stolz sagen, dass er sich überall bestens auskenne. Bei längeren Pausen würde er übrigens Kaffee kochen und Frankfurter Würstchen zubereiten. Beste Qualität! Einige Passagiere klatschten und von ganz hinten rief jemand: „Gibt's auch Bier?" „Klar", erwiderte Jochen, während er einen anderen Reisebus überholte, „Schnapsfläschchen übrigens auch!" Rüdiger fand das Überholmanöver reichlich gewagt. Nach drei Stunden Fahrzeit gab es die erste Pause. „Pinkelpause", rief Jochen und Rüdiger ergänzte: „Bitte seien Sie pünktlich in zwanzig Minuten wieder am Bus. Sie wissen ja: Pünktlichkeit ist die Höflichkeit der Könige. Und wir reisen ja in ein Königreich, nicht wahr!" Er fand sich nicht übel und registrierte, dass die alten Damen zustimmend nickten. Dann folgte er Jochen, nicht ohne dieser Ildiko noch einen gewagten Blick zuzuwerfen. Jochen begrüßte das Thekenpersonal in der Raststätte und bestellte zwei Kaffee. Am Tisch fasste er Rüdigers Arm: „Damit wir uns gleich richtig verstehen, die Rothaarige nehme ich, der Rest ist für dich." „Ich verstehe nicht", brummte Rüdiger, obwohl er sehr wohl verstanden hatte. Er entzog dem Busfahrer seinen Arm. „Entschuldige, ich muss auf die Toilette." Ihm war klar, dass damit das Problem in keiner Weise gelöst war, allerdings war ihm auch nicht klar, ob überhaupt ein Problem bestand. Hier fand doch kein Wettbewerb statt mit Preisverteilung und so. Was für ein gockelhafter Idiot! Aber irgendwie regte ihn dieses Anspruchsdenken auf und während er pinkelte, konstatierte er, dass ihn diese rothaarige Ildiko schon sehr anmachte. „Jemanden anmachen", das war nicht das Vokabular von damals, aber irgendwie traf es Rüdigers Zustand sehr genau. Die Ungarin hatte etwas in ihm angezündet und nun brannte er. Er fühlte sich auch in seiner Mannesehre herausgefordert und außerdem war irgendwie der Ehrgeiz in ihm geweckt. Obwohl er sich nicht recht vorzustellen vermochte, was da laufen sollte. Er war nie ein Draufgänger gewesen und außerdem wollte er ja ein paar Tage später mit der Ingrid nach Bella Italia. Aber abgeneigt war er auch nicht. Was sollte das? Sie waren mal gerade drei Stunden unterwegs und wieso sollte er sich, bloß, weil so ein Arsch von Busfahrer Sprüche machte, ausmalen, dass da mit der Ungarin was laufen könnte. Er wusste doch gar nichts von ihr. Doch das änderte sich schon bald. Sie lernten sich schneller kennen als gedacht, stellten fest, dass sie einander sympathisch waren. Sie suchten den Augenkontakt und sprachen miteinander, wann immer das möglich war. Als Reiseleiter fand er auch während der Fahrt ausreichend Gelegenheiten zu einem Gespräch.

So etwas soll es ja geben: Liebe auf den ersten Blick!

In Ostende kam der Bus am Abend an. Da die Fähre nach Dover am frühen Morgen ging, war eine Zwischenübernachtung in einem einfachen Hotel vorgesehen. Nach dem Abendessen - sie saßen zu viert an einem Tisch, er, der Fahrer und die beiden Frauen - fragte Rüdiger die Ungarin, die er inzwischen duzte, ob sie Lust zu einem Spaziergang hätte. Den wütenden Busfahrerblick nahm er zur Kenntnis. Ildiko hatte Lust.

Der Himmel war wolkenverhangen, es war kühl und Ostende kam ihm unglaublich öde und langweilig vor. Die hohen Häuser warfen lange Schatten, die Straßen waren schlecht beleuchtet, kaum jemand begegnete ihnen. Sie gingen nebeneinander her und Rüdiger erzählte viel von sich, seinem Studium, den literarischen Versuchen und den Erfahrungen als Reiseleiter. Ildiko hörte ihm hingerissen zu. Plötzlich sagte sie, dass ihr kalt sei. Er fragte sich, was sie damit sagen wolle und fand seine Vorstellung, dass sie damit etwas anderes als die Temperatur meinen könne, reichlich idiotisch. In einem Anflug von Kühnheit wagte er es aber, seinen Arm um ihre Hüfte zu legen und darüber hinaus einen leichten Druck auszuüben. Überrascht konstatierte er, dass sie darauf reagierte, indem sie ihren Po gegen den seinen drückte. So schlingerten sie eine Weile, hin- und hergerissen voneinander, aufgekratzt durch die menschenleere Stadt, in der es nach ranzigem Fett und vom nahen Hafen her nach Schiffsdiesel roch.

Als sie wieder vor dem Hotel standen, war Rüdiger zu aufgewühlt, um ihr etwas anderes als „Gute Nacht" zu wünschen.

Und Ildiko? Vielleicht war damals ihr Deutsch nicht ausreichend, um ihren Gefühlen Ausdruck zu geben. Später sagte sie, dass sie sich in jener ersten Nacht sehr gut von Rüdiger beschützt gefühlt hätte. Im Lift in den dritten Stock verabschiedeten sie sich und verschwanden in ihre Zimmer. Er vergaß, seine Tür von innen zu verschließen. Aber vielleicht war es auch keine Vergesslichkeit, sondern der Wunsch, dass das Unwahrscheinliche geschehen möge.

Tatsächlich geschah es, dass sie eine halbe Stunde später zu ihm fand. „Ich habe so kalt!", flüsterte sie und er war glücklich, ihr von seiner übergroßen Wärme etwas abgeben zu können.

Es war, wie beide später immer wieder erzählten, ein sehr schmales Bett, das gar nicht für einen bequemen Schlaf zu zweit geschaffen war. Aber ihnen war auch nicht zum Schlafen zu Mute. Sie hatten viel aneinander zu entdecken.

Am nächsten Morgen verließen sie unausgeschlafen das Hotel. Für Ildiko war es egal, sie konnte auf der Fähre und dann im Bus schlafen, aber Rüdiger musste die Fahrgäste bei Laune halten. Das gelang ihm nur leidlich, aber wer genau hinschaute, konnte erahnen, was in der Nacht geschehen war. Jochen hatte ihn nicht einmal gegrüßt und würdigte ihn keines Blickes. Rüdiger spulte müde und lustlos sein Reiseleiterprogramm ab, erzählte etwas von London, Buckingham Palace, Themse und Tower, studierte schließlich auch Anglistik und hatte genug Erfahrungen mit der Stadt, aber in Gedanken war er woanders.

Er fragte sich, was er alles über sie erfahren hatte und wie es nun weitergehen würde mit ihnen. Dass es weitergehen würde, wünschte er sich schon sehr, hatte aber keine Ahnung, was sie davon hielt. Was sollte er Ingrid sagen, am Montag? Mit ihr verreisen, als ob nichts geschehen wäre?

Ildiko war verheiratet, lebte in Kassel, studierte Kunst. Ihre Ehe sagte sie, sei nicht mehr zu retten. Ihr Mann, Andras, habe sie auf diese Londonreise geschickt, und das habe er nun davon. Was für ein Schlamassel!

Sie brachten die zweieinhalb Tage London hinter sich, er als Reiseleiter, sie als Teilnehmerin, waren zusammen, so häufig es ging, immer verliebt, ohne es offen zu zeigen. Aber jeder merkte es. Nicht alle hatten Verständnis. Die Trinkgelder am Ende der Reise waren eher bescheiden.

Und danach? Die Reise endete, wo sie begonnen hatte, in Wiesbaden. Ildiko nahm den Zug nach Frankfurt, fuhr von dort weiter nach Kassel. Rüdiger fuhr mit seinem VW nach Mainz. Wie es weitergehen würde, ließen beide offen, aber sie hatten ihre Adressen und Telefonnummern. In seiner Bude angekommen, überließ sich Rüdiger einem tiefen Schlafbedürfnis. Er verschlief fast den ganzen Montag. Am späten Nachmittag fuhr er zu seinen Eltern. Er habe eine Ungarin kennengelernt und glaube, dass er sie liebe. „Das ist schön, Junge!", freute sich seine Mutter und wollte wissen, wie alt sie denn sei. Der Vater schnalzte mit der Zunge, sagte anerkennend: „Joi, Mama, Bruderherz!" Und dann begann er auch noch leise zu singen: „Die Julischka, die Julischka, die hat es so im Blut." „Hört auf", rief Rüdiger, der das gar nicht witzig fand. Für ihn war das keine Operette und er bereute, dass er den Eltern überhaupt etwas gesagt hatte. Immerhin fragte ihn seine Mutter nach einer Weile doch noch, was er denn nun mit der Ingrid zu machen gedenke, sie wollten doch verreisen, ob er das nun auch noch vorhabe? Rüdiger zuckte die Schultern. „Weiß nicht. Ihr hört von mir. Tschüss." Er fuhr wieder in seine Bude und ging schlafen.

Am nächsten Morgen rief er Ingrid an und sagte ihr, dass alles in Ordnung sei. Er habe noch einiges zu erledigen, käme am Mittwoch zu ihr und dann könnten sie losfahren. „Ich freue mich!", beendete er das Gespräch. Von Ildiko hatte er seit Sonntag nichts gehört.

Sie trafen sich am Frankfurter Hauptbahnhof. Ingrid hatte ein beiges Kostüm an und trug einen leichten Reisekoffer, Rüdiger kam in Jeans, kariertem Hemd und Rucksack. Sie fragte ihn, wie die Londonreise gewesen sei und er antwortete, sie sei schön gewesen, aber er sei immer noch ziemlich müde, weil es so anstrengend war. „Fünfundvierzig Leute bei der Stange halten und immer zur Verfügung zu stehen, du kannst dir gar nicht vorstellen, wie das schlaucht." Ingrid sagte, sie könne sich das schon vorstellen und ließ ihn in Ruhe. Der Zug war nicht voll, sie hatten ein Abteil für sich, Rüdiger döste und Ingrid las. Beide merkten, dass viel Unausgesprochenes zwischen ihnen war. Sie erreichten Stuttgart, mussten in Weil am Rhein die Pässe zeigen, stiegen in Basel um, erreichten Zürich. Am Donnerstag, frühmorgens, zwischen Zürich und Lausanne, hielt Rüdiger es nicht mehr aus. Es war, als habe er unter Druck gestanden wie ein Kessel, dessen Deckel sich nun gewaltsam schlagartig öffnete. Die Worte strömten aus ihm wie heißer Dampf und Ingrid war ihnen schutzlos ausgeliefert: Er habe eine andere kennengelernt und es ginge nicht mit ihnen beiden. Er müsse Schluss machen. Jetzt sofort. „Ich kehre um. Du musst allein weiterfahren. Oder mach, was du willst. Es tut mir leid." Zu Rüdigers Ehrenrettung muss man ihm zugestehen, dass es ihm wirklich leidtat. Er fühlte sich unglaublich mies, wie er Ingrid da auf dem Bahnsteig in Lausanne stehen ließ, aber er hatte das Gefühl, er könne nicht anders. Warum er ihr das nicht schon vor zwei Tagen gebeichtet hatte? Keine Ahnung. Auf diese Frage wusste er nie eine Antwort. „Ich war eben ein Feigling." Aber erklärt das die lange Zugfahrt und die schäbige Flucht.

Am nächsten Tag war Rüdiger wieder in Mainz. Von Ingrid hörte er nie mehr etwas. Er bemühte sich allerdings auch nicht um einen Kontakt.

Als er Ildiko anrief und fragte, ob er am Wochenende nach Kassel kommen könne, sagte sie sofort zu. Ja, sie freue sich sehr. Was wusste Rüdiger bis dato von dieser Ildiko? Was hatte sie ihm alles erzählt in diesen zwei Tagen und Nächten in London? Wie war sie nach Deutschland gekommen, wann und warum? War sie wirklich verheiratet? Hatte er alles geglaubt, was sie ihm erzählte? War er wirklich so naiv?

Es folgten viele Jahre, in denen ich und Ildiko Zeit hatten, alles voneinander zu erfahren und uns kennenzulernen.

Zunächst änderte sich, ohne, dass es mir richtig bewusst wurde, mein Leben. Ich hatte in dieser Zufallsbekanntschaft eine Frau gefunden, die ich zum ersten Male glaubte, wirklich zu lieben. Ich wollte ihr gefallen und ich wollte mit ihr zusammenbleiben. Das ging aber nur über ernsthafte Anstrengungen. Ich fasste mich am Schopf, riss mich zusammen und tatsächlich war es auf einmal möglich, den inneren Schweinehund und viele Hindernisse zu überwinden. Die Liebe erwies sich zwar nicht als Himmelsmacht, aber als ein förderlicher Tritt in den Allerwertesten. Ich ackerte, erlangte die erforderlichen Scheine und schaffte mein Examen in verhältnismäßig kurzer Zeit. Ein Jahr später zog ich nach Hessen und wurde Lehrer. Ildiko und ich wurden endgültig ein Paar.

Jahre später war ich Hausbesitzer und begeisterter Vater zweier Kinder. Eigentlich tat ich nach jener Londonreise alles, worüber ich davor immer die Nase gerümpft hatte und was ich niemals für möglich gehalten hätte.

Meine Ehe mit Ildiko hat bis heute gehalten.

Mit dem Tag unserer Begegnung war eine Phase meines Lebens beendet. Die frühen Jahre waren endgültig vorüber.

Ich war erwachsen geworden.